威 尔 斯 短 篇 小 说 集

H. G. WELLS

[英]H.G.威尔斯/著　林青 吕雅鑫/译

THE COUNTRY OF THE BLIND

盲人乡

大连理工大学出版社
Dalian University of Technology Press

图书在版编目（CIP）数据

盲人乡 /（英）赫伯特·乔治·威尔斯（H.G.Wells）著；林青，吕雅鑫译 . — 大连：大连理工大学出版社，2018.9（2020.7重印）

（重读经典·科幻大师作品集 / 许钧，吴文智主编 . 威尔斯短篇小说集）

ISBN 978-7-5685-1444-6

Ⅰ . ①盲… Ⅱ . ①赫… ②林… ③吕… Ⅲ . ①短篇小说—小说集—英国—现代 Ⅳ . ① I561.45

中国版本图书馆 CIP 数据核字（2018）第 098906 号

盲人乡
MANGREN XIANG

大连理工大学出版社出版

地址：大连市软件园路 80 号　　　　邮政编码：116023
发行：0411-84708842　　邮购：0411-84708943　　传真：0411-84701466
E-mail:dutp@dutp.cn　　　　　URL:http://dutp.dlut.edu.cn
临沂圣贤印刷有限公司印刷　　　　大连理工大学出版社发行

幅面尺寸：130mm×185mm　　印张：8.25　　　　字数：161 千字
2018 年 9 月第 1 版　　　　　2020 年 7 月第 2 次印刷

责任编辑：于建辉　田中原　　　　　　责任校对：李宏艳
封面设计：奇景创意

ISBN 978-7-5685-1444-6　　　　　　　　　定价：32.00 元

目录

生命因阅读经典更精彩

——《重读经典·科幻大师作品集》序

记得在三年前，有几位记者朋友来我家，说要看我的藏书。我和他们说，我的书不是拿来藏的，是用来读的。书架是开敞式的，架上的每一本书都像我的朋友，我都触摸过，阅读过，与之交流过，大部分书上还留下了我写下的或长或短的心得与体会。我喜欢读哲学，因为哲学探究人何以为人；我也喜欢读历史，因为历史阐明人何以成其为人；我更喜欢读文学，因为文学给人启迪，指明人何以丰富人生。昆德拉在《不能承受的生命之轻》中有一句话，说人生"没有草图"。无论精彩与否，人生都只有一次，不能重来。那么，如何了解人生，领悟人生，创造人生，让有限的人生活出无限的精彩呢？

回望走过的人生之路，我发现自己命中与书有缘：读书，教书，译书，编书，写书，评书。人生之精彩，各有各的理解与领悟，况且在技术高度发展的今天，人生在现实世界与虚拟世界中仿佛拥有了丰富的双重性，导向了无限的疆域。我的生命之花的确因书而绽放。我爱书，尤其爱经典。经典不应该是供奉在殿堂里的"圣经"，而应在阅读、理解与阐释中敞开生命之源。经典是读出来的，常读常新，在阅读与阐释中生成永恒的生命之流。

因为爱经典，所以我读经典，译经典。我译过雨果的《海上劳工》，巴尔扎克的《贝姨》与《邦斯舅舅》，参加翻译过普鲁斯特的《追忆似水年华》，还翻译过已然成为经典的当代作家昆德拉的《不能承受的生命之轻》与诺贝尔奖得主勒·克莱齐奥的《沙漠》与《诉讼笔录》。我还组织翻译"法国文学经典译丛"，主编法国浪漫主义大师《夏多布里昂精选集》以及已经进入法国文学殿堂的著名作家杜拉斯十五卷本的《杜拉斯文集》。在经典的阅读与翻译中，我得到了双重收获：一是经典滋养着我的人生；二是通过我的翻译与阐释，也在参与经典的创造。为此，我说过一句话：阅读参与创造，翻译成就经典。

正是基于这样的认识，我和老朋友吴文智先生经过多次交流，商定依托我主持的中华译学馆，组织全国优秀的翻译力量，译介一套《科幻大师作品集》，向广大读者倾心推荐威尔斯、凡尔纳、阿西莫夫等科幻文学大家的作品，一起重读科幻文学经典，让科学与幻想互动，拓展我们的想象世界，丰富我们的现实人生。有学者评论说："科幻历来有两大经典主题，一为星际旅行，一为生命智能。前者以宇宙为舞台，拓展人类生存空间的广度；后者以人为核心，探索生命自身生存的意义。"循着这两大主线，我们也许可以更好地把握科幻文学的发展脉络，但在不同的科幻大师的笔下，会呈现出异样的精彩与深刻。我一直觉得，只要人类有梦想，文学就不会死。重读科幻文学经典，放飞想象，拓展生命的空间，相信你的人生会闪现出属于你的精彩光芒。

许 钧

2018 年春

现代科幻文学的奠基者

——赫伯特·乔治·威尔斯

　　自 1818 年《弗兰肯斯坦》[1] 问世以来，科幻文学已经整整走过了 200 个年头。200 年来，科幻文学从由浪漫主义催生的科学传奇逐步转变为由现实主义启发的现代科幻文学。作为将科幻文学由浪漫主义过渡至现实主义的一代大师，赫伯特·乔治·威尔斯自创作以来便在其别具一格的作品中融入对社会与科学的深刻思考，因而无论是在主流文学领域还是在科幻文学领域，都有着令人惊叹的成就与地位。在主流文学领域，威尔斯曾先后四次获得诺贝尔文学奖提名，与阿诺德·贝内特、约翰·高尔斯华绥并称作 "20 世纪英国现实主义文学三杰"。在科幻文学领域，威尔

---

1 1818 年，英国作家玛丽·雪莱出版了《弗兰肯斯坦》，该书被誉为第一部科幻小说。

斯被称为"科幻小说界的莎士比亚",与儒勒·凡尔纳并称作"科幻大师中最闪亮的双子星"。

一

走进威尔斯

1866 年 9 月 21 日,威尔斯出生于伦敦城外东南部的肯特郡。父亲约瑟夫是一位园丁,同时也是一名职业板球手,后靠经营一家小店为生;母亲莎拉是一家名为"上花园"宅邸里贵妇人的女佣。父母低微的社会地位和童年清贫的生活使威尔斯深切体会到底层社会的艰辛。

7 岁那年,威尔斯意外跌断了胫骨。在养病期间,他在酷爱阅读的父亲的影响下养成了阅读的习惯。同年,威尔斯进入小学学习,阅读的兴趣伴随着他进入接下来的学生时代。10 岁时他开始对写小说、画插画产生了浓厚的兴趣。

1877 年,他的父亲在一次意外事故中成了跛子。这次事故产生的高额医药费使一家人的生活变得愈发艰难,家庭的收入越来越不足以支付孩子们的读书费用。两年后,13 岁的威尔斯便早早进入社会谋生。

1880—1881 年,威尔斯先后做过布店伙计、药店学徒、信差和小学助教，但都没做多久就被辞退。被辞退后，威尔斯便来"上花园"投靠母亲。而他就是利用在"上花园"这短短的接触上层社会的时间，琢磨出了使用望远镜观测天体的方法，并通过宅邸丰富的藏书，阅读了诸如伏尔泰的散文、斯威夫特的《格列佛游记》以及柏拉图的《理想国》等对其后来思想及文学创作具有启发作用的名家名著。在这期间，威尔斯还接受了不系统的教育，在一所中学寄读，以高于同龄人的禀赋学习了各种基础科学知识。

1883年，在最后一次做学徒后没多久，威尔斯想重回校园当助教。他曾经寄读的那所中学的校长很欣赏威尔斯，主动给他提供了职位。在当助教期间，威尔斯既是教员又是学生。在校长的热心协助下，他仅仅用了两年时间，便修习了文学、数学、地质学、无机化学、物理学、天文学、人类生理学、植物生理学等学科，不但通过了考试，还获得了奖学金。

就在优异的成绩换来奖学金的回报时，英国教育部门下发了一则通告：集合各地科学教员，统一组织到科学师范学校（后来的英国皇家科学院）的"教师训练班"进行培训，以提高其素质。当时这所学校恰好有一定的免费生名额，且每人每星期还能得到生活补助。对于一直在贫困中挣扎的威尔斯来说，这是一次从底层社会翻身的契机。

1884年，18岁的威尔斯顺利进入科学师范学校学习。这一年最令他兴奋的是他的生物学教师由大名鼎鼎的"达尔文斗士"托马斯·赫胥黎担任。在自传中，威尔斯曾饱含钦佩地回忆道：

"他用一种清晰而坚定的声音讲解着，不慌不忙，也不踌躇，不时转身在后边黑板上画些图解。在他继续讲之前，常常要把手指间的粉笔灰拂得干干净净，他是颇有洁癖的……由赫胥黎任教的生物学课程，在性质上是纯粹而精确地属于科学的。他除了充实、研究、完成在他范围内的知识以外，没有其他（如经济利益上的）目的……"[1]

然而，之后两年所修的物理学、地质学课程，由于教师授课的枯燥乏味，威尔斯的学习热情消耗殆尽，他将这种热情逐步转移到了创作上。在一次学生辩论会上，威尔斯偶然听到一个关于四维时空的宇宙理论的新观念，这对于当时的物理学宇宙观可谓一种新见解。他把握住了这种思想，在将其作为《时间机器》的理论设定基础之前，尝试着写了一篇题为《刚性宇宙》的思辨性论文。在大学期间，他还创办并主编了名为《科学学派杂志》的刊物。在1887年的学年测验中，他因地质学成绩不及格，没能在当年拿到学位，只好放弃学业回去教书。在教书期间，威尔斯曾试图锻炼瘦弱的身体，却伤病不断。他在一次足球比赛中遭到撞击，导致肾破碎和肺出血，被迫辞去了教职。在接下来的一段时间，威尔斯静心休养，并全身心投入写作。

1888年，受纳撒尼尔·霍桑的作品《红字》的影响，威尔斯在《科学学派杂志》上连载了一部名为《时空长河中的寻金羊毛者》的小说，这就是他的成名作《时间机器》的前身。

1　H.G.Wells.韦尔斯自传.方土人，林淡秋，译.上海：光明书局，1933.

1890 年，威尔斯通过了伦敦大学的考试，被授予理学学士学位。随后，他开始在大学函授学院教书，并尝试着给期刊与报纸投稿。他的《独特之物的重新发现》一文很快经由一个名叫弗兰克·赫里斯的编辑发表到了《半月评》上。威尔斯深受鼓舞，于是乘胜追击，将《刚性宇宙》一文寄出，并很快被赫里斯主动约见。赫里斯言辞激烈地表达了对《刚性宇宙》所涉及的四维时空理论的费解，并将论文底稿就此销毁。直到 1894 年，当赫里斯成为《星期六评论》主编后才回忆起那篇稿件的价值，又悔不当初地向威尔斯约稿，并使其成为期刊的长期撰稿人之一。

这一阶段的威尔斯除了教师的身份外，还成了伦敦的一名记者。他担任的是类似今天公共知识分子的角色，对各领域的问题发表看法，甚至对通灵术也有见解。[1]可以感受到的是，那时的他力图通过独到的理解力将科学知识加以通俗化表达，通过敏锐的察觉将社会问题予以深刻化呈现。

1893 年起，在做新闻记者的同时，威尔斯开始在伦敦各类刊物上发表短篇小说、评论以及各类主题的文章。这一年，威尔斯在工作的压力下又一次咳血，不得不在病床上休养数周。他最终决定放弃教学工作，专攻写作。

1895 年，威尔斯开始在《新评论》上连载《时间机器》，并于同年结集出版。《时间机器》为威尔斯赢得了巨大的声誉，他也以此为起点，创作出了一系列脍炙人口的科幻小说。

---

1 江晓原.科学外史Ⅱ.上海：复旦大学出版社，2014.

威尔斯十分关注社会问题，并于 1903 年受邀加入费边社，参与英国的社会主义改良运动，与萧伯纳等人结为好友。但最终因政见分歧而分道扬镳。

在第一次世界大战期间，威尔斯参与了国际联盟活动，前往各国访问并宣扬"世界国"理念，他的采访文章常常引起世界性的轰动。在第一次世界大战后，威尔斯用一年时间编写出了 100 多万字的《世界史纲》，这部历史著作一经问世，便使威尔斯名气大增，它的销量无论在当时还是在以后的数十年都位列前茅。[1]

诚如布赖恩·奥尔迪斯[2]所言："到了 30 年代，小说家威尔斯让位于世界名人威尔斯。他成了一个大名人，忙于规划一个更好的世界。他同高尔基交谈，与乔治·萧伯纳斗嘴，飞往白宫与罗斯福会谈，或者飞往克林姆林宫与斯大林会谈。"

1939 年，73 岁的威尔斯给自己写了一句简短的墓志铭："上帝将要毁灭人类——我警告过你们。"这句墓志铭深刻地反映了他对人类未来、科学未来的关注和担忧，也表明他的科幻小说具有警示灾难的意义。

即便是到了将要踏上人生归途时，威尔斯仍旧热心于公共事务。1946 年 8 月 13 日，威尔斯在伦敦病逝，享年 79 岁。

个人之于宇宙犹如一粟之于沧海。威尔斯知道，无论走访多少国家，途经多少城市，结交多少名人，其所能带来的影响、留

---

1 赫伯特·乔治·威尔斯.世界史纲.吴文藻，冰心，费孝通，译.南京：译林出版社，2015.

2 布赖恩·奥尔迪斯（1925—2017），英国著名科幻作家。

下的印迹与书籍传播的力量相比都将是微不足道的。书籍作为那个时代的最佳思想载体，有着无可比拟的延展性，而思想对于人类塑造文明、改变周遭环境的启迪无疑引领着我们一路走到了今天。

二

解读威尔斯

在威尔斯所处的时代，第二次工业革命如火如荼，社会生产力突飞猛进，划时代发明目不暇接，引发了人类社会各方面的空前变革。在科学技术和生产力发展的同时，国际形势风云变幻，帝国主义殖民地扩张与争夺空前激烈，维多利亚晚期的英国社会阶级分化严重，劳资冲突不断加剧。在这一时代背景下，威尔斯以其广博的自然科学知识、深刻的思想性、超凡的预见性及卓越的想象力，创作出了一部部引人入胜的科学传奇，开创了"时间旅行""外星人入侵""反乌托邦"等一系列题材的范式，并在作品中融入了富有预见性的观点和对人类社会深刻的洞察。

本套丛书选取了威尔斯最具代表性的中长篇科幻小说和短篇小说。这些中长篇科幻小说有科幻史上里程碑式的经典，也包括一些稍显冷门但仍然很具代表性的作品。其中，有广为流传的科幻经典《时间机器》和《隐身人》，也有知名度极高、曾在美国引起巨大恐慌的《世界大战》，还有被多次改编成电影的《莫罗博士岛》和《神食》，更有启发了"反乌托邦小说三部曲"的《昏睡百年》和影响了C.S.刘易斯"空间三部曲"的《月球上的第一批来客》，以及预言了原子弹的《获得自由的世界》、预言了"空中战争"的《大空战》、与《世界大战》有着千丝万缕联系的《新人来自火星》、威尔斯的第一部乌托邦小说《彗星来临》和寄托了威尔斯后期乌托邦理想的《神秘世界的人》。威尔斯的中长篇科幻小说读者并不陌生，一直被认为是现代科幻小说的先驱之作；而他的另一类短篇小说名篇，如《水晶蛋》《盲人乡》等则知者较少，但在他的整个创作中有着特殊的意义。下面按威尔斯创作这些作品的时间顺序做以介绍。

《时间机器》（1895）是威尔斯最早获得成功的一部科幻小说。威尔斯利用早在《刚性宇宙》就已阐述的观点，借"时间旅行者"之口解释了四维时空的概念，探讨时间旅行的可能性。故事的主人公"时间旅行者"发明了一部"时间机器"，乘上它就能够自由驰骋于过去和未来的世界。当他乘着机器来到公元802701年时，发现人类已分化为两个人种：一种是住在颓败宫殿中悠闲优雅、娇小柔弱的艾洛伊人；另一种是生活在地下的面目狰狞、终日劳动的莫洛克人。不劳而获的生活使艾洛伊人的体力和智力明显退化，而莫洛克人白天为艾洛伊人制造生活的必需品，夜晚却到地面上到处捕食他们。"时间旅行者"还来到了几百万年之后，那时人类已经灭绝，沙滩上只有巨蟹、蝴蝶、日食等复古图景。善于科学思辨的威尔斯对当时高度工业资本化而极度缺乏人文关怀的英伦社会有着丰富的阅历。他自幼就对斯威夫特的讽刺小说如痴如醉，因而在《时间机器》中继承了《格列佛游记》的衣钵，以斯威夫特式的辛辣讽喻风格，尖锐地揭示了艾洛伊人与莫洛克人的畸形共生关系，并从进化论的角度出发，将人类历史演进中所要面对的冷酷现实与阶级暴力予以生动的体现，为社会分工最终演化为某种或然存在的恶性循环做出警示。

《莫罗博士岛》（1896）讲述了一个名叫莫罗的科学家，在一个无名的小岛上对各种动物进行活体解剖和器官移植，将其改造成兽人。这些兽人能直立行走，能讲话，具备人的某些特性，并且能够进行一些人类活动。莫罗试图对兽人进行肉体和精神的双重控制，却惨遭失败，最后和助手双双被兽人杀死。《莫罗博士岛》从古老神话传说与当时争议颇大的活体解剖实验中汲取灵感，结合威尔斯师从赫胥黎的经历以及对达尔文进化论的认识，从生物学角度构想出了"兽人合体"与"动物人化"的可能性。小说借由疯狂科学家莫罗的所作所为警示读者，却也为当今跨物种器官移植的动物培育技术提供了一个新的方向。

《隐身人》（1897）描写了穷困的研究员格里芬怀着极大的热情发明了一种隐身术，把自己变成了来去无踪的隐身人。这种"超能力"使他渐渐迷失了自我，企图依靠此发明建立一个"恐怖王朝"，使自己成为凌驾于社会之上的超人。最终隐身人在与人们的对抗中，跌入了犯罪的深渊，走向了毁灭的末路。《隐身人》异常大胆地想象了存在一种理论上可以改变身体折射率的药物，人服下后可以实现真正意义上的肉身隐形。如今隐形技术广泛地运用在军事上，却不是真正意义上的可见光波段隐形。而一种具有负折射率的人工合成材料——超颖材料——已经能够在微观条件下实现可见光波段的隐形。《隐身人》这部小说在某种程度上暗示了隐藏于社会之外的边缘人群的潜在矛盾，也从另一面揭示了受制于社会陈规约束的常人在脱离社会约束后可能带来的社会威胁，为社会忽视边缘人群提供了警示。

当《莫罗博士岛》和《隐身人》这两部作品将自玛丽·雪莱的《弗兰肯斯坦》以来塑造的"疯狂科学家"形象再度演绎时，我们会发现威尔斯笔下的两位科学家已然抛弃了弗兰肯斯坦还曾仅存的关乎伦理道德的愧疚之情，反而像斯蒂文森的《化身博士》里的海德先生一般，成为脱离社会约束的法外之徒。威尔斯或许从来都不会质疑科技的力量，却一度对科技力量之外所涉及的道德挑战与社会问题感到焦虑，并尽其所能地对个体获得科技力量后可能带来的负面影响做出令人赞叹的预想与反思。

《世界大战》（1898）据说源于威尔斯与兄长弗兰克的一次对话，这次对话中两兄弟讨论到了19世纪装备先进的英国殖民者对塔斯马尼亚土著实行种族屠杀这一话题。当时，弗兰克在讨论中设想了当天外来客如英国殖民者一般对待地球人类的情境，令威尔斯印象深刻，此后便将其通过《世界大战》呈现给世人。

故事中，入侵者并非敌国，而是地球以外的火星人。火星人被叙述成狰狞的怪物，且依靠吸食人类的血液为生。这些怪物在英国进行大肆破坏，而威尔斯却从一个寻常之极的市民视角，以荒芜萧索的笔触营造了一种凄凉的绝望，在平淡与挣扎中呈现世界由人间堕入地狱的恐怖末日……故事的结尾将末日的转折交给了为人所忽略的细微之物，着实耐人寻味，令人眼界大开。威尔斯所设想的突袭地球的火星人所使用的物理武器"热线"，尤似几十年后才实现的激光武器，而激光的理论基础——受激发射理论——在《世界大战》出版将近20年后的1917年，才由爱因斯坦发表的论文《关于辐射的量子理论》正式提出。

《昏睡百年》（1899）讲述的是主人公格雷汉姆在长期失眠后终于昏睡过去，醒来时却发现自己已然身处两百年后的世界。存款复利的神秘增长使他牢牢控制了世界经济，从而"莫名其妙"地成为世界之主，且有12名受托人以他的名义组成管理团体。管理团体对格雷汉姆的苏醒毫无准备，以至为了维护统治地位，试图隐瞒和控制格雷汉姆的行动。然而东窗事发，格雷汉姆最终还是成为反抗管理团体统治的人民领袖，与管理团体决一死战。而对抗管理会的革命者实际上也是为了私利在利用他。故事的结局，作为首领的格雷汉姆亲自驾机阻击敌军——"尽管他不敢向下看，但骤然意识到大地已近在咫尺。"这是一部出彩的作品，其近乎反乌托邦的故事架构相当引人入胜。反乌托邦文学作为社会科幻小说中备受重视的子类型，以其颠覆人性长久以来对乌托邦的美好幻想而见长。在反乌托邦科幻小说中，极端化的政治、经济、宗教等意识形态是常见的社会背景，而《昏睡百年》虽然用了一个谈不上严肃的"长眠苏醒"设定，却能将两百年后的社会体系置于一个初看合理却极其恐怖的意识形态中预演。

《月球上的第一批来客》（1901）或许可以称为威尔斯版的《真实的故事》[1]。故事幻想了一位天才科学家卡沃尔研制出了一种"反重力"金属，在制成飞行舱后卡沃尔携朋友柏德福进行了登月实验。两位冒险者在成功登月后遭遇月球人追捕的惊险遭遇，展现了威尔斯天马行空的丰富想象力。小说中对于月球表面奇幻景色的描写与半个多世纪后人类真正登上月球时发回的照片也不无相似之处。威尔斯笔下的月球人是一种近似蚂蚁的"虫族"生物，它们十分脆弱，不堪一击。小说意在通过月球人的蜂巢思维剖析维多利亚时代的社会分工，将抹杀个人自由的管理体制进行戏剧化表达。

《神食》（1904）乍看之下很容易被误认作《莫罗博士岛》和《隐身人》的延续，从而被认为是对科技盲目发展和滥用的警示寓言作品，实则不然。故事讲述的是两位科学家发明了一种新的营养品"神食"，这种营养品能让食用者生长加速且变得巨大：鸡吃了后大得能食人，黄蜂和老鼠吃了后也能大得攻击人，婴儿

---

1 卢奇安的这部作品对威尔斯影响匪浅。卢奇安，又译琉善，古希腊讽刺散文作家、无神论者，其主要代表作品是讽刺散文《真实的故事》。在《真实的故事》中，主人公越过大西洋去旅行，经历了一连串令人难以置信的历险，如乘船时意外被吹到月球，之后还遭遇了太阳与月球军队争夺金星的战役等。

吃了后则很快长成巨婴乃至巨人。然而就在读者眼看着故事中的世界即将陷入一场恐怖的危机、人类社会将可能被斯威夫特笔下的"巨人国"所取代之时，威尔斯却笔锋一转，描绘起被排挤的巨人。这些巨人在人类的压迫下组成了一种"新人类"团体，为了突破传统人类的各种约束壁垒，最终决定奋起反抗，为自由而战。这种剧情上的转变与威尔斯那段时间世界观的转变是有联系的。在威尔斯看来，人类社会的矛盾冲突不是纯粹的利益之争，更不是简单的正邪对立、善恶分明，归根到底还是人性本质中的排异心理与人类社会日益演化形成的阶级隔离屏障作祟，这就使得吃下"神食"的巨人成了原始人类社会"党同伐异"的对象。而威尔斯则借巨人的抗争打通了这种社会阶级隔离屏障，意欲唤起人类在形成文明后所具有的同理心，从而实现某种意义上的阶级融合。"新人类"的存在将逐步消解人类的阶级隔阂，这样一场自由之战也将预示着人类在通过"神食"诱发人体改良后，将迎来一个或然存在的乌托邦。

《彗星来临》（1906）以一种散文式的记述，缓步推进着一个看似俗套的三角恋故事，却在关键节点上通过一条漫不经心的暗线将一次情杀危机反转，而故事也最终走向了一个充满光明、友爱等良善品质的乌托邦。故事背景是一颗彗星即将接近地球的消息不断在剧情中跟进，而情节上讲述的则是一位四处碰壁的主人公，在接连的失败与对刚刚分手不久的女友立即寻获归宿的妒意之下，决定谋杀前女友及其情夫。但就在下手的当晚，一颗彗星的尾巴扫过地球，通过与空气中的氮气反应产生"绿色烟雾"，给予世间人心以光明、友爱等良善品质。于是，世界变成了乌托邦，故事变成了大团圆。在《彗星来临》中，威尔斯最终想要表达的主旨，可以说就是在《神食》中还未到来的乌托邦图景。这种乌托邦式的理想社会在小说中最显著的一点即男、女主人公在彗星来临后消除私欲的过程。而在更深层次，威尔斯真正想要探索的还是一种破除传统道德束缚、打破阶级壁垒的美好新世界。

《大空战》（1908）一方面受莱特兄弟于1903年首次试飞成功后，各国精英对战场制空权思考的影响；另一方面又显然受到了M.P. 希尔的小说《黄祸》（1898）以及1905年日俄战争的影响。故事讲述了身处社会中下阶层的主角意外卷入了德国空袭美国的战争，随之引发了一场飞艇对飞艇、飞机战飞机的世界性战争，整个世界陷入了空战。这样的战争最终无疑会把世界拖入万劫不复的末日之境，《大空战》中关于"废土世界"的结局书写与《时间机器》一般开放悲凉。《大空战》为我们呈现了另一种与《世界大战》相悖的末日殊途。具有敏锐洞察力的威尔斯再度通过小人物的视角预想出他想象的空中战场，并以其出色的社会寓言性指代了某种群体或团体在获得科技力量后对平民的威胁。

《获得自由的世界》（1914）以当时拉姆齐、卢瑟福、弗雷德里克·索迪等科学家的理论与发现为指导，并从索迪的《镭的介绍》（1908）一书中获取灵感，设想了一个人类广泛使用核能后的未来图景。威尔斯充分预见了核能产生后人类将其运用在武器上的可能性，并开创性地使用了"原子弹"一词来给故事中的一种能够加速核物质衰变、引发连锁反应的持续性燃烧弹式核武器命名，而故事中的"原子弹"也正如现实中一般，给世界带来了极大的震慑性后果。在小说后半段，当人类即将因滥用核武器而走向无可挽回的深渊时，威尔斯又借由一位具有远见卓识的政治家在各大国家中积极斡旋，最终让故事中那个硝烟四起的世界获得了自由。《获得自由的世界》以其在预想核武器的使用及应对核管控等方面的先见之明而显得格外不同寻常，但这部作品在展现威尔斯极为敏锐的洞察力的同时，也充满了对反战思想及世界主义的说教。这种立足于技术官僚与权威主义的乌托邦构想，几乎成为威尔斯中后期幻想作品的核心思想，这些小说也逐渐成为一种传播这类思想的说教工具。当然，尽管小说中那些饱含感染力的说教不可避免地削弱了阅读观感，但读者依然可以追寻到它的时代意义。

《神秘世界的人》（1923）可以看作威尔斯在积极投身反对战争、维护人权的国际联盟建设事业后，对重建人类文明满怀信心的蓝皮书。在《神秘世界的人》中，威尔斯将其中后期日渐成型的乌托邦蓝图描绘得细致考究。这部作品再次借助《时间机器》的四维时空理论设定，讲述了一位旅行者因为神秘世界的一次物质空间循环实验意外，莫名进入了一个被称为"乌托邦"的神秘星球。在这个"乌托邦"中，威尔斯通过旅行者的所见所闻，将这个神秘星球的美妙境况和盘托出，向世人展现一个曾经与人类面对过相同灾害与命运的世界，是如何依托技术官僚的运作，发展出属于他们的高度发达的技术文明，以及仍在不断完善建设的"动态"乌托邦的。《神秘世界的人》所描绘的这种"动态"乌托邦，无疑给同样存在诸多社会问题的世人提供了一种建设理想社会的参考。小说中对于人类科技发展带来的物质财富的激增所引发的生态灾害及人口爆炸等社会问题提供了理论指导，也深刻反映了威尔斯重视心理教育、关注生态环保等理念。

《新人来自火星》（1937）再次展现了《世界大战》中火星人的先进技术。《世界大战》中的火星人以激进暴力的方式对人类进行"革命式"入侵，而《新人来自火星》中的火星人则以渐进温和的手段对人类进行"改良式"渗透，从对社会变革角度的思考来看，简直与威尔斯一直身体力行的政治改良思想如出一撤。作品间接描述了一种来自火星人的长期外部干预。火星人通过发射宇宙射线的形式诱导地球人实现改良性质的突变，将人类转化为智力超群且足以构建地球乌托邦的新人类。主人公在听闻火星人发射宇宙射线对人类影响的坊间传闻后，对即将降生的孩子可能产生的变异感到不安。直到他最终发现，自己早已是被改良的新人类，而新世界的秩序与乌托邦未来，由他们这些伟大的新人类联合起来方能重塑。有评论家认为，这部充满超人式设定的作品在欧洲法西斯主义盛行时期，"不合时宜"地表露出了威尔斯对权威主义的改良幻想。倘若仔细观察作品中极富隐喻色彩的预言与文字，读者也能从另一角度感受到威尔斯真诚而严肃地探讨摆脱现实世界纷乱秩序的努力。

像众多科幻名家一样，威尔斯在进行中长篇科幻小说创作之前，也是通过在各类刊物上发表短篇小说积累写作经验的。从1893年起，威尔斯发表了一系列短篇幻想作品，其中最具野心的早期作品是在《蓓尔美尔街公报》发表的短篇——《公元100万年之人》（1893）。这篇小说大胆地描述了一种在自然选择下最终重塑的人类：一种因为太阳冷却后被迫撤离到地下的生物，他们有着硕大的头颅、巨大的眼睛、纤细的双手，躯干部分则占其中的一小部分，这种人类只能永久沉浸在营养液中。这种新人类的设定很容易令人联想起《时间机器》里生活在地上的艾洛伊人与生活在地下的莫洛克人的部分特征，从而奠定了威尔斯在创作初期对于人类异化或演化主题探索时频频涌现的社会寓言特质。其他作品还有《飞人现世》（1893）、《人的灭绝》（1894）、《浅游太阳》（1894）等，其中《浅游太阳》讨论了硅基生命的可能性。他早期集中出版的短篇小说集《失窃的细菌与其他事件》（1895）中收录的《失窃的细菌》《奇兰花开》《怪物大闹天文台》等作品在惊险程度上虽然不如前述短篇，却也对后世作品产生了一定的影响，如克拉克的短篇作品《扭捏的兰花》就提到了《奇兰花开》。

19世纪末，威尔斯在短篇主题创作上的想象愈发大胆。这在其1895年以后的短篇《手术刀下》（1896）、《天外来客撞击地球》（1897）、《一个石器时代的故事》（1897）、《水晶蛋》（1897）、《能够创造奇迹的人》（1898）中足以见得。《天外来客撞击地球》

讲述的是不明天体向地球逼近的灾难故事。值得注意的是，类似的情节在《彗星来临》亦有体现，相信两者之间在创作上也联系匪浅。在《水晶蛋》中，威尔斯通过一种"以小见大""以平凡见证奇迹"的叙事策略，将科幻小说中揭示未知世界时的惊奇感，在与之形成鲜明反差的平凡现实中进行演绎，并从中下阶层的小人物视角出发，见证"水晶蛋"中诡异神秘的世界。

到了20世纪，威尔斯的短篇幻想作品同样不乏佳作。《新时间加速剂》（1901）以一种漫不经心的方式对科技新发明可能带来的社会问题进行了探讨。《盲人乡》（1904）被许多西方评论家认为是威尔斯最好的短篇小说。尽管这篇小说并不描述未来，而是描述遥远的山谷，但它具备了科幻小说的全部要素，使读者动摇对传统的信心，并引发人们去思考事物的本来面貌。[1]《墙上之门》（1911）以主人公的成长为线索，通过对比在"梦幻花园"内、外的成长过程，揭示了工业革命对现代文明生活方式的影响。

威尔斯把科学幻想和人类的发展结合起来，以深切的忧患意识关注人类未来和科学未来。其远见卓识的抗争意识与精雕细琢的艺术追求，又体现了其不囿于特定时空的超越精神。威尔斯的科幻小说体现了在所处时代对人类未来的想象与思考，其思想源于维多利亚时代的历史环境与文化土壤，因而有一定的局限性。我们应该从其生活的时代出发，取其精华，对所涉及的政治性、思想性内容进行辩证的思考与择弃。

1　詹姆斯·冈恩.过眼云烟：英国科幻小说.北京：北京大学出版社，2008.

三

重读威尔斯

经典作品是那些你经常听人家说"我正在重读……"而不是"我正在读……"的书。即使我们初读也好像是在重温以前读过的东西，每次重读都好像初读那样会带来发现。我们越是道听途说，以为懂了，当实际读时，就越是觉得它们独特、意想不到和新颖。[1]威尔斯的科幻小说就是这样的经典。科幻小说作为一种与科技发展有密切联系的文学类型，犹如一架人类的望远镜，遥望着浩瀚的天河，对科技发展带来的种种可能性，对社会的潜在影响进行提问、预测、探讨与思辨——这亦是现代科幻小说的核心精神。而这一精神的源头正是威尔斯。

威尔斯所处的时代正值人类历史的转折点。他出生的那一年，德国工程师西门子发明了世界上第一台大功率发电机，标志着人类进入了电气时代；他逝世的那一年，世界上第一台电子计算机诞生，掀开了信息时代的序幕。其人生横跨的两次工业革命颠覆性地改变了人类文明的发展进程，科技、政治、经济的变迁使得世界发生着难以想象的变化。正是在这种时代背景下，威尔斯对科技前景和社会现实进行了可信的分析与预测，对当时的诸多问

---

1 伊塔洛·卡尔维诺.为什么读经典.黄灿然，李桂蜜，译.南京：译林出版社，2012.

题都有深入的探究与思考。他一方面肯定科学技术的巨大作用，另一方面也意识到当科技被枉顾伦理道德之辈利用时，人类将会为此付出惨痛的代价。除了创作针砭时弊、充满寓言色彩的作品外，胸怀社会改良理想的威尔斯还身体力行地参与政治活动。尽管威尔斯的作品及其对社会问题的思考具有一定的历史局限性，但无疑对那个时代产生了深远的影响。

正是这种特殊的生平背景，以及艺术想象、科学警示、社会批评相结合的创作手法，使得威尔斯的作品具有深刻的思想性和恒久的生命力。在 100 多年后的今天，人类文明又一次面临重大拐点，随着以人工智能为核心的"第四次工业革命"的到来，各项重大技术创新即将在全球范围内掀起波澜壮阔、势不可挡的巨变[1]。作为曾经变革浪潮的亲历者和预言者，威尔斯在作品所展现出的预见性和对科技、社会问题的思索，在照亮那个时代的同时，也冥冥中关照了人类未来相似的发展境遇。也因此，时至今日，我们依然需要去聆听这位科幻先知的思想，去感受现代科幻小说发轫阶段所寄托的希望与沉思，去体会在激荡的洪流中一个知识分子的理想与信念。

或许，当 1895 年威尔斯写出《时间机器》的那一刻，他便真的发明了一台"时间机器"，并乘着它到达了未来，带回了警示的讯息。后世的科幻作家无不踏着这位前辈的脚印，乘坐这台机器，开启了一次又一次抵达未来的旅程，捎回一封又一封来自

1　施瓦布. 第四次工业革命. 北京：中信出版社，2016.

未来的信，谱写了科幻200年间一段又一段波澜壮阔、气象万千的乐章。如今，与未知同行的这一代人，或许很渴望也有一台这样的"时间机器"，以便到达未来一探究竟，用更有远见的视野指导今天的生活。若真是这样，拜访这些乘坐过"时间机器"的科幻作家或许是一个不错的方法。当然，最应该拜访的当然是那个发明了"时间机器"的人。他是社会科幻的领路人，更是现代科幻的奠基者，他是 H.G. 威尔斯。

《科幻世界》 陈 俊
2018 年夏

制造钻石的人

由于在法厅大街有点事情要处理，我在那儿一直待到晚上九点，之后感到有点头痛，便不想去参加什么娱乐活动，也不想继续工作了。街道很狭窄，两边高楼林立，向上望去只能看到一块不大的天空，这是一个宁静的夜晚。我决定到泰晤士河河堤去看看河上五彩斑斓的灯火，好休息一下眼睛，也让脑子清静下来。夜晚是这个地方一天中最好的时候了，温柔的夜色掩盖了水里的脏物。这会儿正是傍晚，夜晚马上就要到了，河面上闪烁着各种颜色的灯火，有红色的，有亮橘色的，有煤气灯那种黄色的，还有电灯白色的。只能隐约看到它们的轮廓隐藏在阴影中，阴影的颜色从灰白色到深紫色都有。滑铁卢桥上的拱形门上有一百盏灯，照得河堤上灯火通明。在河堤的栏杆边，威斯敏斯特大教堂的塔楼直插云霄，星光泻到塔楼上，把塔楼照得呈灰白色，给人一种很舒服的感觉。黑幽幽的河水无声无息地流淌着，偶尔有微波激荡的声音打破了寂静，破坏了水面上摇曳的灯光的倒影。

"今天晚上挺暖和的。"我身边有人说道。

我转过头，看到一个男人的侧影，他正俯身靠在我身边的栏杆上。这人的五官长得十分精致，算得上是英俊了。不过面容憔悴，脸色苍白。他把大衣领子竖了起来，绕着脖子扣得紧紧的。他这副模样就如同制服一样表明了身份。如果我同他搭话，恐怕得给他找个睡觉的地方，还得搭上一顿早饭。

我好奇地看着他。他会告诉我什么呢？我花这钱值得吗？他是那种笨得连自己的经历都说不清楚的无用之辈？他的额头和眼睛里透着精明，下嘴唇微微颤抖着。看到他这副样子，我拿定了主意。

"确实很暖和，"我说，"不过咱们这儿倒不是太暖和。"

"怎么会呢？"他说，仍然看着河对岸，"这儿还是挺不错的……现在还不错。"

"能在伦敦找到这么一个宁静的去处还真难得。"过了一会儿他说，"人们成天都是为工作、晋升而烦恼，同时还要履行义务，避免危险。如果没有这么一个宁静的地方来放松放松，我简直不知道该做些什么好了。"停了很长时间后他又说，"你肯定也知道这世界上的事有多烦人，否则也不会来这儿了。但我怀疑你还没有像我这样从头到脚都疲惫不堪过……唉！有时我都怀疑这么干值不值。我想把一切都抛开，什么名气、财富、地位，统统不要了，去做一点小本生意得了。不过我明白，如果我放弃了抱负——我至今还是壮志未酬呢——这辈子都会后悔不已的。"

他不说话了。我惊愕不已地看着他。如果说我曾经见到过痛苦不堪的人，那就是眼前这个人了。他衣衫褴褛，脏兮兮的，胡子和头发都乱糟糟的，好像是被扔在垃圾堆里待了一星期。而他却在跟我说什么他被一家大公司的事搅得头昏脑涨的。我几乎要失声笑了起来。他要么是个疯子，要么是在辛酸地嘲笑自己一贫如洗。

"如果说远大的目标和显赫的职位也有不足之处，会让人疲于奔命的话，它们会给人类带来补偿。它们可以给人带来名声，可以让人行善积德，帮助那些比我们弱小贫穷的人，甚至还会给人带来一种满足感……"

在那种情形下我这么说纯粹是在拿他开心。我是看他的长相和他说的话太不相称了才跟他搭腔的。其实就在我说话的时候心里还后悔不迭呢。

他扭过脸来看着我。他的脸显得十分憔悴，但镇定自若。他说："我忘了自己是谁了，当然你是无法理解的。"

他上下打量了我一会儿："这确实很荒谬。就是我说了你也不会相信的，因此说说也无妨。找人倾诉一下会让我感到舒服一点儿。我手里确实经营着一家大公司，一家很大的公司。但现在出了点麻烦，我是……我是制作钻石的。"

"我猜你现在失业了？"我说道。

"我很讨厌别人不相信我。"他不耐烦地说。他突然把身上穿的那件脏兮兮的大衣解开，从中拿出一个小帆布包，这个小帆布包是用一根绳子挂在他脖子上的。他从包里拿出了一块棕色的小圆石。"我不知道你是否见多识广，知道这是什么东西吗？"他把小圆石递给了我。

大约一年前我开始利用业余时间攻读伦敦一所大学的科学学位，现在对物理学和矿物学还算是一知半解。这东西确实像是一块没有加工过的钻石，是属于颜色较深的那种，不过也太大了点儿，都快跟我的大拇指盖一样大了。我接了过来，发现这块石头是正八面体，只有最为珍贵的钻石才有这样的雕琢面。我把小刀掏出来在上面划了划，结果一点痕迹也没有留下。我朝煤气灯前凑了凑，用它在我的表盖上轻轻划了一下，表盖上马上就出现了一道白痕。

我的好奇心越来越强了，我看了看他说："这东西确实很像钻石。不过如果它确实是钻石，那么就是一块巨型钻石。你是从哪儿搞来的？"

"和你说吧，这是我自己造出来的。"他说，"把东西还给我。"

他匆匆忙忙地把东西放好，把大衣扣好。"我愿意以一百英镑的价钱卖给你。"他突然急切地低声对我说。他这么一说反而让我又起疑心了。那东西也许只是跟刚玉一样坚硬的物质，只不过碰巧和钻石的形状相似罢了。就算这真的是钻石，那么他是怎么搞到手的？为什么他竟然会以一百英镑的价格卖给我呢？

我们相互对视。他显得很着急，但不像是在骗人。那一刻我几乎相信他卖的东西就是钻石了。但我是个穷人，一百英镑会让我捉襟见肘的。再说了，没有哪个理智清醒的人会在煤气灯下只凭一个衣衫褴褛的流浪汉信口开河就从他手里买什么钻石。这么大的钻石要是真的话可是要卖几千英镑的。然后我想，如果确实有这么一块钻石，那任何一本有关宝石的书都会提到它的，我又想起了有关走私和好望角上那些擅于扒窃的卡菲尔人的故事。我把买钻石的念头抛到了一边。

"你是怎么把这东西搞到手的？"我问道。

"这是我制造出来的。"

我以前曾经听说过一点穆瓦桑[1]的事，但我知道他制造出的人工钻石非常小，我摇了摇头。

"你好像对这种事还知道一点嘛。我来给你说说我的事，也许之后你会重新考虑买不买我的钻石了。"他转过身，背对着河，把手插进兜里，叹了口气说："我知道你是不会相信我的。"

"制造钻石嘛，"他开始说了，他刚才说话的时候还隐约带有一点流浪汉的腔调，现在则换上了一种受过教育的人的那种从容的语气，"是通过适当的助熔剂在适当的压力下将碳元素从化合物中分离出来，结晶后形成的不是石墨或炭粉，而是小钻石。化学家们很久以前就知道这个原理了，但迄今为止还没有任何人确切知道如何利用适当的助熔剂来熔化碳元素，也不知道在多大的压力下才能取得最好的效果。因此化学家们制造出来的钻石又小又黑，跟一般珠宝一样不值钱。我呢，我把毕生的精力都献给

---

1 穆瓦桑（1852—1907），法国化学家，1906 年获诺贝尔化学奖。

了这个课题——毕生的精力啊！

"我开始研究制造钻石时才十七岁，而现在我已经三十二岁了。在当时这可能得让一个人全身心地投入其中，花十年或十二年的工夫，不过即使这样也是值得的。假如我最终找到了正确的方法，在这个秘密泄露出去之前，我还是可以成为百万富翁的！"

他停了下来，看看我是否同意他的说法。他的双眼带着贪婪的目光。"想一想吧，我已经接近成功的边缘了！"他说。

"二十一岁时我已经存了大约一千英镑，是我教书、打工才凑齐的，我就是靠这点钱来维持研究工作的。

我花了一两年的时间主要在柏林学习，后来就靠自学了。如何保守秘密是个麻烦事。你看，如果我泄露了研究计划，其他人知道这个想法切实可行，他们就会争先恐后地干起来。一旦出现这种情况，我可不敢保证我会在这场竞赛中获胜，成为第一个发现这个方法的人，我可不硬充什么天才。因此你看，如果我确实想发大财，得多加小心，不让别人知道我在研究制造人工钻石的方法。一旦成功，这种方法能够生产出成吨的钻石。所以我不得不一个人干。起初我还有个小实验室，但后来钱用光了，只好在肯特一间简陋的没有家具的屋子里做实验。我在地板上铺一个草垫，权且算是床了，四周全都是实验仪器。钱一点一点地用完了。我对自己是能省就省，把钱都花在购买实验设备上了。我靠着教书苦苦撑着，但我并不擅长教书，也没有大学学位，而且除了化学之外没怎么学过别的东西，因此不得不为了挣一点小钱花去很

6

多时间，干很重的活儿。但我离成功越来越近了。三年前我搞清楚了助熔剂的成分，然后我把这种助熔剂和一种碳化物塞到一个两头堵死的枪管中，注满水、封好后加热，通过这个方法我很快找到制造钻石所需的压力。"

他停下来，不说了。

"这很危险啊。"我说。

"对啊。枪管爆炸了，震坏了所有玻璃窗和许多仪器，不过我还是制造出了一种钻石粉末。在解决如何给这种处于熔化状态的混合物（钻石粉末就是从这种混合物里结晶出来的）施加高压的过程中，我偶然在巴黎出版的《炸药与实验杂志》上读到了都伯雷撰写的研究报告。他在一个严格密封的圆柱形钢桶内引爆了炸药，钢桶非常结实，不会被炸裂的。他能将岩石炸成一堆碎石，就跟出产钻石的南非河床上的碎石一样。尽管搞到这样一个钢桶让我有捉襟见肘之感，但我还是设法让人按照他的样式做了一个。我将所有原料连同炸药都放进桶里，在壁炉里生了火，把钢桶扔进火里，然后我就出去散步了。"

他这副一本正经的样子让我忍俊不禁。

"我楼下是一个沿街叫卖水果蔬菜的小贩的一家，我屋子后面的屋子里住着一个靠替人写信糊口的人，楼上住着两个卖花女。也许我这样做考虑不周，但当时有些人也许不在屋里。

"我回来的时候钢桶还在先前那个地方，火烧得正旺着呢，炸药没有将钢桶炸开。这样我就面临一个问题了。你知道，时间在结晶过程中是个非常重要的因素。如果速度太快，那结出的晶体就很小——只有经过很长时间结出的晶体才会大到一定程度。我打算让这个装置冷却两年，好让它的温度慢慢地降下来。我的钱包已经空了。房间里得一直生着大火才行，还得交房租，还得填饱肚子，我已经穷困潦倒了。

"我几乎没法儿跟你说清在制造钻石的过程中我干过多少种工作。我卖过报纸，养过马，替人开过车门。有好多个星期我一直在替人写信封。我还替一个卖水果蔬菜的小贩打过工，我在大街的这一边叫卖，他在另一边叫卖。曾经有一星期的时间我找不到任何工作，只有靠乞讨为生。那个星期实在是太悲惨了！有一天，壁炉里的火灭了，整整一天我都没吃东西了，有个带着女朋友出来玩的小子给了我六便士——显然是为了在女友方面前显摆一下。感谢老天爷，好在人们还有虚荣心！鱼铺子里的鱼肉味道是多么香啊！但我还是把钱全买了木炭，把壁炉重新生着了，然后呢——你瞧，饥饿把人变成了傻瓜。

"最后，也就是三星期前，我把火熄灭了。我把钢桶拿出来，把螺丝拧开了，当时桶还很烫，把我的手都烫伤了。我用一把凿子把里面的那些像熔岩一样的碎东西捣了出来，然后在一个铁盘子上用榔头把它砸碎。我发现了三块大的和五块小的钻石。就在我坐在地板上砸的时候，房门开了，我的邻居——那个靠替人写信的家伙——醉醺醺地走了进来。他老是这样。'无……无政府主义者。'他说。'你醉了。'我说道。'你这个……捣乱分子。'

8

他说。'你还是悠着点吧。'我说,我知道他又在胡扯了。'不要你操心。'他说,狡黠地朝我眨了眨眼,打了个饱嗝。他斜倚着门站着,另一只眼睛贴着门柱,嘟囔地说他一直在偷窥我的屋子,早上他去了警察局,警察把他说的一切都记了下来——'好像是在搞钻石什么的。'他说。我马上意识到我有麻烦了。要么得把我的小秘密向警察和盘托出,那样我所有的努力都付之东流了;要么就得背着无政府主义者的罪名锒铛入狱。我一气之下冲到他面前,拎着他的领子把他揍了一顿。然后我便把钻石拿好,逃走了。晚报把我住的地方称作肯特镇炸弹工厂。现在不管是为了钱也好为了爱也好,我是不会与这些东西分开了。

"如果我到珠宝店去找那些德高望重的珠宝商,他们老是叫我先等一会儿,然后就去和一个店员嘀咕一番,让他去喊警察来。我只好说我等不及了,赶快溜之大吉。我曾经找过一个专门收购赃物的家伙,这小子拿了我的一块钻石之后就再不肯还给我了,还说如果我想要回来的话就去起诉他。我现在脖子上挂着价值几十万英镑的钻石,却没有果腹之物和容身之处。你是我信任的第一个人。不过我喜欢你的长相,我现在是穷困潦倒了。"

他注视着我的眼睛。

"我在这种情况下买一块钻石是不是有点头脑发热了。"我说,"另外,我随身没有带那么多钱。不过你说的话我还是相信一大半的。这样吧,如果你愿意的话,明天到我办公室来吧……"

"你认为我是个贼!"他情绪激动地说,"你会向警察告密的。

我是不会自投罗网的。"

"反正我相信你不是贼。这是我的名片，拿着吧。你来的时候没必要预约，想来的时候就来。"

他接过我的名片，算是接受了我的好意。

"好好想一想再来吧。"我说。

他疑虑重重地摇了摇头。"将来我会连本带息把这两个半先令还给你的——利息会高得让你吃惊的。"他说，"不管怎么样，你还是替我保守着这个秘密吧，怎么样……别跟着我。"

他走到街对面去了，在黑暗中朝拱形门下的小石阶走去，拱形门是通往大街的。我没说什么，任他去了。此后我再也没有见过他。

后来我收到过他写来的两封信，叫我按照某个地址给他寄钱去——不要寄支票。我把这事儿掂量了一番，然后采取了我认为最明智的举动。他曾经在我外出的时候来拜访过我一次。我那顽皮的孩子说他又瘦又脏，穿得破破烂烂的，而且还咳嗽得厉害。他没有留下什么口信。在我的故事里有关他的事儿就到此为止了。有时候我还想知道他怎么样了。他是个天才的偏执狂呢，还是一个骗人的珠宝商呢？他真的像他所说的那样制造出了钻石吗？我认为他说的还是比较可信的，因此我时常认为我错过了这一生中最好的一次机会。当然他也许死了，钻石被当作无用之物扔到了一边——我再说一遍，其中有一块几乎跟我的大拇指盖一样大。也许他仍在四处流浪，想方设法把东西给卖了。不过很有可能他已经跻身于上流社会了，远离了我所生活的那一片安静的小天地，心里正在骂我没有雄心壮志呢。有时我在想，如果当时花五英镑买他一颗钻石就好了。

红屋子

"我可以向你保证，"我说道，"我不会那么容易就被鬼吓倒的。"我站在火炉前，手里拿着杯子。

"这可是你自己决定的。"手臂干枯的男人斜眼瞟了我一下说道。

"我活了二十八年，从未见过什么鬼。"

坐着的老妇人死死地盯着炉火，眼睛睁得大大的，眼神苍白，"嘿。"她插嘴道，"我猜，你活了二十八年，恐怕也没见过这样的房子。一个人才二十八岁，没见过的东西还多着呢。"她缓缓地摇着头，"还有那么多要见识，真是令人难过。"

我有些怀疑，这两个老家伙喋喋不休地劝说，是不是想故意增加这所房子的恐怖气氛。我把空杯子放到桌上，环视房间，在房间尽头的一面奇怪的旧镜子里瞥见了自己——头小身子大，一种夸张的强壮。"好吧，"我说道，"如果今晚我看见什么，我会小心谨慎的。对于这种事，我能应付自如。"

"这可是你自己决定的。"手臂干枯的老头儿又一次说。

我听到从屋外石板过道上传来的沉重蹒跚的脚步声和棍子点地的声音，然后门吱吱嘎嘎地开了，又进来了一个老头儿，背更驼，皱纹更多，比先前那个更老。他拄着拐杖，眼神中带着一抹忧郁，下嘴唇有些外翻，几乎没有血色，似乎垂挂在黄色的残牙上。他径直向桌子那头的扶梯走去，笨拙地坐下，开始咳嗽起来。手臂干枯的老头儿扫了一眼新的来客，充满了厌恶。老妇人没有理会他的到来，仍紧盯着炉火。

"我说了——这可是你自己的决定。"咳嗽声稍停时，手臂干枯的老头儿说。

"是我自己的决定。"我说道。

那个神秘的老头儿这才注意到我。他把头往后仰了一会儿，然后晃来晃去地打量我。我审视了他的眼睛片刻——那双小眼睛发着光，红红的。接着他又开始咳嗽，唾沫乱飞。

"干吗不喝点？"老头儿说着把啤酒推给了他，神秘的老头儿颤颤巍巍地倒了一杯，溅到松木桌上一半。他那奇怪的影子蜷缩着映在墙上，在他倒酒时，影子模仿着他的动作。说实话，我没想到会遇到这些古怪的看房人。我想，衰老时有些东西不再属于人类了，有些东西变得萎缩、过时了。人类的特征似乎日复一日、一点点地、不知不觉地从老年人身上流逝。他们三个人使我感到不舒服——那种死气沉沉、弯腰驼背的形象使人不寒而栗。他们对我没有好感，相互之间也各怀鬼胎。

我说："如果你们能带我去闹鬼的房间，我会自己应付的。"

咳嗽的老头儿猛地往后一仰，然后瞪着红通通的双眼，一道目光从阴影中再次向我射来，把我吓了一跳。但是谁也没搭理我。我挨个扫视他们，等了一会儿。"如果，"我提高了声音说，"如果你们能带我去闹鬼的房间，就不用再为我操心了。"

"门外的烛台上有支蜡烛，"手臂干枯的老头儿说。他说话时看着我的脚，"但如果你今晚去红色房间……"

（"最难忘的一夜！"老妇人说。）

"你自己去。"

"没问题，"我答道，"我该怎么走？"

"沿着过道走一段。"他说，"直到一扇门前。进门就有一座螺旋楼梯，往上走一半有一个平台和一扇蒙着绿呢子的门。进门沿着长长的走廊走到尽头，上台阶，红色房间就在左边。"

"看看我记得对不对？"我重复了一遍走法。他对个别处做了纠正。

"你真的要去？"神秘的老头儿第三次看着我，怪怪地、神秘兮兮地偏着脸。

（"最难忘的一夜！"老妇人说。）

"我来就是为了要进去瞧瞧。"我边说边向门走去。这时，神秘的老头儿站起来趔趔趄趄地绕过桌子，这样离其他人和炉火就更近一点。我走到门口，转过身看着他们。他们紧紧地挤在一起，在火光的映衬下黑黑一团。他们扭头看着我，苍老的脸上带着一种迫不及待（专注）的表情。"晚安！"我边说边打开了门。

"这可是你自己挑的。"手臂干枯的老头儿说。

我出去后先让门敞开着，然后点亮了蜡烛，接着替他们关了门，沿着寒冷、脚步声作响的过道走去。

这三个老家仆的女主人已经离开了城堡，他们聚在管家的房间里。我不得不承认，尽管我努力想使自己相信世上绝不会有鬼，但他们的古怪神秘和房间里褪色的、样式古老的家具使我有点紧张。他们好像属于另一个年代，一个更古远的年代，其精神的东西不同于我们的年代，不够稳定；人们迷信预兆和巫术，鬼怪之说盛行。他们三个人鬼气森森，他们衣服的裁剪、样式带有死人气。房间里的装饰和器具也很怪异，使人想起死去的人，他们并不存在，而他们的幽魂依然在今日的尘世游荡。我努力想把这些想法撵走。长长的、有风吹动的地下通道阴森森的，布满了灰尘。蜡烛的火光在跳动，影子也哆哆嗦嗦，不停颤动。螺旋楼梯口下有回音响起，一块阴影从身后掠来，另一块阴影在我面前投入了头顶的黑暗。到了平台，我停了下来，听听自己认为听到了的沙沙声……一片死寂，我定下心来，推开了呢子面料包裹的门，站在走廊里。

这里给人的感觉出乎意料。月光从宽楼梯上的窗户照射进来，给所有的东西要么投下逼真的黑影，要么洒上银色的光华。一切都原封未动。这所房子似乎昨天才被遗弃，而非一年半之前。蜡

15

烛插在烛台上，无论是地毯上还是打磨过的地板上，所积的灰尘分布得很均匀，在月光下一点也看不出来。我刚要往前走，却突然定住了。一座铜烛台立在平台上，但墙拐角挡住了我的视线。它的影子落在白色的镶板墙上，非常醒目，让我感到有人蜷伏在那儿，准备暗算我。我大概僵立了半分钟，然后把手伸进衣袋，抓住那支左轮手枪往前走，只见伽里墨德斯和鹰的塑像在月光下闪着光，这下我恢复了镇定。一张镶有饰物的桌子上立着一个陶瓷小人，当我走过时，它的头静静地摇来晃去，吓我一跳。

红色房间的门和通向它的台阶在阴暗的角落。我用手中的蜡烛左右照了照，想在开门前看清楚暗处的状况。我想，这就是我的先行者被发现的地方了。一想到他的遭遇，我顿时感到恐惧不安。我回头瞅了瞅月光下的伽里墨德斯塑像，慌慌张张地打开了红色房间的门。开门时我别过脸向着一片死寂的平台。

进屋后，我立即关上门，拧动了插在锁孔里的钥匙，然后高高地举起蜡烛站在那儿，警惕地审视着洛伦古堡里宽大的红色房间。年轻的公爵就是在这儿死的，或许更应该说，他是在这儿垂死挣扎的。因为他打开了门，一头栽倒在我刚才走上来的台阶上。关于这间屋子，还有其他更久远的故事。其中最古老的一个故事令人将信将疑，那是一位胆小的妻子的不幸结局的故事——丈夫的笑话吓坏了她。环视这间宽敞的、阴暗的房间，看看它那阴影笼罩的窗台、昏暗的壁炉和角落，就会一下子明白那些从房间的角落和黑暗中传出来的故事。我手中的蜡烛抖着小小的火舌，照亮了一大片地方，却无法照射到房间的另一头，在其光芒之外留下了深不可测的神秘与联想。

我决定仔细检查一番，在变得心神不宁之前将随房间晦暗而来的种种奇思怪想驱散。确信门已关好后，我开始在房间里随处走走，仔细察看每一件家具，塞好床幔，并且拉开床罩。我拉起窗帘，检查窗户是否关紧，然后关上百叶窗；接着弯腰抬头瞅瞅黑黝黝的、宽敞的烟囱；敲敲深色的橡木墙板，看看有没有什么秘密门户。房间里有两面大镜子，各带一对插着蜡烛的烛台。在壁炉台上，陶瓷的蜡烛架上插着更多的蜡烛。我将它们一支支点亮。蜡烛被点亮，火光亮起——老看房人绝对没有想到，而我点亮了——以免自己会颤抖。烛火照亮，我背过身去再次瞧这房间。我已拉过来一把花布套的扶手椅和一张桌子横在面前，构成一道屏障。上面放着我的左轮手枪，伸手可及。彻底的检查让我感觉好些，但我发现稍远的暗黑之处令人窒息的沉寂，依然容易让人胡思乱想。烛火跳动声和轻微的噼啪声此起彼伏，让我有些不安。房间尽头壁龛的阴影尤其使人捉摸不定，让人奇怪地联想到那是潜伏在暗处的活物，这种感觉在寂静与孤独中油然而生。最后，为了让自己定下心来，我拿着蜡烛步入了阴影，结果什么也没有，我松了口气。我将蜡烛立在壁龛处的地板上，就让它在那儿照着。

这会儿，我的神经相当紧张，尽管我认为没有理由这样。不过，我的头脑非常清醒，我毫不保留地认定不会发生什么古怪神秘的事。为了打发时间，我开始根据风格，将与此处有关的、最初传说的一些片段文字串起来。我大声念了几句，但回音并不好听，就不念了。过了一会儿，我又开始自言自语，说鬼怪幽灵是不可能存在的。我的思绪又转向楼下的三个又老又怪异的家伙，并尽力不想其他的了。房间里阴沉的红色、黑色让我难受，甚至房间里点了七支蜡烛仍然显得昏暗，壁龛处那一支的火光在气流中抖动，使得灰暗的阴影不住地摇晃跳动。我试图找解决的办法，于是想起了在过道中看到的蜡烛。这次我毫不费力，手持蜡烛走出房间，让门开着，到了外面的月光下，不一会儿就拿回来十支蜡烛。我将这些蜡烛插在一些陶瓷小玩意儿上，把它们安放在房间里任何黑暗可能触及的地方。地板上，窗台上，直到这十七支蜡烛的光芒散布到房间的每一个角落。我想，只要任何鬼魅胆敢迈进这里一步，我就会警告它们不要轻举妄动。现在，整个房间已经烛火通明了，在它们外溢的光芒中洋溢着一种令人欢乐和安稳的气息。呼吸着浓郁的烛火气息，我感到时间好像也过得快了。

然而，即使那样，仍然有一种被人监视的不祥预感一直在沉重地压抑着我。十二点以后，那根立在壁龛处的蜡烛突然熄灭了，一团黑影立刻从那里跃出。我没有看见它是怎么熄灭的，当我转过头时，那里已经是一片漆黑了。就像一个陌生人突然出现在眼前，把我吓了一跳。

"啊！"我大声说，"这阵风吹得可真厉害！"然后我从桌上拿起火柴，慢悠悠地走到对面，重新点燃了那支蜡烛。第一根火柴没有划着，正当我拿起第二根火柴时，面前墙壁上的烛光忽然一闪。我畏畏缩缩地转过头，发现壁炉旁小桌上的两支蜡烛已经熄灭了。

我一下子跳了起来，喊道："奇怪！是不是在我走神的一刹那自己弄的？"

我走了回去。正当我重新点燃一支时，看见一面镜子上的烛台上，一支蜡烛闪了闪熄灭了。几乎是在同时，它旁边的一支蜡烛也熄灭了。它们就像被一只无形的手突然捏住了灯芯一样，熄灭后既没有留下一点余光，也没有冒出一丝青烟。就在我不知所措地凝视着它们时，床脚下的那支蜡烛也熄灭了，黑暗的阴影立刻朝我笼罩过来。

"不能这样！"我说着，炉架上的一支蜡烛，紧跟着又一支，也熄灭了。

"这是怎么了！"我叫了起来，声音中带着恐惧。接着，衣橱上的一支和壁龛处那支我刚刚重新点燃的蜡烛也熄灭了。

"又来了！这些蜡烛想干什么？"我有点歇斯底里，抓起了壁炉台上的一盒火柴。我的手颤抖得厉害，以至于两次都没把火柴划到火柴盒上。当壁炉台再一次从黑暗中出现时，房间另一端窗户上的两支蜡烛的烛光又消失了。我用同一根火柴重新点亮了大镜子前和靠近门口地板上的蜡烛。但是同时，房间另一个角落的四支蜡烛又一支接一支地熄灭了。我颤颤巍巍地又划了一根火柴，站在那里不知道该怎么办。

正当我犹豫不决地站在那里的时候，好像有一只无形的手掠走了桌子上的两支蜡烛。我惊呼着冲向壁龛，冲向墙角，然后又冲向窗户，重新点燃了三支蜡烛，可是壁炉旁的两支却又熄灭了。我想了想，先把火柴放到铁皮保险柜上，又拿起了卧室中的烛台。这样，我就可以避免划火柴时的间歇。但蜡烛却仍然一支支地熄灭。那个与我搏斗的阴影又反扑了回来，包围了我，就像一片破碎的乌云席卷了夜空中的星星，时而还能露出一点亮光，可是很快又被吞没了。在这充满了恐惧的黑暗中，我快要发疯了。衣冠不整的我气喘吁吁地从一支蜡烛跃向另一支，毫无用处地与这无法抗拒的黑暗搏斗着。

我重重地撞在了桌子上，又踢翻了一张椅子，然后跌跌撞撞地摔倒了，衣服在桌角上撕开了一条大口子。蜡烛从手中滚落，我立刻抓起了另一支，站了起来。但我起身时带起的风又将手中的蜡烛吹灭了。很快，又是那剩下的两支蜡烛。然而，房间里仍然有火光，一点红光把黑影从我的身上掀落。火焰！当然，我还能抓起烛台间的蜡烛，然后点亮它！

我转向燃烧着的木炭间仍然跳动着的火焰。家具在炉火的映照下反射出红光。我又向炉栅走了两步。不知不觉中，火焰渐渐变小、消失了，木炭也熄灭了，紧接着家具上反射的红光也一下子消失了。当我抓起烛台间的蜡烛时，黑暗再次向我涌来，我的眼前一片漆黑。我就像被人狠狠地抱住了一样，一时喘不过气来。黑暗封锁了我的视线，撕碎了我最后一丝理智。蜡烛从手中跌落，我无力地挥舞着双臂，驱赶着沉重的黑暗。我用尽全力惊恐地呼喊，一声，二声，三声……然后想到我的双脚一定已经站不稳了。我突然想到了月光中的走廊，然后躬着腰，抱着头奔向房门。

但是我已经记不起房门的确切位置了，接着狠狠地撞到了床角。我摇摇晃晃地转回来，接二连三地撞在那些笨重的家具上。我只模糊地记得当时在黑暗中像只无头苍蝇似的乱撞，挣扎着，惊呼着。最后，我的头狠狠地挨了一下。我永远也忘不了摔倒时那种恐怖的感觉和最后疯狂的挣扎。其余我什么也不记得了……

在阳光中，我睁开了双眼，发现头被绷带缠绕着。那个手臂干枯的男人正注视着我。我朝四周看了看，努力想回忆起发生的事，可是什么也想不起来了。我把眼睛转向屋角，看见那个老妇人正从一只蓝色的小药瓶里往杯子中倒着药水。

"我这是在什么地方？"我问道，"我好像记得你，但想不起来你是谁了。"

然后他们告诉了我一切，我像听童话一样听他们讲述那红色房间的故事。

"一大早，我们发现了你。"他说，"你的额头上和嘴上都是血。"

慢慢地，我回忆起了我的经历。

那个老头儿对我说："你现在相信那间屋里真的有鬼了吧？"他说话时已经不再充满敌意了，但却像失去了朋友一样略带忧伤。

"是的，"我说，"那间屋子里的确有鬼。"

"你已经见过他们了，可我们一辈子都在这里，却从没见过，因为我们不敢……告诉我们,那个伯爵是不是真的……"

"不,"我说,"不是那样。"

"我告诉过你,"老妇人拿着杯子说道,"他那年轻可怜的伯爵夫人是被吓得……"

"不是那样。"我打断了她,"在那间屋子里,既没有伯爵的鬼魂,也没有伯爵夫人的冤魂。那里根本就没有鬼,但是却有更可怕的东西。"

"是吗?"他们说。

"在那里,有一种最可怕的东西缠绕着人们可怜的灵魂,"我说,"那就是,赤裸裸的恐惧!我们看不见也听不到他,但他却不知不觉控制了我们的视听,然后再来征服我们。在走廊里,他一直跟着我,然后在那红色房间里把我征服了。"

我突然停了下来。大家都陷入了沉默。我举起手摸着头上的绷带。

然后,神秘的老头儿叹了口气说:"是这样的,我知道是这样的。那是黑暗的力量。他把诅咒带给了一个女人!他一直隐藏在那里。甚至在白天,在明亮的夏日里都可以感觉到他。不管你的脸朝向哪儿,他都会躲在你身后。黄昏时,他会爬上走廊,跟随着你,让你不敢回头。那间红色房间里充满着恐惧——黑色的恐惧。只要这幢罪恶的房子不倒,他就会一直隐藏在那里。"

手术刀下

"我要是死在手术刀下怎么办？"从哈顿那里出来回家的路上，这种念头一次次地侵袭着我。我不必像一个已婚男人一样有那么多后顾之忧，也深知我的好朋友出于感情上的责任，大都会因我的死而动容。我居然还想到了有多少人会悼念我才算够数，我反复考虑这件事，感到震惊和一丝羞愧。从哈顿那里走过普利姆罗斯小山，一路上眼前的景物在清晰而干燥的光线照射下失去了原有的魅力。我想起了年轻时的朋友，现在明白了我们的友情就像多年的惯例，需要共同的努力来维护。我想起了在事业中曾反对过我和支持过我的人们，我想我那时算得上冷酷无情或者工于心计了——也许有了一样就意味着有了另一样。甚至连交朋友的能力都与身体好坏息息相关了。我曾有过因失去朋友而悲痛欲绝的时候，但那天下午，在回家的路上，我头脑中感情的那部分已停止了活动。我既不为自己叹息，也不为朋友伤心，更没去想他们会因为我伤心。

显然这种感觉上的木然源于我日渐羸弱的身躯，但我竟觉得很有趣，我的思维也就顺着这种麻木飘来飘去。我曾在非常年轻的时候患过一次突然性失血，跟死神擦肩而过。直到现在我仍记得那时体内的感情、激情都已枯竭，留下的仅是平静，是沉默寡言，是一副可怜虫的样子。数周后，原有的远大志向、男儿之情以及人类共有的复杂的感情世界才重新回到我的躯体。这使我意识到，感情麻木的本质可能是具有动物本性的人渐渐从喜怒哀乐的世界中离去。

事实证明，并且十分清楚、透彻地证明，高层次的感情、精神上的感觉甚至对爱情的无私，都是从低级动物的需求和恐惧中发展而来的，人类精神世界的自由是无法逾越它们的。当死亡的阴影笼罩的时候，当求生的希望减小时，我们对事物的好恶感——两种感觉相互平衡又相互交融，引发人们的一系列行为也随之而消失了。剩下的是什么呢？

突然，我被带回到了现实世界，因为我差点儿和托着盘子的鲜肉店男童工撞个正着。这时我发现自己正在跨越雷肯特公园的那座桥，这桥同动物园的那座恰好平行。那个穿着蓝色衣服的男童工正回头望一艘黑色的驳船，一匹枯瘦的白马拖着船，船走得很慢。在动物园中，一个护士正领着三个兴高采烈的小孩子过桥。树是碧绿色的，春日的盎然生机还没有被夏日的尘土飞扬夺去光彩。蓝天在水中的倒影是那么透亮、清澈，只有长长的水波和驳船驶过时水面上微微颤动的黑影才打破了它的完整。徐徐的春风沁人心扉，但对于现在的我来说再也找不到已往春天的感觉了。

这种感觉上的麻木本身是不是一种期待呢？令我纳闷的是，我能十分清楚地思考并罗列出一系列想法，至少表面上是这样的，我所感受的并非是木然，而是一种冷静。相信死亡必有先兆的人有据可依吗？相信一个垂死的人会在死亡之神降临之前就本能地从这个物质与精神交杂的世界里解脱出来吗？我体会到一种与世隔绝的奇怪感觉——一种被周围生命隔离也满不在乎的感觉。孩子们在阳光下嬉戏，在为生活积累力量和经验，公园的守门人正在和看护小孩子的护士闲聊，一对窃窃私语的年轻伴侣从我身边走过，路旁的树木冲着阳光想要长出新的绿叶，树枝上的嫩芽不安分地动着——我曾是这一切之中的一部分，可现在已不再是了。

沿着布罗德大道走了一段后，我觉得累了，腿脚变得沉重起来。那天下午很热，我来到路边，在沿路一字排开的绿色椅子中找了一把坐下来。很快我就进入了梦境，思维又像潮水一般地涌了上来。我在椅子上坐着，但觉得已经死去了，枯萎了，破碎了，干瘪了，我看到自己的一只眼睛被鸟啄去了。"醒醒！"一个声音响起，路上的灰尘和小草下的泥土顿时变得不安起来。以前我从没想到雷肯特公园会是一座墓园，可现在，我的目光穿过树林，视野所及之处全是一大片翻腾的坟墓和倾斜的墓碑。像是要出什么事儿似的，我看到死人拼命挣扎着要起来。他们在流血，血淋淋的肉从惨白的骨头上撕裂开来。"醒醒！"又叫了一声，但我决不愿醒来面对这可怕的景象。"醒醒！"他们不愿意放过我。"别睡了！"一个怒气冲冲的声音喊道。一个操伦敦东区口音的天使！睁眼一看，那个公园卖票的人正在使劲地摇晃我，让我买票。

我付了钱，把票揣在口袋里，打了个哈欠，伸了伸腿，终于感到不那么昏昏然了，因此站起来，继续向朗汉姆走去。很快，我又陷入思索死亡的迷雾中去了。过了玛丽雷堡恩路、走到朗汉姆尽头的转弯处时，我险些撞上一辆计程车的车杠。之后，我的心狂跳不止，肩膀也被擦伤。突然间我想到，要是我总在沉思明天的死而导致今天就被车撞死，那可真成了件稀奇事儿。

好了，不再向你唠叨那天和第二天的经历了。我越来越觉得这次手术我死定了，有时也觉得自己悲观了点儿。医生十一点钟来，但我并没有早起，似乎没有必要去做洗澡和换衣服这样的麻烦事了。我看了大清早送来的报纸和信件，觉得并没有多大意思。信件中有一张旧时的学友艾迪逊寄来的便条，提醒说我新出的那本书上有一处打印错误和两处漏洞，其中一处是讲朗力奇向明顿发脾气。其余的都是些商业信函。我在床上吃了早饭，感到身体侧面火辣辣的灼痛感似乎更剧烈了，我知道那是病痛在作怪，但我并不觉得疼痛难忍。如果你能明白我说的话：整个晚上辗转反侧，难以入睡，感到闷热难当，口渴异常，可早晨躺在床上却觉得很舒服。晚上我躺在那里回忆着往事，清晨却在思索着永生。

哈顿医生十分准时地到了，带着一只四四方方的黑包；莫布雷很快也来了，他们的到来对我的情绪稍有影响。哈顿宽大的后背对着我，开始取出包里的东西。听到了钢铁轻轻碰撞的"铛铛"声，我才发现思维并没有完全停止。"会很痛吗？"我漫不经心地问道。"一点儿也不会。"哈顿扭头答道，"我们会用麻醉剂的，你的心脏棒极了。"他说话时我嗅到一丝麻醉剂的甜味。

他们把我放平，让我身体的侧面露出来。我还没弄清楚怎么回事，麻醉剂就起作用了。它刺激鼻孔，起初我有一种窒息的感觉。我知道我要死了——这将是我最后的时刻。突然，我觉得这样面对死亡太仓促了，还有某种未竟的责任——究竟是什么，我说不清。我到底还有什么没做完呢？实在想不出还有什么要做的，还有什么想要的，但我仍十分不乐意就这么死去。这种生理上的感觉使我感到异常的压抑。医生们当然不会知道手术会要了我的命。可能我当时挣扎了几下，然后就不动了，周围也静了下来，出奇的静，紧接着，巨大的黑幕笼罩了我。

这种完全失去意识的状态必然是有几秒或几分钟的间隔的。我冷静下来，发现自己并没有死，我的灵魂仍在躯体中。但构成意识的各种感觉已不复存在，我已经完全自由了。不，还不能那么说，因为我无法脱离床上的那具肉体，紧紧地附在上面，甚至感觉不到自己同它并非一体，而是独立在外的、想要挣脱它的。我无法看也无法听，但却知道正在发生的一切，就像能听、能看一样。哈顿俯身在我上方，莫布雷站在我身后，那把手术刀——一把大号的手术刀——正在解剖我身体侧面的肋骨下的肉体。看自己的身体像奶酪一样被分割，没有痛苦，甚至没有丝毫的不安，我的感觉就和看陌生人下棋时差不多。哈顿面庞坚毅，操作沉稳，但我却惊奇地发现（我也不知道是怎样发现的），他对这次手术的结果把握很小，缺乏自信。

我也能看到莫布雷的想法，在他翻腾的脑海里新的想法就像水泡一样时时出现，但却在他意识中最亮的那个小点中一个接一个地迸裂开来，他认为哈顿不愧是个医学专家。尽管他有嫉妒别人、贬抑别人的本性，但忍不住看着哈顿快速、灵活的动作而暗羡不已。我看到了自己的肝脏，对自己所处的境地感到十分惊奇；我觉得自己没死，但同活着又不太一样。一年多来压抑我的精神、扭曲我的思想的那种沮丧感已消失了。我的思维不夹杂一丝感情色彩，我所惊奇的是，是否每一个被麻醉的人都同我现在一样，而且在清醒后会忘掉这一切。但看透某些人的心思后再忘掉大概不容易吧。

尽管我知道自己没死，但仍十分清楚地感觉到即将死去。这把我的思维带回到哈顿的手术上来。我透过他的大脑，看到他十分害怕地切断门静脉的一条分支。我正想看个究竟，却被他大脑中异常的变化吸引住了。他的意识就像电流计上的镜片投下的颤动的小亮点，亮点下他的思维像小溪一样流动着，一部分流经亮点变得明亮而清晰，一部分在半明半暗的地方若隐若现。刚才那亮点处一直是稳定的，但莫布雷的任何一个微小动作、周围极小的响动，甚至是他正缓缓解剖的那部分肉体稍有变化，都使那个亮点不停地颤动和旋转。一个新的想法沿着思维的流动突然跃出，啊！那个亮点就迅速向它飞去，比一条受惊的鱼的速度还快。人类全部复杂的思维活动竟是依靠这样摇摆不定、突如其来的因素，真是太奇妙了。往后的几分钟里，我的生命就取决于它了。在哈顿的脑海中，一幅静脉切断的小图变得更清晰，而且努力要把另一幅切得不够的图片赶出去。他害怕了，怕切得太少，又怕切得过多，两种想法在脑海中不断斗争。

突然，就像阀门下的水流倾泻而出一样，一股可怕的意识蜂拥而出，席卷了他的大脑，我立刻察觉到那静脉已被切断了。他吓了一跳，沉闷地惊叫了一声，身子向后退去。我看到紫褐色的血液迅速凝结成珠状，向下滴淌。哈顿显然是被吓坏了。他把那沾着血迹的手术刀扔到八角形小桌上，同莫布雷一起抢到我身边，急急忙忙地想要挽回这次灾难。"冰块！"莫布雷大口喘着气喊道。但我知道我已经死了，尽管仍依附在肉体上。

尽管我感觉到了他们想要挽救我的整个过程，但我不愿再赘述细节了。我的感觉比任何时候都要敏锐、迅速，我的思维以难以置信的速度穿过大脑，但没有丝毫的紊乱。过一会儿这一切都会结束的，那时我就自由了。我知道自己是永生的，但永生是什么样的我不知道。我会像枪口冒出的一缕轻烟，在那瘦弱不堪的躯体中飘来荡去吗？我会突然发现自己在无数的死人当中，才明白周围的世界始终不过是些变幻不定的影子吗？我会飘荡到某个能与灵魂交流的地方，傻乎乎地干一些莫名其妙的事吗？我十分平静地期待着疑问得到解答，然后感到有一种外力在我身上越来越大，似乎有什么磁性的东西把我从肉体中吸出去。这种感觉越来越强烈，像是大的、可怕的力量在争夺我这个小小的原子。刹那间，我又恢复了知觉，感到自己像在噩梦中一样头朝前飞去，接着这种感觉又增加了几千、几万倍，然后一种黑暗的恐惧急流般席卷了我的知觉。那两个医生、那具被剖开一边的裸露的躯体、那间小屋，都离开了我，消失了，就像潮落后沙滩上的泡沫一样无影无踪了。

我飘荡到半空中。在我的下方很远处是伦敦西区，像一幅动图一样快速地离我远去，我好像在飞快地向上飞。

透过薄薄的烟雾，我能看到无数房顶上的烟囱、窄窄的街道，上面星星点点地布满了人和车辆，还能看到斑点大的广场，教堂上的尖塔针一般立在教堂上，但地球的转动很快使它消失得无影无踪了。几秒后（我觉得是这么长），我已在伊岭附近几个零星的小镇上面，泰晤士河就像一条蓝线，向南流着，支尔登山脉和北多斯像脸盆边似的展现在我眼前。我仍在向上飞，起初根本不明白为什么会这样无休无止地飞。

我下方的景观每时每刻都在增加，小镇和田野，小山和山谷的细处都变得越来越模糊不清、难以辨认，蓝色的山野和宽阔的绿草地慢慢地变成了亮灰色，两边很远的地方有块低低的云，射出耀眼的白光。在我的上方，把我同外层空间隔开的大气层变得越来越薄，原本湛蓝色的天空颜色越来越深、越来越多。我穿过时隐时现的阴影，一会儿天就变得像深夜的星空一样暗淡；过了一会儿，天空暗得就像被霜遮盖的星光；又过了一会儿，就陷入我从未见过的黑暗里去了。起初只有一颗星，后来有许多，最后无数颗星星，出现在空中，从地球上是看不到这么多星星的。天之所以是蓝色的，是因为太阳的光芒和星星反射的光无目标地向四面八方散去，即使在冬日最黑的夜里仍有少量的光。白天我们看不到星星是因为太阳的光芒太耀眼，但现在我却能看到——我不知道为什么能，但绝不是用肉眼看到的——刺眼的太阳光不再影响我的视觉。太阳变得如此奇妙，令人难以置信：它的主体是一个圆盘，发出刺眼的白光，并不像从地球上看到的黄色，而是青白色，圆盘上布满了鲜红色的条纹，边缘是一圈翻滚的火舌，两道齿轮状的银白色光从两边射出，远及半个天空。用我在地球上看到的东西来形容的话，太阳就像埃及雕塑中带翅膀的球体。我知道那是日冕，我只见过关于它的一张图片。

当我重新把注意力转向地球时，发现它已离我很远了，田野和村镇早已无从辨认，乡村那丰富的色彩也合并成了亮灰色。现在我能看到法国北部、爱尔兰和几乎整个英伦三岛，只有北边的苏格兰部分地区在我的视野之外，部分海岸线也被云遮住了。暗灰色的大海比陆地的颜色还深，整个全景向东缓缓地转动。

这一切来得那么快，直到离开地球数千里我才注意到自己的样子。我发现自己没有手脚，没有器官，既不感到紧张，也没有痛苦。我的周围全是真空（我已飞越了大气层），比人类想象的要冷，但对我毫无作用。太阳的光芒穿越了真空，但除非碰到什么物体，否则是无法带来光明和热量的。我安详地陶醉在这美丽的景色中，仿佛自己就是上帝。我下方的事物正飞速地掠过，灰色的地球上有一个小黑点是伦敦的位置，那儿有两个医生，正忙碌着挽救被我抛弃的那具残缺躯体。我感到如此的解脱和安详，任何世俗的欢乐都无法同它相比。

当我感受到周围的一切时，才渐渐地明白为什么会离地球越来越远。答案是这么简单，这么明了，我惊呆了，从未想到事情竟会是这样。我被突然地从物质中割离开来，物质的自我留在地球上，随着地球的旋转而旋转，被地球的引力吸在那里，随着地球一起，死气沉沉地围着太阳转。太阳和恒星也在广阔的宇宙中不停地穿梭。非物质的自我有毫无迟滞的感觉，没有物体引力能对它起作用，它同肉体已完全分离，静止在宇宙中（至少现在如此）：不是我离地球而去，而是地球离开了我。不仅仅是地球，整个太阳系都在流逝。在我的周围、在地球离开我的那条轨迹上，一定散落着无数我看不到的灵魂，像我一样去掉了物质本体，像我一样没有了激情和各种感情，只剩下裸露的思维；像我一样面对从未见过的奇观和从未有过的念头；像我一样对突然的解脱惊叹不已！

当我离黑暗的宇宙中那轮奇怪的太阳越来越远时，我似乎变大了——真的让人难以置信。同我离开的那个世界，同一个普通人相比，我确实变大了。很快我就看到了整个地球的轮廓，形状较凸，就像快要月圆时一样，但地球体积很大。此刻，美洲在正午时的阳光下发出银光，英格兰这个小岛几分钟前才受过阳光的沐浴。起初地球很大，占去了不小的空间，而且闪闪发亮。可它每时每刻都在缩小，变远。这时，一小部分月亮慢慢地进入视野，覆盖了地球的边缘。我的目光开始寻找星群，发现只有在太阳后方的白羊座的一部分和被地球遮住的狮子座无法看到。我认出了破破烂烂、疲惫不堪的银河，织女星在太阳和地球间闪亮，漆黑的宇宙对面是光芒四射的天狼星和猎户座。北极星就在我上方，大熊星在地球上方。在太阳下面光芒无法触及的地方，有许多我从未见过的星群，较明显的是一个匕首状的，我知道那是南十字星。这些星星的大小同在地球上看差不多。但在地球上一些几乎看不见的小星星在黑色宇宙的衬托下都像一等星那么亮，使这个广阔无垠的世界充满了无法用言语来形容的光辉和色彩。金牛座看上去像一个血红的斑点，天狼星缩成一个点，散射出青玉色的光芒。它们的光都很稳定，并不摇摆闪烁。它们是那么辉煌，又是那么静谧。在我的视野中，星星坚若磐石，亮泽动人，没有一点儿模糊的光，没有大气层的遮挡，只有无数星星点点的亮光缀满了无垠的黑暗空间。过了一会儿，我再看的时候，发现地球已小得像通常见到的太阳那么大了，而且在不断地旋转，缩小；一秒后（我觉得是这么久），它只有原来的一半大了，而后迅速缩小。在对面很远处，火星正不断地放射出针尖那么大点儿的光芒。我在真空中浮动着，没有一丝恐惧和惊奇的感觉，注视着那被称作宇宙尘埃的地球渐渐远去。

我渐渐明白我对时间的感觉有了变化：我的思维并非变快了，而是变得慢极了，转换一个念头需要几天的工夫。我注意到月亮围着地球转动，也清楚地看到了火星的轨迹。除此之外，两个念头之间的时间间隔似乎在变长，或许一千年对我来说只是一小会儿。

起初星群在无垠的宇宙中一动不动地放射着光芒，但天蝎座周围的星群似乎在缩小，猎户座、金牛座和它们旁边的星星正向四处散去。突然，一道闪光划过黑暗，那是大量的石粒飞过。在太阳的光芒下，它们像灰尘颗粒般闪闪发亮，结成微亮的云状体。它们在我周围旋转，然后在我身后一闪而逝。紧接着我看到一个亮点，就在我的前方发出微弱的光。它迅速变大，正向我飞奔而来，我才发现那是土星。它越来越大，遮住了身后的空间和一群又一群星星。我看到了它扁平状旋转的星体、它的星环和它的七个小卫星。它越来越大，成了一个庞然大物，然后我就闯进了一大串碰撞的石块、跳动的灰尘和气流中去了，看到那巨大的三层星环就像月光的三道同心弧一样。这一切都来得如此之快，大概只用了我描述它们所用时间的十分之一。土星如闪电般划过，有几秒钟它遮住了太阳。然后，它背着光，成了一个又黑又小、带着翅膀的小片。那个曾生我养我的地球已看不到了。

很快，太阳系就像一件外套，悄无声息地从我身边落了下去，直到太阳渐渐成了众多星星中的一颗，同旋涡状的行星一起，消失在远方的点点星光中。我不再属于太阳系了。我来到了外层空间，似乎整个物质世界都在我的了解和掌握之中。天蝎座和织女星消失在一片磷火似的薄雾中，其他星星也在迅速向内围拢，直到成了一片旋转的星云。在我面前的是更宽更广的黑色真空，发光的星越来越少。我好像到了猎户座的皮带和剑之间的某点。我掉到一个巨大的空洞中去了，那空洞每秒钟都在增大。宇宙越飞越快，最后成了一堆旋转的颗粒，悄然无声地飞进空洞。星系越来越亮，我靠近时，它们的行星在以一种奇怪的方式吸引着光线，刹那间光芒消失了，它们又销声匿迹了。在茫茫的无边黑暗中，暗淡的彗星、流星集束、闪光的小物体和光点形成的漩涡呼啸而过，其速度之快令人难以想象。一些离我较远，约有几亿里；一些则较近，时不时地还冒出火光。它们更像太阳光线下干燥的灰尘颗粒。我正被拉入这个越来越宽、越来越大、越来越深的空洞之中。最后，漆黑的空间变得一片空白，那个有星系的宇宙已经完全在我身后合上了，就像挡光的布帘拉上了一样。就像大风吹动鬼火一般，它摇曳着离我远去。我进入了一个完全荒芜的空间，这个空间越来越大，最后星星就像一堆小火星儿一样飞走了，飞得很远很远，只剩下黑暗和空洞笼罩着我。很快，那个我曾停留过的物质世界越变越小，成了一个闪光的旋转圆盘。很快，它就会变成一个小点儿，直到完全消失。

　　突然，我恢复了感觉——一种极端恐惧的感觉，一种无法用语言表达出来的对无边黑暗的恐惧，一种重又出现的激情和冲动。在我周围的黑暗中，有没有我看不到的其他灵魂呢？还是确像看到的一样，我只是一个孤魂呢？是否我已离开生命而进入一种既存在又不存在的状态呢？肉体和物质都已离我远去，只留下我形影相吊，不知所终。四周是一片漆黑和死一般的沉寂。我已不复存在，已经什么都不是了，只有空洞的口上还留有一点极微弱的光。我努力去听、去看，可周围还是死一般的沉寂和无边无尽的黑暗，这让我害怕，让我绝望。

接着我看见，在整个世界都收缩进去的一点儿光旁边，有一阵微弱的闪光。在这阵闪光的两边，有那么一段黑暗被照亮了。我盯着那光看了许久，在这一段我觉得很漫长的等待中，那团雾变得更浓了。接着在那一带边缘，出现了一片形状不规则的云。云的颜色是那种极其淡、极其苍白的棕色。我感到一阵焦灼和不安，但是那些事物变亮的速度如此之慢，以至于看上去几乎没有改变。到底是什么在展示自己？在那长得无休无止的夜的空间里，这奇怪的红色曙光到底是什么？

云的形状很奇怪。从下方看，它似乎被绕成了四块突出的部分；而从上方看，则是一条直线。它是什么的幻影？我可以肯定我以前看见过那东西，但想不起来它是什么，也想不起来是在哪儿、在什么时候看见过它。然而，过了一会儿，我突然意识到它是什么了：它是一只捏紧了的手。我一个人飘浮在太空中，孤零零的，只有这只巨大的、影影绰绰的手陪伴着我。在这只手之上，整个宇宙就像一粒没人关心的灰尘。好像我是在不同的时间里看着它似的。那只手的食指闪着光，我所来的那个宇宙好像只是那只戒指圆弧上的一点光。那只手抓着的东西像一根黑色的棍子。我看着这只手、手上的戒指和手里的棍子，似乎永恒已从我的凝视中逝去。我脑袋里不停地想着接下来会发生什么事？我怀着恐惧，无助地等待着。我将永远这么看下去，看着那只手和它拿着的东西，却丝毫不能理解它的含义。整个宇宙是否就是更伟大的存在的折射呢？我们的世界是否就是另一个宇宙的原子，而另一个宇宙又是下一个宇宙的原子，如此循环下去，直到无休无止？我又是什么呢？我是否真的是非物质的呢？在我的脑海里，渐渐出现了一个在我身旁聚集起来的模模糊糊的身体。那只手周围深不可测的黑暗中似乎充满了无法触及的暗示，带着不确定的、起伏不定的形状。

接着，突然传来了一种声响，像是一只缓缓敲响的钟；声音很微弱，仿佛来自无限的远处。声音是被消减了的，好像通过了重重包裹的黑暗才传到人耳中来的。声音是沉重的、震颤的回响，每一响中间伴随着深沉的静寂。那手似乎更紧地握住了棍子。在手的上方很远处，我看见了一圈微弱的磷火，朝着黑暗的顶点。那磷火是一个鬼气森森的球体，声响似乎就是从那儿传出来的。最后一响敲过，手消失了，时间到了。我听见了水的响声，但那根黑色的棍子还在那儿，像一条横过天空的巨大带子。接着响起了一个声音，似乎直穿过了大部分的空间。那声音说道："不会再有痛苦了。"

在那一刻，一阵让人几乎承受不了的欢乐和喜悦淹没了我。

我看见那圆圈发出了白而亮的光；棍子还是黑色的，但也在闪光；很多其他东西也变得明晰了。圆圈变成了钟面，棍子变成了我床上的横档。哈顿站在我脚旁，靠在横档上，手里拿着一只小剪子。在他肩膀上方的壁炉架上，钟的指针重合在十二点。莫布雷正在八角形桌上的脸盆里冲洗着什么东西。我感觉到身体一侧一阵渐渐削弱的东西，不能说那就是疼痛。

手术并没有让我送命。我突然感觉到，我已从整整半年的忧郁感中解脱出来了。

戴维森的眼睛

一

西德尼·戴维森的脑筋时而不太正常——这件事本身就已经够离奇了，但如果威德的解释能让人相信，那么这事儿就更加令人不可思议了。他的话使人们梦想着将来可以以最为奇特的方式相互交流，能在世界的另一边待上五分钟，或是在我们从事最为秘密的活动时被神秘的眼睛监视着。我碰巧是戴维森"中邪"的直接目击者，因此自然得由我来把这个故事写出来。

说我是他"中邪"的直接目击者，是说我是第一个赶到现场的人。事情发生在哈洛技术学院，就在离海格特拱道不太远的地方。事发时他正独自一人在那间稍大一点儿的实验室里，我在放着天平的小一点儿的那间实验室里记笔记。当然了，暴风雨完全打乱了我的工作。一阵轰隆隆的雷声之后，我好像听到那个房间有玻璃打碎的声音。我停下笔，转过头去仔细听，过了一会儿什么也没有听见。大雨敲得屋顶的波纹噼啪噼啪直响，仿佛是魔鬼在弹琴。接着传来了一个声音，玻璃打碎的声音——这回是毫无疑问的了。一个沉重的东西被从长椅上打了下去。我立即跳起身，冲了出去，打开了通向那间大实验室的门。

我很惊奇地听到一种奇怪的笑声，并且发现戴维森站在屋子中间摇来晃去的，一脸迷惑的表情。我的第一个反应是他喝醉了。他并没有注意到我。他正在用手在脸前一码远的地方抓来抓去，似乎在抓什么看不见的东西。他动作缓慢，战战兢兢的，可什么也没抓着。"这是怎么了？"他说道。他用双手捂住脸，手指叉开着。"我的老天！"他说道，然后笨拙地把脚抬起来，似乎以为自己的双脚被粘到了地板上。

"戴维森！"我大声喊道，"你这是怎么了？"

他朝着我的方向转了过来，四下张望着找我。他朝我身后、身上和两侧看着，却根本没有看见我的迹象。"海浪，"他说道，"还有一艘特别漂亮的纵帆船。我敢发誓那是贝洛斯的声音。喂！"他突然用尽全力、扯着嗓子喊了起来。

我想他是要干什么蠢事了。后来我发现他的脚下到处都是我们最好的静电计的碎片。"发生了什么事，伙计？"我说道，"你把静电计都给打碎了！"

"又是贝洛斯！"他说，"朋友们走了，如果我的双手没有了，还有静电计的什么事儿来着……你到底在哪儿，贝洛斯？"突然，他跌跌撞撞地向我走来。"这个鬼东西切起来就像奶油一样。"他说道。他径直朝那个长椅走去,又缩了回来。"这个东西一点也不像奶油!"他说。他站在那里不停地晃来晃去。

我吓坏了。"戴维森,"我问他,"你到底中了什么邪?"

他朝四周看了看。"我敢发誓刚才是贝洛斯。你为什么不敢像个男子汉那样出来让我瞧瞧你,贝洛斯?"

我意识到他肯定是突然变瞎了。我绕过桌子,把一只手放到了他的胳膊上。我这辈子还没见过有人被吓成这样。他一下跳开了,然后转过身来摆出一副自卫的架势,他的脸由于恐惧已经扭曲变形了。"上帝!"他大声喊道,"刚才是什么东西?"

"是我——贝洛斯。别发神经了,戴维森!"

听到我的回答,他跳了起来,直勾勾地盯着我。怎么形容他的样子呢?他开始说话,但不是对我说,而是自言自语。"在这光天化日之下,空旷无人的海滩上根本没有藏身之处。"他惊慌失措地朝四周看了看,"且慢!我去也。"他猛地转过身来,径直朝那块巨大的电磁铁冲去。他动作如此之猛以至于我们后来发现他的肩膀和下颚严重擦伤了。撞到电磁铁之后,他朝后退了一步,用几乎是啜泣的声音喊道:"老天爷,我中什么邪了?"他站在那儿,吓得脸色苍白,浑身剧烈地颤抖着,右胳膊死死地抱着左胳膊刚才撞着电磁铁的部位。

这时候我又惊又怕。"戴维森,"我说,"别害怕。"听到我的声音他吓了一跳,但不像上次那么过分了。我尽可能用一种清晰坚定的语气把我的话重复了一遍。"贝洛斯，"他问道，"是你吗？"

"难道你看不见我吗？"

他笑了："我连自己都看不见。我们这到底是在哪儿？"

"在实验室里呀！"

"实验室！"他回答道，语气显得十分迷惑，他把一只手放到前额上。"刚才打雷闪电的时候我是在实验室，但是我现在肯定不在那儿，否则我不得好死。那是艘什么船？"

"没有什么船啊！"我说，"清醒一点，老伙计。"

"没有船！"他跟着说，似乎忘了我刚才说的话。"我想咱们俩都死了。"他慢慢地说，"可奇怪的是我还觉得有一个身体。估计是我还没有适应过来。那个老商店大概是被雷电击中了。确实够快的，贝洛斯，对吧？"

"别胡扯了，你活得好好的。你现在是在实验室里，跌跌撞撞的。你刚才打碎了一个新静电计。等鲍伊斯来他肯定会发火的。"

他把视线从我身上移到了冰盐的图表上。"我肯定聋了。"他说，"他们开了一炮，因为冒了一股烟，我什么也没有听到。"

我又把手放到了他的胳膊上，这一回他没有上次那么警惕了。"我们好像有一种看不见的身体，"他说，"天哪！有艘船从海岬那边绕过来了。这很像以前的日子，只不过气候不同罢了。"

我摇了摇他的胳膊。"戴维森，"我喊道，"醒一醒！"

二

正在这时，鲍伊斯走了进来。他刚一说话，戴维森就喊道："鲍伊斯老兄！也死了！真好玩！"我连忙解释说戴维森正在梦游。鲍伊斯立即对此表现出了极大的关注。我们俩费了九牛二虎之力想让这个伙计从这种迷迷糊糊的状态中清醒过来。他回答了我们的问题，还问了我们几个问题，但他的注意力似乎被他对一片海滩和一艘船的幻觉给分散了。他不停地说起一艘船和船上的吊杆，还有被风吹起的船帆。在这个阴暗的实验室里听他讲这些事情不免让人觉得莫名其妙。

他的眼瞎了，无法自由行动了。我们只好一人吊着他一只胳膊顺着走廊走到鲍伊斯的私人房间。鲍伊斯和他在那儿说话，用那艘什么船的事敷衍着他。我则沿着走廊去喊老威德过来看看他。听到我们院长的声音，戴维森清醒了一点，但没有完全清醒过来。戴维森问他的手在哪儿，为什么他走路的时候下半身还埋在地下。威德对着他想了老半天——他眉头紧皱，那样子你是知道的——然后引他摸着了睡椅，牵着他的手把他领到了睡椅旁。"这是个睡椅，"威德说，"它在鲍伊斯教授的私人房间里，里面填的是马毛。"

戴维森用手摸索着，茫然不知所措。一会儿回答说他可以摸得着睡椅，但看不见。

"你看见了什么？"威德问他。戴维森说除了一大堆沙子和碎贝壳之外什么也看不见。威德又给了他另外一些东西让他摸，告诉他这是些什么东西，然后仔细地观察着他。

"船身看不见了，只有桅杆了。"戴维森说，"目前再没别的什么东西了。"

"不要去想船的事儿了。"威德说，"听我说，戴维森。你知道幻觉是什么意思吗？"

"当然知道了。"戴维森说。

"那么你看到的所有东西都是你的幻觉。"

"天哪。"戴维森说。

"别误解我的意思。"威德说，"你还活着，活生生地在鲍伊斯的房间里。但是你的眼睛出了点问题儿。你看不见了。你能感觉到，也能听得着，但看不见了。你听懂我的话了吗？"

"我看到的东西好像太多了。"戴维森用指关节揉了揉眼睛，说道，"怎么回事呢？"

"就这样吧，别再让这事烦你了。让贝洛斯在这儿待着，我用出租车送你回家。"

"等一会儿。"戴维森考虑着，"帮我坐下来。"过了一会儿他说道："现在——对不起，给你添麻烦了——你能再把那些给我说一遍吗？"

威德十分耐心地又说了一遍。戴维森闭上了眼睛，双手紧按着前额。"是的，"他说道，"确实是这么回事。我的眼睛现在闭上了，我知道你说的是对的。是你，贝洛斯，你就坐在睡椅上，就在我身边。我又回到英格兰了。我们四周一片黑暗。"

然后他把眼睛睁开了，说道："太阳正在升起，那里是造船厂，大海在翻腾，有几只鸟在飞。我从来没有看见过这么真实的东西。我坐在一堆沙子里，沙子埋到了我的脖子。"

他俯下身去，用双手捂住了脸。然后又把眼睛睁开了。"黑色的大海、日出！可我居然坐在老鲍伊斯房间里的沙发上！……上帝啊，救救我吧！"

三

事情的开始就是这样。戴维森的双眼受到这种奇怪的感染都三个星期了，情况没有一点好转。这比眼睛瞎了还要难受。他完全不能自理，只能让人像喂一只刚刚孵化出的小鸟一样喂东西吃，去哪儿都得有人领着，衣服也得让人帮着脱。如果他尝试着自己走的话，老是被绊倒在地上，要么就是撞到墙上或门上。个把天后他就习惯了只听到我们的声音而看不见我们的人了，也乐于承认他是在家里，承认威德对他说的话都是对的。我妹妹已经和他订了婚，她坚持要来看望他，每天她会在那儿一坐几个小时，听他说什么海滩的事。他解释说当我们离开学院坐车回家（他家住在汉姆斯蒂德村）时，他感觉我们好像是在穿越一个沙丘——周围一片漆黑，后来他冒了出来——在岩石、树林和坚硬的障碍物中穿行。当他被带到自己的房间里时，感到头晕目眩。他害怕摔倒，几乎要发疯了，因为他上楼时感觉好像有人在把他提到离他幻想

45

中的岛屿岩石表面三四十英尺的高度。他不停地说他会把所有鸟蛋都砸碎的。结果他不得不被带到他父亲的诊察室去，被放到那儿的一个沙发上。

他描述说，这个岛屿基本上是个荒凉的地方，岛上几乎没有植物，只有一些泥炭似的东西和大量裸露的岩石。岛上有不计其数的企鹅，密密麻麻的，使岩石显得一片斑白，看上去十分难看。大海经常汹涌澎湃，有一次起了暴风雨，他躺在地上，对着沉默的闪电大喊大叫。有一两次有只海豹爬到了海滩上，但只是在头两三天有过这种情况。他说企鹅摇摇晃晃地径直朝他走来，一副憨态可掬的样子。他还说他是如何静静地躺在企鹅中间，不去打扰它们。

我想起了一件非常奇怪的事，当时他特别想抽烟。我们把一支烟斗放到他手里——他的眼睛几乎都要瞪出来了——替他点着了。可他根本就抽不出什么味来。此后我发现我也是这样——我不知道是不是人人都是这样——如果看不到冒烟的话，我就无法享受抽烟的乐趣。

但关于他视觉最为离奇的事是在威德让他坐在轮椅上出去透气的时候发生的。戴维森的家人租了个轮椅，让他们的仆人——一个名叫威支利的脾气倔强的聋人——来照顾他。对于什么样的外出活动对健康有利，威支利的想法与众不同。我妹妹在回来的路上碰到了他们，他们正在往回走。威支利逍遥自在地溜达着，而戴维森明显是一副很难受的样子，他吃力地以盲人特有的方式吸引威支利的注意力。

当我妹妹跟他说话时他着实哭了起来。"把我从这可恶的黑暗中解脱出来吧!"他一边说一边摸索着找她的手,"我必须重见光明,不然我会死的。"他已经完全解释不清到底是怎么回事了,但我妹妹认为他必须回家去。不一会儿,当他们往回走时,他好像不再感到难受了。他说能重新看到星星的感觉真好。可当时正是中午,太阳正大着呢。

他后来对我说:"我仿佛被不由自主地牵往海边。我起先倒不是很害怕。当然,那里当时正是晚上——一个迷人的夜晚。"

"你就那么肯定?"我问道。因为这让我感到非常奇怪。

"是的。"他说,"咱们这儿是白天的时候那儿就是晚上……我们就直直地走进海里,海面非常平静,在月光下闪着粼粼波光。我往下走着,宽阔的海面缓慢地起伏着,仿佛越变越宽,越变越平。海面像皮肤一样发着光——尽管我这么说,海面以下可能是空的。因为我是斜着身子漂在水面上的,水慢慢地没到了我的眼部。然后我就沉了下去,眼部的皮肤好像要迸裂,又合拢了。月亮往上跳了一下,变绿了,变暗了。鱼闪着微光,在我身边跳来跳去,还有一些似乎是由亮晶晶的玻璃做的东西也围着我跳动。我漂过一片油亮发光的海草。我就这样向海底漂去。星星一颗一颗地不见了;月亮越来越绿,越来越暗;海草变成了紫红色,发着光。到处都是模模糊糊、神秘兮兮的,所有东西都在晃动。在整个过程中我都听到轮椅吱吱呀呀的声音,有人路过的脚步声,还有远处有人吆喝着卖那种特别的'长江'香烟。

"我在水里越沉越深。我的周围变得一片漆黑，一缕月光也穿不下来，那些发着微光的东西越变越亮。深水里的水草弯弯曲曲的，像酒精灯的火苗似的摇摆不定，但是过了一会儿就没有水草了。各种各样的鱼都游过来盯着我，它们朝我游来，游进我身体里，又游了出去。我以前从来不知道还有这种鱼。这些鱼的两侧有火线，仿佛是用荧光笔画出来的一样。有一只很恶心的生物长着许多交织在一起的胳膊，在倒着游。然后我发现一团模糊的光穿过黑暗，慢慢地朝着我的方向射来，随着离鱼群越来越近，光团渐渐散开了，鱼群在一个漂着的东西周围窜来窜去。我直直地朝那个东西游去。不一会儿，借助鱼身上发出的光我看到在这乱糟糟的中间有一块碎桅杆向我漂来，一个黑色的船体倾斜着，还有一些闪着微光的东西被鱼咬得摇来晃去的。然后我就开始吸引威支利的注意力了。我感到恐怖极了。唉！如果不是你妹妹来的话，我就要直接游到那些被吃掉一半的东西里面去了！他们身上有好大的洞，贝洛斯，还有……算了，不说了。但这事确实令人恐怖。"

四

戴维森处于这种奇怪的状态三个星期了。他看见的是我们认为的一个完全虚幻的世界，他对周围的一切都麻木不仁。后来，

48

一个星期二我去看他，在走廊里碰见了他的父亲。"他能看见自己的大拇指了!"这个老绅士欣喜若狂地说。他正在费劲地穿大衣。"他能看见自己的大拇指了，贝洛斯!"他说着泪水涌上了眼睛，"这小子会好的。"

我冲进去找戴维森。他捧着一本小书在读，脸凑得近近的，脸上有一丝淡淡的笑意。

"非常奇怪，"他说，"那有一小块地。"他用手指着。

"我像往常一样，在岩石上，不时地有企鹅出现，但天越来越黑，我看不太清楚了。在那儿放点东西，我看得见——我确实看得见。这个东西很暗，有些地方破了，但我还是能看得见，像个模糊的幽灵似的。我是在今天早上他们给我穿衣服的时候才发现的。你把手放到我的手旁边来。不——不是那儿。噢，我看见了。你的大拇指根部和一点点袖口!就好像你的手是从黑压压的云端伸出来一般，跟鬼似的。就在那旁边出现了一群星星，像十字架一样。"

从那之后，戴维森开始好转了。他讲述这个转变就跟讲述自己的视力一样特别令人信服。在他眼睛上的一些地方，这个幽灵越来越模糊，越来越透明了。透过这些半透明的缝隙，他慢慢能隐约看见周围的真实世界了。这些地方越来越大，越来越多，连了起来，最终他的眼睛上只剩下几个盲点了。他可以起床自己摸索着走了，能自己吃饭了，能重新像正常人一样读书、抽烟了，举止也正常了。起先，他对这两个景象老是重叠在一起，像灯笼不断变化的视角一样,感到极不适应,但没过多久他就可以分清哪个是真实的世界、哪个是虚幻的世界了。

刚开始他欣喜若狂,特别急于通过锻炼和服用补药来治好眼睛。但当那个奇怪的岛逐渐从他的眼中消失时,他又对它产生了奇怪的兴趣。他特别想再一次下到深海里去,常常花一半的时间游荡于伦敦的低洼处,想找到他曾经看见的、被海水冲来冲去的船只残骸。白天的阳光闪耀着,把他那阴森森的世界里的一切都驱赶走了;可一到晚上,在阴暗的房间里,他仍然看得见那个岛上白花花的岩石,企鹅笨拙地摇摇晃晃,走来走去。但这些也变得越来越不清楚了,最后在和我妹妹结婚之后他再也看不见这些东西了。

五

现在该讲讲这最为离奇的事情了。大约在他病好两年后的一天,我与戴维森夫妇一起就餐。吃完饭后有一个名叫阿亭克斯的人前来拜访。他是皇家海军的一名上尉军官,讨人喜欢,非常健谈。他和我妹夫关系很好,很快我们也混得很熟了。原来他同戴维森的表妹订了婚,他不经意地掏出一个袖珍相盒,给我们看他未婚妻新拍的相片。"顺便说一下,"他说,"这是老'暴风鹱号'船。"

戴维森随便看了一眼,突然眼睛一亮。"天哪!"他说,"我几乎敢发誓……"

"发誓什么？"阿亭克斯问道。

"我曾经见过这艘船。"

"我不明白你怎么会见过。这艘船已经有六年没有出过南海了，在那之前……"

"但是，"戴维森说，"没错——这就是我梦到的那艘船，我敢肯定就是我梦到的那艘船。当时它停泊在一个到处都是企鹅的岛旁，它还开了一炮呢。"

"我的天！你怎么会梦到那些东西呢？"阿亭克斯说。他曾经听说过戴维森中邪的种种怪事。

原来，在戴维森中邪的那一天，英国皇家海军舰艇"暴风鹱号"确实停泊在岛以南的一块小岩石边。头天晚上放下一只小船登岛去捡企鹅蛋了，误了时间回不来了，后来又来了暴风雨，小船上的船员只好等到天亮才回来。阿亭克斯当时就在这只小船上。他肯定地说戴维森对那个岛和那只小船的描述与实际情况完全一致。我们谁都没有丝毫怀疑戴维森确实看到过那个地方。让人难以理解的是，当他在伦敦四处游荡时，他看见的却是这个遥远的岛上的各处景象。这到底是怎么回事确实是个不解之谜。

这就是有关戴维森眼睛的奇怪故事的全部。这恐怕是有关远处真实幻象最为可信的例子了。除了威德教授给出的解释之外再没有别的什么解释了。但他的解释借助了第四空间理论和一篇阐释空间种类的论文。说什么存在"空间扭结"，在我看来不过是一派胡言，这也许因为我并不是数学家。当我说什么也不能改变那个地方在八千英里之外这一事实时，他回答说两个点在一张纸上可以相距一码，但如果把这张纸折起来的话这两点就会重合在一起。您也许能听懂他的这些话，但我是一点儿也不懂。他的意思好像是说戴维森当时正弯腰在电磁铁的两极，由于闪电使磁场力突然发生了变化，造成了他的视网膜组织被严重扭曲了。

基于以上认识，他认为视觉在世界的一个地方而人却在另一个地方，这种现象也许是可能的。他甚至还做了几个实验来证明这一观点。但迄今为止他只是弄瞎了几只狗而已。我相信这就是他工作的全部成果，尽管我有好几个星期没有见到他了。后来我就一直忙于别的事儿，没有机会去拜访他。他的所有理论在我看来都是那么的离奇，但有关戴维森的事实却都是千真万确的，我可以亲自证明我所说的每个细节的正确性。

蜘蛛谷

　　将近中午，三名追踪者突然转弯，拐过一条水流湍急的弯河，望见一条十分宽阔而空旷的山谷。他们沿着一条蜿蜒崎岖、卵石遍地的沟壑追踪了许久，此刻，眼前的道路展开成了一片宽阔的山坡。他们不约而同地离开了小路，骑马来到一座长满褐色橄榄树的小山丘上，在那儿停住，其中两个人定了定神，紧挨着手拿一根镶满银钉马缰的人身后站着。

　　他们用迫切的眼光朝山下开阔的峡谷扫视了一会儿。这条峡谷伸向很远很远的地方，凄凉的黄色野草中只有几簇稀疏的荆棘零星点缀，几条干涸的沟壑隐约可见。远方一片紫色，与远处山脉的淡蓝色山坡融为一体，使山脉显得更加翠绿。银装素裹的山峰看不见底部，好像悬挂在蓝天上一样。山脉伸向西北方，变得越来越高，轮廓越来越明显，峡谷的两侧最后交会在一起。这条峡谷向西敞开，远处一片黑色遮住了天空，显然从那里开始便是森林了。然而，这三个人没有东张西望，而是死死盯着横在面前的峡谷。

那个豁嘴唇的瘦子先开了口，"到处都没有，"他叹了口气，声音中带着失望，"他们毕竟整整早出发一天。"

"他们不知道我们在追捕他们。"骑在白马上的小个子说。

"她应该知道。"领头的苦涩地说，好像是在自言自语。

"就算如此，他们不可能走得很快，他们除了骡子没别的牲口。而且那个姑娘的脚今天一整天都在流血。"

那个手持银钉马缰的男人突然火冒三丈，对他咆哮着："你以为我不晓得这些吗？"

"不管怎么说，总有点用吧。"小个子低声自言自语道。

豁嘴唇的瘦子面无表情地盯着，说："他们不可能走出峡谷，如果我们快马加鞭的话……"他瞥了一眼白马，没有说下去。

"这些白马统统该死！"那个手持银钉马缰的人说着，扫了一眼他诅咒过的牲口。

小个子看了看那匹耷拉着耳朵的老马，说道："我已经尽力了。"

另外两个人又盯着对面的峡谷望了一会儿。瘦子用手背抹了抹豁嘴唇。

"驾！"手持银钉马缰的人突然喊道。小个子动身，抖了抖缰绳。三匹马的马蹄踏着枯草，发出杂乱轻微的声音，朝小路返回。

他们小心翼翼地骑着马，沿着前面长长的山坡下了山，穿过一片荒野，那里长满了扭曲多刺的灌木，岩石中长着奇形怪状的干荆棘树枝，伸到下面的地面。那儿泥土稀少，小路变得模糊不清，唯一的草本植物是倒在地上的晒得枯死的草梗。这些人仍在四处张望，不时地俯身靠着马脖子，走走停停，设法追踪猎物。

有些地方被人践踏过，杂草的叶片已弯曲或已被折断，不时会有一些再明显不过的足迹。看着那个准贵族女孩踩踏过的地方留下的一摊暗色血污，头领轻声骂道："她真是个蠢货"。

瘦子亦步亦趋地跟着首领，小个子骑着白马跟在后头，那副样子像在做梦。他们一声不吭，骑马一个跟着一个，拿银钉马缰的人带路。过了一会儿，骑白马的小个子觉得这里太静了，他慢慢从梦中醒来。除了马和行装发出的一点声响以外，整个巨大的峡谷沉闷安静得像一幅画儿。

他的主人和伙伴在前面走，两个人的身子都向左前方倾斜，各自都面无表情地随着马的步伐晃动着，影子映在他们的前方，静静地、无声无息，变得越来越细。近处，是小个子那蜷缩而平静的影子。他环顾四周，这儿发生过什么？他想起了峡谷两岸的回声和始终陪伴在左右的变化和拥挤的砾石，另外还有呢？没有一丝微风，就是如此。这是个多么空旷而宁静的地方，多么单调，令人昏昏欲睡。天空开阔空荡，只有一层阴沉的薄雾飘浮在峡谷的上方。

小个子伸了伸腰，卷了一下缰绳，噘起嘴唇想吹口哨，却只发出了一声叹息。他在马鞍上不时转过身，凝视着刚刚走出来的山谷口。空荡荡的，两侧的山坡上空荡荡的，没有一点像样的动植物的迹象，更不用说会有人了。多么贫瘠的土地，多么荒凉的世界！他又陷入了刚才的困惑。

一根像蛇一样弯曲的紫黑色的棍子闪了一下，便消失在棕色的泥土中，这着实使他高兴了一阵。这地狱般的峡谷毕竟还有生命。然而，使他更为欣喜的是一丝清风掠面而过，长在谷脊上的黑鹿角状的坚硬灌木微微倾了倾身子，沙沙作响。他悠闲地舔了舔手指，然后举了起来。

突然，他使劲勒住马绳，险些和不该停在小道上的瘦子撞个正着。他正觉得内疚，这时恰好看见主人正朝着他看。

小个子竭力使自己对这次追踪保持兴趣。接着，他们继续赶路。他观察着主人的背影、帽子和肩膀，在瘦子的前方忽隐忽现。他们翻山越岭，走了四天，从很远的地方来到这个荒凉之地，没有足够的水喝，仅靠马鞍下挂着的一条干肉充饥。除了那些逃犯，鬼才会来这个地方！

然而，所有这一切都是为了一个姑娘，就为了一个任性的孩子。这个男人让全城的人都按他的旨意行事，姑娘，女人！为什么要冒这股傻劲，非干这件事不可？小个子问道，对着老天大喊，用发黑的舌头舔着干裂的嘴唇，主人办事就是这样。他就知道这些。就因为她拼命躲着他。

他的眼光落在了一排长着高高须子的野藤上，野藤整齐地弯向一边，他戴在脖子上的丝巾两端飘起来又落了下来，风刮得越来越大，原先死一般的寂静被打破了。

"喂！"瘦子喊道。

三个人突然全停下马。

"什么？"主人问，"怎么了？"

"看那边。"瘦子说，用手指了指那边的山谷。

"什么？"

"有东西朝我们过来了。"

他话音未落，一只黄色的动物往上一蹿，朝他们扑了过来。那是一条大野狗，吐着舌头，步伐敏捷，呼啸而来，目标如此明确。它仰着头奔跑，显然既不是追踪气味，也不是追踪猎物。当越来越靠近时，小个子伸手握住了剑。

"是条疯狗。"骑马的瘦子说道。

"快喊！"小个子说着便喊了起来。

那条狗过来了。然而，当小个子的剑已出鞘时，它突然转向一边，喘着气从他们身边跑过。小个子的眼睛盯着它飞奔的背影，说道："它不是冲着我们来的。"手持银钉马缰的人朝山谷望了一会儿，最后吆喝道："喂，快走！没什么大不了的。"于是又策马上路了。

小个子对那条随风而至的野狗感到神秘莫测，于是陷入了对人性的深思。"快走！"他小声地自言自语说。"为什么一个人说'快走！'竟会产生如此强烈的驱使感？而他这辈子总是听那个拿着银钉马缰的家伙发号施令。如果我说的话也……"小个子想。可是，即便是最糟糕的命令，一旦违抗，还是不为世人所容。其实明眼人都看得出，那个高贵的女孩根本就是疯了，而且还亵渎神灵。小个子通过比较，对那个骑马的豁嘴唇瘦子若有所思：他和主人一样健壮和勇敢，实际上也许更勇敢，但对他而言只有顺从，只得唯命是从……

小个子的双手和膝盖传来某种感觉，使他的思绪回到眼前的现实中。他意识到有些不对劲，于是赶上前，与瘦子并排走着，低声说："你注意到我们的马了吗？"

瘦子一脸疑惑不解。

"它们不喜欢刮风。"小个子说，发现主人正盯着他，便退回到后面去。

"不要紧。"瘦子说。

他们又默默地走了一阵。骑在最前面的两个人无精打采地上了小路。后边的小个子望见薄雾正悄悄地向空旷的山谷压下来，越来越近，感到风也刮得越来越强劲了。他看到左面很远处有一排黑色的东西，也许是野狗，往山谷下奔跑，但这次他什么都没说，也没有提到马的烦躁不安。

接着，他先看到一个，接着又是一个巨大的白色发光球体，就像蓟花的巨大羽头一样，顺着风、冲着小道滚滚而来。这些球体升上高高的天空，忽上忽下，一会儿又一动不动，然后快速向前移动，飞了过去。马一看到这些，更加烦躁不安了。

过了一会儿，他看到更多球体飘移过来，紧接着越来越多，朝他快速飞来，向山谷飞去。他们觉得有东西在尖叫，一只大野猪沿路冲过去，回头瞥了三个人一眼，然后又继续向峡谷深处奔去。三个人同时勒住了马，坐在马鞍上，望着雾气逐渐变浓、朝他们袭来。

"要不是这些大蓟花……"主人刚开口，一个巨大的球体从离他们只有几步远的地方飘过。实际上，这根本不是什么球体，而是一个个巨大而又柔软的破烂薄膜状物体，就像墙角的蜘蛛网，又像飞行的大水母，不断向前滚动，尾部拖着一条蜘蛛丝状飘浮长帆。

"这不是蓟花。"小个子说道。

"我可不喜欢这东西。"瘦子说完，和小个子互相交换了一下眼色。

"该死的！"主人喊道，"那边空中到处是这些东西。如果照这样下去，我们谁都走不了。"

如同遇到未知生物的鹿群，一种本能反应驱使他们调转马头，顺风往回跑了几步，然后盯着这群来势汹汹的飘浮物。它们轻盈而迅速，顺着风向前逼近，无声无息地上下浮动，一会儿沉到地上，一会儿又弹得老高，冲向天空。

这支神奇部队的先头部队从骑马人的左右两侧通过，一个个在地上翻滚着，破碎后失去形状，然后慢慢地拖出一串串勾连在一起的丝带。三匹马吓得跳了起来。头领突然变得莫名其妙地不耐烦起来，他一遍又一遍地诅咒飘浮的球体："快走！快走！有什么大不了的？快回到小路上去！"他咒骂着马，拉扯着马嚼子。

他愤怒地大声吼叫着："我命令走那条小路！路在哪儿？"

他紧握着那匹惊马的缰绳，在草丛中搜索着。一条长长的、黏黏的丝线落到了他的脸上，又一条落到了他握缰绳的那只胳膊上，一个巨大的、会动的、长着许多脚的东西在他后脑勺上爬。他抬起头，发现那个灰色物体正落在自己的上方，不停地摇摆着尾部，就像一艘航行中的船，船帆飘动，但却悄无声息。

他觉得有许多眼睛。一大群躯体短粗的蜘蛛密密麻麻地悬挂在他的上方，张牙舞爪，不停地向他吐洒着什么东西。他抬头看了一会儿，凭着多年骑马的经验勒住了那匹惊马。忽然，他的后背被剑背打了一下，接着头上剑光一闪，蜘蛛网上的浮动球体被从蛛丝上切断，整个物体轻轻地上升，完全飘走了。

"蜘蛛！"瘦子喊道，"里面尽是大蜘蛛！看，天哪！"

手持银钉马缰的家伙还在盯着飘走的东西。

"瞧，我的天哪！"

主人发现地上有一摊烂糊糊的红色东西，尽管已经被劈成两半儿，但仍然在扭动着长腿。然后，瘦子又指着一群扑过来的东西，慌忙拔出宝剑。顷刻间，峡谷上方犹如海面上破碎的雾堤。

"冲啊！"小个子大声喊着，"冲下山谷去！"

紧接着发生的一切就像一场混战。手持银钉马缰的家伙看见小个子骑着马，从他身边超过，发疯似的挥舞着手中的宝剑，冲向那虚幻缥缈的蜘蛛网；然后又像炮弹一样猛地撞向瘦子的马，一下子将瘦子连人带马撞翻在地。主人自己的马往前冲了好几步才被勒住。然后他抬起头，躲开虚幻的危险，又拨转马头，看见一匹马在地上打滚，瘦子站在地上用宝剑发疯地乱砍。一大片灰色的物体扑过去，顷刻间将瘦子连人带马裹了起来。然后，蜘蛛群就像七月荒野刮风吹散的蓟花一样铺天盖地地涌了上去。

小个子已经下了马，但不敢放开缰绳。他用一只手牵着马使劲往回拉，另一只手拿着剑漫无目的地乱砍。这时，第二批蜘蛛涌上来投入了战斗。

主人咬紧牙关，抓着缰绳，低下头，驱马向前。倒在地上的那匹马打了个滚，马肋淌着血，有几只大蜘蛛在上边爬。瘦子突然放开了马，向主人跑去。只跑了几步，腿就被灰色的蜘蛛网缠住了。他挥舞着剑，但毫无用处。蜘蛛网不断扑来，他的脸马上被一层薄纱裹住了。他用左手拍打着身上的东西。突然，他被绊了一下，摔倒了。他挣扎着站起来，但是又摔了下去。突然，他痛苦地惨叫起来："噢……噢……啊！"

主人看见瘦子的身上和地上爬满了大蜘蛛。

当他驱马靠近时，那团灰色物体发出尖叫，不停地上下挣扎着。这时，传来了一阵马蹄声，小个子骑在马上，剑也没有了。小个子趴在白马上，手抓着马鬃，从他身边飞奔而过。接着又有一张灰色蜘蛛网蒙住了主人的脸，然后他的身上和四周……全被蜘蛛网网住了。好像这群浮动的物体正在无声无息地将他包围。

到最后，主人也没有搞清楚这到底是怎么一回事。是自己调转了马头，还是不由自主地跟着手下落荒而逃了呢？他骑着马，疯狂地高高挥舞着宝剑向峡谷奔去。四周的风越刮越大，蜘蛛像飞船一般，脚和网在空中飞，好像在故意追他。

咔嗒，咔嗒……手持银钉马缰的家伙漫无目的地狂奔着，那张充满恐惧的脸不停地左顾右盼，时刻准备挥舞手中的剑。离他前面几百码的地方，小个子东倒西歪地骑在马鞍上，后面拖着一条长长的破蜘蛛网。风刮得更大了，野草在风中弯下了腰。主人顺着肩膀回头望去，灰压压的蜘蛛网正在后面穷追不舍。

他竭力摆脱蜘蛛的追赶，拼命地驱赶着马，当马收紧四腿准备跳跃时才发现前面横着一条深沟。他立刻意识到了，结果却判断错误。他俯下身子靠着马颈，接着坐直身子，但为时已晚。

如果是因为太兴奋忘了让马跳跃的话，那么他无论如何也忘不了是怎么从马上摔下去的。他连人带马飞到了半空中，然后落了下去。庆幸的是他只擦伤了肩膀；可那匹马打了个滚，痉挛地蹬了几下腿，就一动不动了。主人的剑深深地扎进泥土中，拦腰断成两截，好像命运注定不再让他骑马舞剑，折断的剑端差一点划到他的脸。

他站起身，上气不接下气地扫了一眼蜂拥而至的蜘蛛。他想逃，可一想到前面的深沟，又退了回来。他向一边跑去，躲开一团可怕的飘浮物，然后顺着深沟的峭壁迅速地爬了下去，避开大风的袭击。

干涸的河床两边的峭壁可以作为庇护，他可以蜷缩在那里，看着奇怪的灰黑色蜘蛛顺利地通过深沟。等到风停了就可以逃了。他在那里蜷缩了很长时间，看着灰蜘蛛拖着丝带飞过头顶上狭窄的天空。

有一只离群的蜘蛛掉进深沟，就落在他身边，整个蜘蛛足有一英尺长，身体有人手的一半那么大。那硕大的蜘蛛敏捷地寻觅和躲避了一会儿，然后就企图啃他那把断剑。他抬起带铁跟的靴子，一下把它踩个稀巴烂，还边踩边骂。接着又到处去找另一只。

又过了一会儿，他确定蜘蛛群不会再掉到沟里，就下到沟底找了个能坐的地方坐了下来，陷入了沉思，以他习惯的方式开始扳手指关节，咬指甲。直到小个子骑着白马走来，他才回过神来。

他先听见嗒嗒的马蹄声、踉跄的脚步声和放心的说话声，后才看见他的人。小个子一副沮丧的样子走了过来，身后仍然拖着一条白色的蜘蛛网。他们一声不吭地走近对方。小个子筋疲力尽，一脸羞愧和绝望的苦相，最后停了下来，与坐着的主人面对面。主人在仆人的眼光下有些退缩，"怎么样？"主人终于开了口，语气中没有一点往日的威严。

"你丢下他了？"

"我的马惊了。"

"我明白，我的马也惊了。"

小个子冷冷地嘲笑着主人。

"我说过我的马惊了。"那个曾经拥有银钉马缰的人说。

"咱俩都是胆小鬼。"小个子说。

主人扳着手指关节，若有所思，眼睛盯着仆人。

"别叫我胆小鬼。"他终于说道。

"你是个胆小鬼，像我一样。"

"也许我是个胆小鬼，可总有个限度，超过限度人人都会害怕的，我最终体会到了。不像你，这就是我们之间的不同。"

"我做梦也没有想到你会丢下他不管。他刚才救过你的命……你凭什么当我们的头领？"

"从没人说我是胆小鬼，"他说，"没人……断剑总比没有强……不能指望一匹瘸腿白马驮两个人走四天的路。我憎恨白马，但这回实在没办法。你明白我的意思了吗？你所看到和想象的会玷污我的名誉。你这种人天生当不了皇帝。另外，我向来不喜欢你。"

"我的主人。"小个子说。

"你不能活下去。"主人说，"绝不能！"

他猛地站了起来，小个子动了动，他们面对面。大团的蜘蛛在头上方悸动着。砾石之中一阵急速的响动，有跑步声、绝望的呐喊声、喘气声和爆炸声。太阳落山了，一片安详和宁静。曾经拥有银钉马缰的男人最终小心翼翼地顺着一片平缓的斜坡走出了深沟，手里还牵着那匹原本属于小个子的白马。他本可以回到马的旁边，找到银钉马缰，但他害怕天黑，况且山谷里那些蜘蛛也许还在找他。另外，一想到可能会看到自己的马被蜘蛛网裹着让蜘蛛美餐一顿，他就特别厌恶。

一想起那些蜘蛛网和所经历的种种危险，还有那天是如何幸存下来的，他便紧紧握住戴在脖子上的护身符，心怀无限感激。

他望着峡谷，喃喃说道："我激动不已。如今，她得到了回报，而他们也一样。这点毫无疑问……"

突然，在夕阳的余晖中，他清晰地看见从峡谷对面远处的一片森林覆盖的山坡上冒起一缕青烟。

他宁静而无奈的表情变成了惊人的愤怒。烟？他拨转马头，有些犹豫。就在这时，一阵清风吹过，身边的荒草沙沙作响，远处芦苇上飘散着一些破碎的灰色薄纱。他看着蜘蛛网，又看了看那缕青烟。

"也许，那不是他们。"他终于说道。

但是，他的心里却非常地清楚……

他盯着那缕烟看了片刻，然后上了马。

当他从散乱的蜘蛛网中骑马穿过时，不知为什么地上有许多蜘蛛的尸体，而另外一些活着的正不顾一切地吞食着死去的同类，但马蹄声一响，全都逃之夭夭。

蜘蛛的大势已去，尽管这些东西有剧毒，但没有风将它们刮起，而且挡风网也没有织好，所以对他毫无威胁。

他用皮带抽打着那些他觉得靠得很近的蜘蛛。当他看到很多蜘蛛聚集在一起、在地上爬时，恨不得跳下马，用靴子将它们踩死。但他还是压住了这种冲动，骑在马鞍上，如坐针毡，不时地回头看着那缕青烟。"蜘蛛，"他一遍又一遍地低声说，"蜘蛛，对，对……下次我得编织一张网。"

盲人乡

在厄瓜多尔境内，距钦博拉索山三百多英里、离科托帕希雪山一百多英里处最荒凉的安第斯山脉，曾经有个神秘的山谷。在这里，辽阔的峰峦上满是树木和烈日暴晒的岩石堆，雪地上悬崖高耸，人称"盲人乡"。这是一方充满传奇色彩的土地，直到最近人们才怀疑它不仅仅是一个传说。据说，多年以前，山谷与外界还有往来，人们可以通过骇人的峡谷和寒气逼人的山口来到那片宁静的草地上。确实有人来这儿定居了。大约有一个氏族的秘鲁混血儿为了逃离邪恶西班牙统治者的贪欲和暴政来到了这里。后来，明多班巴火山大爆发，首都基多整整十七天处于一片黑暗之中。亚瓜奇的水沸腾不止，鱼尸漂浮，甚至一直漂到远处的瓜亚基尔河。太平洋沿岸的山坡均发生了山崩，冰雪迅速消融，洪水突发。古老的阿劳卡山顶峰有一整面的滑坡，在雷声中轰然崩塌。可以说就是这次山崩将盲人乡与探险者的脚步永远隔绝。

不过，世界天翻地覆之时，谷内的一位早期移民碰巧在山谷之外。他不得不忘记山谷里面的发妻、孩子、友人以及家产，在外面的世界重新生活。他讲述了自己为何离开安逸的山谷。当还是个孩子时，他被系在美洲驼背上，连同一大包家当进入那块静谧之地。他说，山谷之中，人们所向往的一切应有尽有：甜美的谷水，优良的牧场，宜人的气候，肥沃的黑土坡，丛生的灌木结满了硕果。山坡的一面长着大片茂密的松林，高高的树冠上积雪成堆。再往上，郁郁葱葱的松林上方是一堆灰绿色的岩石，这些岩石形成了一面半圆形的悬崖，崖顶也是冰雪覆盖。冰河是从更远处的坡地流走的，只有极少数情况下会有冰块掉落在山谷较低处。虽然山谷里既不下雨也不下雪，但泉水充沛，孕育了丰美的绿色牧场，涓涓流水灌溉了整片牧场。多余的水最终汇聚在半圆形悬崖下面的一湾小湖里，尔后咆哮着消失在深不见底的洞穴里。他说，那些定居者在山谷里确实过得不错，牲畜繁衍兴旺，但是有件事破坏了他们的幸福。这件事足以彻底破坏他们的幸福，在那甜美清爽的空气里隐藏着某种罪恶的气息。一种怪病降临到他们身上，他们的孩子一出生就是盲婴，甚至有些年纪大点儿的孩子也变成了盲人。正因如此，整个山谷看起来就快变成盲人谷了。

为了寻找某种符咒或者解药来治疗这种无休无止的疾病，他不畏艰难险阻走出了山谷。在当时，人们还想不到细菌和感染致病，只会认为是自己有罪。他认为大家遭受折磨肯定是因为他们来山谷定居时没把神父带来，没在定居后就建神殿。他想在山谷里建一座雄伟的、花费少但灵验的神殿。他想在神殿贡上圣物、诸如此类的宗教信物、祈福物件、神秘徽章和祈祷文。他的钱包里有一条谷内的银币，对此他并不想加以解释，只是强调谷里的人都不会撒谎。他说，定居者把他们所有的钱和饰物都凑到一起，反正这些财物在谷里也没什么用，也无法买到神的保佑来治疗他们的疾病。我想象着，这位对外面世界还不习惯的年轻谷民，满脸晒斑，面容憔悴，焦虑不安，兴奋地拽着帽檐，在大地震之前，正在对某个眼神锐利、全神贯注的神父讲述他的来历。我能够想象，不久之前他还一心寻找那有效的、绝对可靠的药物，等他回到当时出来的山谷口时却极度失望，因为山崩把出口堵死了。不过他之后遇到的倒霉事我就不得而知了，我只知道几年之后他在矿山里受罚而死。他犯了什么错我可就不知道了。

不过如果传说想流传下去，那么盲人谷这一说法刚好符合了传说所要求的想象。它激发了人们的想象力，创造了故事情节。

最近这则传说差不多得到了最有力的证实。现在我们知道了盲人谷的完整历史——从开始到近来的神秘结局。

现在我们知道，在那个如今与世隔绝的、为世人所遗忘的、人口稀少的峡谷里，疾病正蔓延开来。甚至连年纪稍大的孩子也要摸着走路，成了半盲；小一点的孩子看得朦朦胧胧的；有些孩子一出生就什么都看不见。不过，在那个四周都是积雪的盆地里，生活还是很自在的。那里与世隔绝，既没有荆棘，也没有多刺植物，只有当季灌木丛上结出的果实；没有毒虫，也没有任何野兽，只有温顺的美洲驼，谷民们或牵着或赶着它们，沿着他们初来山谷时谷里那条干涸的河流走。第一批人是逐渐变盲的，所以他们几乎没意识到自己看不见了。他们领着那些盲孩儿在山谷里转来转去，直到孩子们对整个山谷非常熟悉。虽然最终他们都看不到了，但是这个种族依然生存了下来。他们甚至还有时间让自己适应如何在看不见的世界里控制火势，而这火是他们小心翼翼地在石炉里生起来的。起初，他们只是一个原始的种族，没有文字，只接触过一点点西班牙文明，略知古秘鲁的艺术传统和失传的哲学。就这样，一代又一代，他们忘却了很多事情，也发明了很多东西。他们在先前那个广阔的世界里习得的传统现已蒙上了神秘的色彩，变得模糊不清。虽然看不见，但是他们强壮又能干。不久之后，族里碰巧出现了一个有创新头脑的人，他口才好，有说服力；后来又出现了一个这样的能人。这两位能人对族人产生了深远的影响。于是，这个小群体氏族发展壮大，理解能力变强，能够理智又平和地解决出现的社会与经济问题。之后，有个孩子出生了，这个孩子是那位带着银条走出山谷寻找神明帮助却再也无法返回的男子的第十五代后人。碰巧就在那时，有个男人从外面的世界来到了山谷，严重干扰了谷民的思想。他和谷民一起住了好几个月，不过他避开了最后那场灭顶之灾。

这名男子是首都基多附近的一名山民，他到过海边，见过世面。从厄瓜多尔来登山的查尔斯·波因特爵士手下有一支英国登山队，他们雇用这名男子当导游，顶替三个瑞士向导中生病的那位。他爬了这座山，又爬了那座山，之后试着攀登人称"无法翻越的"帕拉斯科托佩峰，即安第斯的马特洪峰，结果在那里迷了路，回不到外界，因此大家都猜他死了。每个对这座山的山势略知一二的人都告诫过这支小探险队，要注意这条山脉上突出的岩石，不过显然这名叫努涅兹的男子并不是受困于岩崩，而是被突如其来的雪崩困住了。这行人克服了重重困难，几乎是垂直而上，抵达最后那处悬崖脚下，那也是最险恶的一处悬崖。他们在雪地上一小块岩石上搭帐篷过夜，也就是在那时，意外发生了。突然之间，他们发现努涅兹无声无息地消失了。于是他们大声呼喊他，但是没有回应。那一整夜他们又是大喊又是吹哨，在那块窄地展开搜索，但是行动范围有限。那天夜里没有月亮，他们的手电筒发出来的光照到的范围也很有限。

次日破晓之际，他们看到了努涅兹坠落的痕迹。看来他想发出求救声是不可能的。悬崖吞噬了他。他失足往东边滑落，滑落到山不为人知的一面，然后撞到了陡峭的雪坡，顺着雪崩一路坠落。他滑落的痕迹一直到可怕的悬崖边上，再往下就什么都看不见了。在悬崖深处，远远地看，隐隐约约可以看到一个狭窄封闭的山谷，谷里树木成群，那就是与世隔绝的盲人谷。但是他们并不知道那就是湮没无闻的盲人乡，也看不出那里和其他狭窄的高地山谷有何不同。这场灾难让他们感到很气馁，于是那天下午他们便放弃了登山计划，而资助这次登山行动的波因特还没来得及再次登山就被召去参加一项紧急的秘密任务。直至今日，帕拉斯科托佩峰依然被列为不可征服的高峰，波因特小队搭建的帐篷已倒塌在人迹罕至的雪地里。

坠落悬崖的努涅兹却幸存了下来。

他从坡底滚落了一千尺远，滚成了一个大雪团，然后落在一个更陡的雪坡上。之后他又顺着雪坡滚下去，头晕目眩，惊吓过度，不省人事，但不可思议的是他竟然连根骨头都没摔断。滚啊滚，雪坡越来越平缓，最终他停了下来，静静地躺着，躺在那个大雪团里。正是这松软的大雪团保护了他，他才能活着。他苏醒时，朦朦胧胧地觉得自己卧病在床，随后才意识到自己身处何方。于是他开始挣扎，把雪球弄松，休息片刻后继续往外钻，直到看见星星才知道自己出来了。他又平躺着休息了一会儿，心想自己在哪里，发生了什么事。他痛得要命，检查了自己的手脚，所幸没断手断脚。他发现有几个纽扣掉了，外套也卷起来盖住了头，口袋里的小刀不见了，虽然之前他还把帽子的绳子系在下巴上，但帽子也丢了。他的脸被擦伤了，全身上下也都是伤痕。他想起来了，自己当时是在找几块松散的石头，想拿石头搭起一面墙围住帐篷。他的破冰斧也不见了。

他仰望天空，看到月亮渐渐升高，在惨白月光的衬托下，他坠落的那段距离显得更远了。他躺了一会儿，茫然地盯着上方如白色巨塔般高耸的悬崖，夜色渐退，悬崖看似渐高。自从月光照在悬崖上方，它看起来就像从虚无中一直往上升。有那么一刻，那幽灵般的美攫住了他的心魂，接着他突然发出一阵带着哭腔的大笑。过了好长时间，他才意识到自己在雪堆边缘。顺着月光照到的可通行的斜坡再往下看，他看到了一块幽暗不平而且布满岩石的草地。他挣扎着站起身，手脚疼痛不已，艰难地跨过身边松散的雪堆，最后一头栽倒在草地上，掏出内侧口袋里的水瓶痛饮，随后便昏睡过去了……

树林低处的鸟鸣唤醒了他。

他僵硬地坐直身子，发现自己坐在一座大悬崖脚下的高山牧场，他就是滚成大雪球顺着这周边的山沟滑下的。他对面的嵯峨岩石高耸，直插云霄。悬崖间的山谷是东西走向的，旭日晨光洒满峡谷，朝霞映照了西边坍塌的山，也就是封住了峡谷出口的那座山。下方似乎还有一座同样陡峭的悬崖，不过他发现峡谷雪堆后面有一道裂缝在滴着雪水，身处绝境的人可能会冒险沿着这道岩缝往下爬。这看起来很难，实际上倒是挺容易的，最终他来到了另一座荒凉的山峰，然后毫不费力地爬到了一个郁郁葱葱的山坡。他弄清了方向，然后望向东边，那边有片绿草地，视野豁然开朗。他清晰地看到草地上有一排排石头屋，样式奇特。于是他继续前进，有时就像在一面墙上爬。过了一会儿，渐渐升高的太阳被一个巨大的堡垒挡住了，阳光无法直射峡谷，鸟儿的啁啾也歇了，周围变得寒冷阴暗起来。不过，远处那坐落着房屋的山谷却更显眼了。随后他到了乱石头坡，善于观察的他注意到乱石中间有一种从未见过的蕨类植物，从石缝中伸出的绿色藤蔓好像要紧紧抓住什么。他摘了一两片叶子，嚼着茎秆，感觉体力恢复了一些。这里有一片灌木丛，但是还没结果子。

中午时分，他走出断崖阴影，重回到有阳光照耀的地方。现在他距离那片草地不到百米。他疲惫不堪，手脚僵硬，便在岩石的阴影处坐了下来，往那快空了的水瓶灌满泉水，一饮而尽，小憩片刻，然后继续朝那片房屋走去。

在他看来，那些房子非常新奇。实际上，整座山谷越看越奇怪，越看越罕见。山谷表面是繁茂的绿草地，长满了星星点点的漂亮花朵，一看就是悉心灌溉出来的，而且修剪得整齐美观。高处有一道山墙，山墙环绕着溪谷，溪谷就像一条环形水道，接纳降雪融化成的小河，流出的涓涓细流滋养着这片草地。在山墙之上更高的山坡，美洲驼在交错的灌木丛里啃着稀疏的牧草。山墙边上散落着棚屋，显然是美洲驼圈。用来灌溉的溪流汇聚到山谷中央，形成了一条主要水渠，两边被及胸高的墙围了起来。这堵墙使得这个与世隔绝的地方具备了几分城市气息；许多道路都铺了绿石子、灰石子、黑白石子，这更加强了城市气息。道路两边铺着奇怪的小石子，整齐有序地往四周延伸。村中央的房子与他所了解的山村房屋非常不一样，山村房屋往往是随意搭建、杂乱无章地聚在一起，而这里的房屋却并排坐落在一条两边都极其干净的中心街道旁。房子墙面斑驳，每座房子都有一道门，但是临街的那面却一扇窗都没有。房屋表面的粉刷颜色杂乱，是用某种灰泥涂的，有时是灰色，有时是土褐色，有时是蓝色，有时是深棕色。第一眼看到这种毫无章法的涂刷，这位探险者脑中浮现了"眼睛"

这个字眼。他心想："把墙刷成这样的人肯定和蝙蝠一样眼瞎。"

他走下陡坡，来到山墙边，来到流经整座山谷的水道旁，多出来的渠水流进了湖里。他看到男男女女正在草堆上休息，好像是在午睡；草堆远处，在靠近村庄的地方，有几个孩子躺在上面；再近些，有三个男人担着桶，沿着那条从围墙伸展出来通往房屋的小路走着。这三个男子身穿美洲驼毛制成的衣服，脚踩美洲驼皮靴，腰扎美洲驼皮带，头戴驼皮帽子，帽子的后面和两边都有帽檐。三个人一个接一个，形成一列纵队缓慢前行，边走边打哈欠，像是整夜没睡。这一行人的举止透露出他们生活富裕，品行端正，这让人感觉很放心。努涅兹犹豫片刻后便站在一块大岩石上，尽可能地靠前以便让人看到。他扯开嗓子大声呼喊，那呼喊声在山谷里激起一层又一层回音。

三个人停下脚步，转动脑袋，好像在四处张望。他们看看这里，看看那里。努涅兹打各种手势，但他们似乎没有看见。过了一会儿，他们朝着右边远处的山大喊，似乎是在回应。努涅兹又大喊了两声，因为他的手势没得到回应，所以"眼瞎"这个词又浮现在他的脑海里。他说："这些傻瓜一定是眼瞎了。"

努涅兹大呼了很多声，最后生气了。他跨过溪流上的小桥，穿过山墙里的一道门，走到那三个人跟前，这才发现他们果然是盲人。这时他已经知道这就是传说中的"盲人乡"，于是一种即将经历令人羡慕的伟大探险旅程的想法油然而生。那三个人并列站着，没看他，而是把耳朵对着他，通过那陌生的脚步来判断他的身份。他们紧紧挨着站在一起，好像有点害怕。他看到他们双眼紧闭，眼窝凹陷，里面的眼球好像已经萎缩，流露出一种几近畏怯的面部表情。

"是个男人，"其中一人用一种让人几乎辨别不出的西班牙语说道，"要么是个从岩石堆里蹦出来的人，要么是和人一样行走的妖怪。"

努涅兹像是甫入社会的年轻人，迈着自信的步伐走上前。他想起关于这座湮没无闻的山谷和盲人乡的所有古老传说，有句古谚在他脑海里不断回响：

"盲人之乡，独眼称王。"

"盲人之乡，独眼称王。"

他非常有礼貌地跟他们打了招呼，一边跟他们说话，一边打量着他们。

"他打哪儿来呢，佩德罗老兄？"

"岩石堆里蹦出来的。"

"我是翻山越岭才来到这里的，"努涅兹说，"我来自山那边遥远的国家，那里的人能看见东西。我从波哥大附近来，那里有数十万的人口，那里的城市大得很，在视野之外。"

"视野？"佩德罗喃喃自语，"视野？"

"他是从岩石堆里蹦出来的。"第二个盲人如是说。

努涅兹注意到他们的服装样式新奇，每一件的缝法都不一样。

三个人同时靠近他，每个人都朝他伸出一只手，努涅兹被吓到了。他往后退，避开这些伸过来的手指。

"到这儿来。"第三个盲人一边说，一边顺着努涅兹的动向灵巧地抓住他。

三个人紧紧抓住努涅兹，把他摸了个遍，然后才开口。

"小心点！"努涅兹大叫。有根手指戳到了他的眼睛。他意识到他们认为眼睛这个有着颤动眼睑的器官是他身上的一件怪物。三个人又摸了一遍他的眼睛。

"这是一种奇怪的生物，科雷亚。"那个叫佩德罗的人说，"来摸摸他粗糙的头发，跟美洲驼的毛一样。"

"和生他的岩石一样硬，"科雷亚边说边用柔软的冒了点细汗的手摸摸努涅兹没刮胡子的下巴，"也许他以后会长得更好看。"

努涅兹稍稍挣扎，想摆脱他们的摸索，不过他们紧紧抓着他。

"小心点！"努涅兹又说了一遍。

"他会说话，"第三个人说，"他肯定是个人。"

"啊！"佩德罗说，摸了摸努涅兹的粗布衣服。

"所以，你这是来到人间了？"佩德罗问。

"是离开了人间。我翻越山岭，穿过冰河，从离太阳只有一半距离的地方来到了这里。我来自外面的大千世界，从那里一路往下，十二天就可以到达大海。"

他们似乎不在意他说的话。"我们的祖先曾告诉我们，大自然的力量可以创造人，"科雷亚说，"那就是物体的温度、湿度和腐烂物——腐烂物啊！"

"我们带他去见长老们吧！"佩德罗说。

"先大喊一声，以免吓到孩子们。这可是少见的怪事。"

于是他们大喊起来，佩德罗走在最前面，抓着努涅兹的手，要把他带到房子那边。

努涅兹抽回手说："我看得见。"

"看得见？"科雷亚说。

"对，看得见。"努涅兹说着转身对着他，却绊倒了佩德罗的桶。

"他的感官还不够完善，"第三个盲人说，"他跌跌撞撞，净说瞎话。还是牵着他走吧。"

"随你便。"努涅兹说，笑呵呵地被牵着向前走。

看来他们对视觉一无所知。

也罢，时候到了，他会教他们的。

努涅兹听到人们在叫喊，看到许多人聚在村子的路中央。

和盲人乡乡民的初次相遇比他所预料的更令他不安，难以忍受。当他走近，发现这个地方看起来似乎更广阔了，那些斑驳的墙面更古怪了，一群小孩、男人、女人（他很高兴地看到，虽然有些妇女和少女闭着双眼、眼窝凹陷，但是她们长相极为甜美）来到他身边，围住他，用柔软敏感的手抓住他、触摸他，闻他的气味，听他说的每个字。但是有些少女和孩子离得远远的，仿佛有些害怕。的确，和他们柔软的嗓音相比，他的声音听起来粗哑刺耳。他的三位领路人以物品所有者的姿态紧挨着他，一遍又一遍地说："他是石头里蹦出来的野人。"

"波哥大，"他说，"波哥大，要翻好多座山峰呢！"

"是个爱瞎诌的野人，"佩德罗说，"你们听见了吗……波哥大？他脑子还没发育呢，才刚开始学说话。"

有个小男孩戳了戳自己的脑门，嘲笑地学他说："波哥大。"

"唉。跟你们这个村庄比，波哥大可是个城市。我是从那个大地方来的，那里的人都有眼睛，都看得见。"

"他的名字是波哥大。"他们说。

"他跌跌撞撞的，"科雷亚说，"来这的路上他被绊倒了两回。"

"带他去见长老们吧！"

他们猛地把他推进一道门，来到一间漆黑的屋子，屋内只有最里端有点微弱的火光。人群拥堵在他身后，仅有的一点日光都被挡住了。他还没来得及站稳，就头朝下地绊倒在一个端坐的人身旁。倒下的时候，他挥出的胳膊打到了某个人的脸。他感觉自己碰到了软软的物体，与此同时听到一声怒喝。霎时好多只手摁住了他，他挣扎了一会儿。他只身搏斗，认清形势对自己不利时，便静静躺着。

"我摔倒了，"他说，"这屋子黑漆漆的，我看不见。有人看得见吗？"

围在他周围的盲人稍做停顿，似乎在极力弄懂他说的话。接着传来了科雷亚的声音："他才出世不久，走路还摔倒呢，说话糊里糊涂的，没什么意义。"

其他人也讲了一些关于他的事。他听得稀里糊涂，不明不白。

"我可以坐起来吗？"他问，顿了一下，"我不会再挣扎了。"

他们商量了一下，让他起身。

一位年长者开始询问他，于是努涅兹尽力跟这些在黑暗中端坐着的盲人国长老们描述他摔落之前的那个大千世界，描绘那里的蓝天青山以及诸如此类的奇迹。但他万万没想到的是，不管他说什么，他们既不相信，也不明白。他们甚至不理解他说的许多词汇。这群人是第十四代盲人，他们与可视的世界隔绝了，所有可见物品的名称已被遗忘甚至改变；外面世界发生的事情也已逐渐消失，演变成儿童故事；他们不再关心环绕着他们的山墙上、山坡外的任何事情。他们当中也出现过盲人天才，这些天才质疑了可见世界流传下来的信仰和传统，把它们都否定了，认为是毫无依据的幻想，之后代之以更合理的解释。他们的想象力随着视力的消失渐渐萎缩，不过越来越灵敏的听觉和触觉让他们产生了新的想象。努涅兹慢慢意识到：他本来期待他们会因为他来自大千世界以及具有视觉而惊叹，敬佩他，现在看来是不可能了；就连极力想跟他们解释"视觉"这事也被搁置一旁，因为这只是白费力气。他被当作新生物，说话也被当成语无伦次，于是他平静下来，有点沮丧，开始听他们指教。

最年长的盲人跟他解释生命、宗教和哲学。这个世界（指他们的山谷）最初只是岩石堆里的一个空洞，接着从这些草和灌木丛中出现了没有触觉的无生命机体，然后是美洲驼和一些略有感知能力的其他生物，再来是人类，最后是天使。人类可以听到天使的歌声和拍打翅膀的声音，但没有人能触摸得到天使。努涅兹对他描述的天使感到困惑，直到想起鸟儿才恍然大悟。

长老继续告诉努涅兹，他们如何用"顶上的智慧"把时间分成暖时和寒时，这相当于盲人世界里的白昼与黑夜。暖时宜睡觉，寒时宜劳作，所以要不是因为他的到来，整座盲人城现在都已经沉睡。长老说努涅兹肯定是专门被创造出来学习和运用他们已获得的智慧，虽然神志不清，走路磕磕碰碰，但是必须拥有勇气，尽最大努力学习。站在门口的所有人也都喃喃低语，鼓励他。长老说现在夜（盲人们把他们的白天称为黑夜）深了，大家都该回去睡觉了。他问努涅兹懂不懂怎么睡觉，努涅兹说懂，但是睡觉前想吃东西。他们给他带了食物：一碗美洲驼奶和硬邦邦的咸面包，然后把他领到一个单独的房间吃东西，以免吵到其他人。随后，盲人都去睡觉了，直到山间夜里的寒气将他们唤醒，新的一天开始了。但努涅兹彻夜未眠。

他不但没睡，而且还在那间屋里坐了一宿，手脚放松，但是脑海里却反复想着来到这里之后种种出乎意料的情况。

他时不时地会笑出声，有时是因为觉得好笑，有时是因为气愤。

"说我智力不成熟！"他说，"说我不懂事！他们不知道自己是在羞辱上天派来的国王和主人。我看我必须让他们恢复理智。让我想想，让我想想。"

夕阳西下时他还在想着这事。

努涅兹懂得欣赏所有美好的事物，在他看来，落在山谷四周高耸的雪原和冰川上的霞光是他有生以来见过的最美的景象。他的视线从那不可触及的耀眼光芒转移到瞬间在落日余晖笼罩下的村庄和经过灌溉的田园，心中突然涌起一股激动，他打心底感谢上帝赐予的看得见东西的能力。

他听到屋子外面传来长老们喊他的声音。

"年轻人，啊，波哥大！过这里来！"

他微笑着站起身。他要向这些人好好展示一下视力有何妙用。他们会找他，却找不到。

"波哥大，你别动。"有人说。

他默默地笑了，轻手轻脚地往路边挪了两步。

"请勿践踏草地，波哥大，不许这样。"

努涅兹几乎听不见自己的脚步声。他惊呆了，停着不动。

说话的人沿着斑驳的小路朝他跑来。

"我喊你的时候你为什么不过来呢？"盲人问，"你非要像个孩子需要人领着走吗？你走动的时候听不到路发出的声音吗？"

努涅兹笑了起来，说："我看得见路。"

"没有'看见'这样的词，"盲人顿了一下，说，"别再犯傻了，跟着我的脚步声走。"

努涅兹跟着，有点恼火。

"总会有我表现的时候。"他说。

"你会学到的，"盲人回他，"这世上要学的东西多着呢！"

"难道没人跟你说'盲人之乡，独眼称王'吗？"

"盲人是什么？"盲人回过头，漫不经心地问道。

四天过去了，到了第五天，这位"盲人国国王"仍不为人知。在自己的臣民眼里，他就是个笨拙没用的局外人。

他发现，要表明自己的想法比先前预想的难得多。而且，在他筹划政变的同时，竟然听从他们的吩咐，学习盲人乡的礼仪和风俗。他觉得在夜间劳作和走动特别令人讨厌，于是决定在自己的小小国土里首先着手改变这件事。

他们过着简朴勤劳的生活，这些人具备人类所能理解的美德和幸福的所有要素。他们辛勤劳作，但心甘情愿；他们丰衣足食，所需足矣；他们有休息日，也有休息季；他们创作许多音乐，歌声不绝；他们之间，大人与小孩，爱意满满。

他们在自己井井有条的世界行走，那么自信，那么准确，真是奇迹。你瞧，一切都恰到好处符合他们的需求：山谷里每一条呈放射状的小路都有一个特定的角度可以通往其他路，而且路边的石头上都有特别的凹痕；道路上和草场上的所有障碍物和异物早已被清除；他们所有的行为方式和生活流程自然而然都源于自身的特殊需求。他们的感官变得出奇的敏锐，能够听到十步之遥的声音，并据此判断走路人最轻微的动作，甚至能听到那人的心跳声。说话腔调早就替代了表情，触摸替代了手势。他们用起锄头、铁铲和耙子的时候就像园丁一样自如又自信；他们的嗅觉异常灵敏，能像狗那样轻易区分出人与人之间的差异；他们轻松自在地四处放牧美洲驼，它们生活在高处的岩石间，来到山墙边觅食休息。努涅兹极力想说明视力的重要性，但最终发现他们的行动非常自如，举手投足都很自信。

多次说服失败后，他开始造反了。

一开始，他极力在某些场合向盲人说视觉的事。"看看你们这里，看看你们这些人，"他说，"我身上有些东西你们是不懂的。"

有一两回，有一两个人会听他说话，他们低头坐着。当他绞尽脑汁告诉他们什么是视觉，他们耳朵机警地对着他，但是嘴角却露出一丝不易察觉的讥笑。他的听众里头有位姑娘，她的双眼没那么红，眼窝也没其他人那么凹陷，这让人几乎以为她是闭着双眼，她可是他最希望说服的人。

他说起了眼睛看得到的美景，说起了群山，说起了天空，说起了日出。他们听着觉得好笑，但不信，没过多久便斥责他。他们告诉他，根本不存在什么高山，美洲驼吃草的岩石堆尽头就是这个世界的尽头，那些岩石堆越来越陡，最终变成了许多擎天柱，从那里拱起了巨穴般的世界屋脊，露珠和雪崩都是从那屋脊落下的。当他坚持说世界并不是他们所想的那样既有尽头也有屋脊的时候，他们震惊了，说他想法邪恶。只要他一跟他们描述天空、云朵和星辰，他们就认为和他们所坚信的事物相比，他的世界是光滑屋脊下丑恶的虚无、可怕的空白。他们坚信岩石堆上方的巨大屋脊摸起来极度光滑，他们将它称为顶上的智慧。

　　他看出来了，当说起云朵和星辰的时候，多少有些吓着他们了，所以他不再说那些了，而是试着向他们展示视觉的实用性。有一天早上，他看到佩德罗正在从所谓的十七号路朝中央的屋子走来，不过离得很远，所以听不到声音也闻不到味道，他把自己的所见如实告诉他们。"过一会儿，"他预言，"佩德罗就会到这里。"有位长者说佩德罗没事是不会来十七号路的。话音刚落，仿佛为了证实长者的话，已经走近的佩德罗转身横穿到十号路，步履轻盈地朝外面的墙走去。佩德罗没走过来，他们便嘲笑努涅兹。后来，为了弄清这件事，他质问佩德罗，但佩德罗拒绝回答，还蔑视他，两人之间产生了敌意。

　　后来他说服他们，让他和一个很自满的人一起在斜草坡走一段很长的路，一直往上走到山墙那里，并向那个人保证，会跟他描述房子里的一切。他注意到一些来来往往的人，但是对这些人而言，真正有意义的是发生在无窗房屋里或者屋后的事情，他们正是用这些事来测试他，但这些他看不到，也就说不出什么。这次的努力失败后，他们忍不住就嘲笑他，所以他只好诉诸武力。他想抄起一把铁锹，猛地将一两个人打倒在地，这样就可以在公平的格斗中凸显看得见的优势。下定决心之后，他抄起铁锹，然后发现自己有个新问题，那就是无法冷酷无情地去打一个盲人。

　　他正犹豫着，发现他们都意识到他已经抄起一把铁锹。他们警惕地站着，头朝向一边，耳朵对着他，想听听他接下来会做什么。

"放下铁锹。"有个人说。这让努涅兹感到恐怖又无助。他几乎顺从地走过去，然后他猛地把一个人往后推。那人被推到了墙边，努涅兹从他身边飞跑开了，逃出了村子。

他斜穿过一片草地，身后留下一串被踩踏的青草，不一会儿，他便坐在路边上。他感受到了所有男人在战斗初期都会有的某种痛快，不过更多的是迷茫。他开始意识到，与精神层次不同于自己的人痛快干一架是不可能的。他远远地看到许多人拿着铁锹和棍子从房屋之间的街道涌出来，沿着不同的道路朝他走来。他们缓慢前行，时不时地彼此说话，时而停下脚步，闻一闻，听一听。

他们第一次这么做的时候，努涅兹还笑出了声，但随后就笑不出来了。

有个人发现了他在草地上留下的踪迹，沿路弯着腰摸索着朝他走去。

足足五分钟，他看着慢慢围上来的人群，先前打算做某事的模糊念头立刻变得疯狂起来。他站起身，朝着环形的山墙走了一两步，然后又转身往回走了一点。他们全都站在那里，围成月牙形，一动不动地听着。

他也一动不动地站着，双手紧紧攥着铁锹。该不该冲上去呢？

耳朵里回响着"盲人之乡，独眼称王"的旋律。

该不该冲上去呢？

他回头看了看身后不可攀爬的高墙，墙面太光滑了，爬不上去，但是墙体凿了许多小门；他又看看正在逼近的搜寻者，在这些人身后还有其他人正从街上的屋里走出来。

该不该冲上去呢？

"波哥大！"有人大喊，"波哥大！你在哪里？"

他把铁锹攥得更紧了，沿着草地朝房子冲了过去。他一移动，他们就围住他。"如果他们敢碰我，我就凑他们。"他发誓，"以天之名，我发誓我会动手，我会揍他们。"他大声喊，"喂！听我说，我要在这山谷里做什么就做什么。你们听见了吗？我想做什么就做什么，想去哪就去哪！"

他们很快围住了他，尽管要靠摸索，但他们行动迅速。这就好像是在玩捉迷藏，所有人都蒙着眼睛，只有一个人睁眼。"抓住他！"有人大喊。努涅兹发现追赶者围成一个松散的弧形包围了自己，突然觉得应该主动出击，果断行事。

"你们不明白，"他喊道，声音很大，语气坚决，有点嘶哑，"你们是盲人，而我看得见。别惹我！"

"波哥大！放下那把铁锹，别踩草地！"

这最后一句命令，和城市里的规章制度一样可笑，让他怒火中烧。

"我会伤到你们的！"他说，情绪激动，有些哽咽，"天哪，我会伤到你们的！别惹我！"

他跑了起来，没方向地乱跑。他害怕打到离他最近的那个盲人，于是从他身边跑开了。他停下来，然后奋力冲出他们的重重包围。他往缺口大的地方跑去，两边的人立马能感受到他的脚步，迅速围上来。他往前一跃，眼看着就要被抓住了，便嗖地挥动铁锹！铁锹打到人了。他感觉自己打到了柔软的手和胳膊，那人痛得大叫一声倒在地上，努涅兹便冲了出去。

冲出包围了！他又靠近了坐落着房屋的街道。盲人们挥舞着铁锹和棍子，以最快的速度从四面八方跑过来。

他刚好听到了身后传来的脚步声，发现一个高个男子正向前冲，朝他发声的地方砸过来。他吓坏了，挥着铁锹猛打一码开外的敌人，一边挥舞铁锹，一边跑，左闪右躲，大喊大叫。

他惊慌失措，四处乱冲，没头没脑地左闪右躲，紧张地看着身边的人，跌跌撞撞的。有那么一下子，他摔倒了，他们听到了他摔倒的声音。他看到远处的环形山墙里有一道小门，看起来就像是天堂，疯了似的冲过去。他甚至顾不上去看周围的追逐者，一个劲儿穿过墙，跌跌撞撞地过了桥，顺着岩石堆的小路往上爬。一头小美洲驼被他吓跑了，跳呀跳呀不见了。他这才躺下来，气喘吁吁，啜泣着。

政变就此结束。

他在盲人谷的山墙外待了两天两夜，粒米未进，无容身之处，一心想着这起意外事件。他身处灌木丛，这里的果实还没成熟，又硬又苦。这使他食欲降低，勇气减弱。他一边踱步一边重复那句已得到证实且越发具有嘲讽意味的古谚："盲人之乡，独眼称王。"不过，他想得最多的还是如何与这些盲人作战，如何征服他们，但是他越发清醒地认识到压根儿就没有切实可行的办法。

他没有武器，现在也很难弄到武器。就连在波哥大的时候，文明社会的暴力行为已经让他感到心烦，他觉得自己不该随波逐流，不能暗中对盲人下手。当然，如果他真么做了，那也是有先决条件的，即事先警告所有人要暗杀他们。但前提是要能靠他们够近啊！现在不管怎么样，必须睡个觉！……

　　他试过在松树林里觅食；也曾在夜里降霜时躺在大松树枝下寻找舒适感；还幻想着用诡计抓住一头美洲驼，然后杀了它，或者用石头砸死它，这样也许可以吃上一些肉，不过他对此没什么把握。但是美洲驼对他保持警惕，用棕色的眼睛不信任地盯着他，他一靠近就冲他吐口水。第二天，他感到很害怕，极度疲劳，一阵阵发抖。最后，他爬下盲人国的山墙，试图向他们求和。他沿着溪流匍匐前行，大声叫喊，直到两个盲人走出大门，来和他说话。

　　"我疯了，"他说，"可我才出生没多久啊！"

　　他们说这才像话。

　　他告诉他们，自己现在学聪明了，很后悔先前的所作所为。

　　然后，他情不自禁地哭了，因为很虚弱，还生了病。他们认为这是个有利的迹象。

　　他们问他是否还是认为自己可以"看见"。

　　"不，"他说，"那么想真是太蠢了。'看见'这个词毫无意义，一点意义也没有！"

　　他们问他头顶上方有什么。

　　"大约在人十倍高的地方是世界的屋脊，那是用石头做成的，是智慧所在之处，非常非常光滑……"

他又歇斯底里地哭了："先给我点吃的吧，再问其他问题，不然我会饿死的。"

他本以为会受到极可怕的惩罚，但是没想到这些盲人展现了极大的宽容。他们把他的造反当作白痴行为和劣根性的又一表现。抽了他几鞭子之后，他们便派他做最简单以及最繁杂的活，这些活他们自己也做。他知道没别的活路了，只好按他们的吩咐做事。

他病了好几天，他们和善地照料他，于是他更加顺从了。但是他们坚持让他躺在黑暗中，这对他而言真是极大的痛苦。为首的长老们过来跟他谈话，说他那反复无常的邪恶思想。他们还责备他，说他怀疑他们宇宙的岩石顶，这使他差点就要怀疑自己到底是不是幻觉的受害者，因为他真的没看到头顶上有岩石。就这样，努涅兹低声下气，成了盲人乡的一员，这些人在他眼里再也不是一个整体，而是个性鲜明的个体，他熟悉每个人，但群山外的世界却变得越来越遥远，越来越不真实。这些人当中有个叫雅各布的，是努涅兹的主人，他不发火的时候很和蔼；佩德罗，雅各布的外甥；麦迪娜·萨若特，雅各布最小的女儿。她在盲人的世界里不怎么受待见，因为她面部轮廓鲜明，没有令人满意的光滑柔嫩肌肤，不具备盲人男子理想中的女性美。但是努涅兹初见她时就觉得她是个美人，没过多久就认为她是盲人乡里最美丽的事物。她闭着的眼睑不像山谷里其他人那样深陷或者红通通的，而是好像随时会睁开。她还长了睫毛，这被人当作严重畸形。她的声音铿锵有力，山谷里听觉敏锐的年轻男子不喜欢这样的声音，所以她没有追求者。

努涅兹一度想，如果能赢得她的爱，那么他心甘情愿在盲人乡度过余生。

他的视线追随着她，找各种机会献殷勤，没过多久就发现她注意到自己了。有一回，在一次假日聚会中，星光朦胧，乐曲动人，他俩并排坐在一起。他把手放在她手上，然后鼓起勇气握住，随后她也温柔地回握住他的手。有一天，他们在黑暗中用餐，他感受到她的手在非常轻柔地摸索着他，恰好火花闪了一下，他看到了她脸上的柔情。

他想尽法子和她说话。

有一天，他去找她，那时她正好坐在夏夜的月光下织着布。月光下的她好似银色精灵，充满神秘感。他在她脚边坐着，向她表明爱意，说他眼里的她美得不可方物。他用爱人的语调，满是几近敬畏的柔情与尊重，她以前不曾有机会因为这样的爱慕深受感动。她并没有给他明确的答复，但显然他的情话让她心花怒放。

从那以后，他一有机会就去找她说话。盲人谷成了他的整个世界，而山谷外那个人们在日光下劳作活动的世界似乎成了一个童话故事。总有一天，他会跟她说起这个故事。他犹豫不决，战战兢兢地跟她提及了"视觉"。

一开始，视觉在她看来好像是最富有诗意的幻想。她听他描绘星辰、高山以及她迷人的肤白貌美，仿佛这是一种罪恶的放纵。

她不相信他说的视觉，对他说的话也只是一知半解，但是却莫名其妙地感到很高兴，这让他误以为她完全理解了。

他不再畏畏缩缩，大胆地爱了。没过多久，他便要求她向雅各布和长老们提出请求，请他们同意他俩的婚事，但她却害怕了，一拖再拖。还是她的一个姐姐最先告诉父亲，说麦迪娜·萨若特和努涅兹谈恋爱了。

人们从一开始便极力反对努涅兹和麦迪娜的婚事，并不是因为他们多么重视麦迪娜，而是因为他们认为努涅兹是个异类，是个智力低于正常水平的无能傻瓜。她的姐姐们强烈反对，因为她们觉得这丢了大家的脸。至于老雅各布，虽然他有点喜欢努涅兹这个笨拙、听话的仆人，但是他摇摇头，说不同意这桩婚事。山谷里的年轻小伙子都怒不可遏，他们认为这会毁了血统的纯正。有个人甚至跑去唾骂努涅兹，还揍了他。努涅兹还手了。那是他第一次感受到看得见的好处，哪怕是在黄昏中。那次打架事件之后，再也没有人敢动手打他，不过他们还是认为他的婚事没戏。

老雅各布很疼爱自己的小女儿，见她靠在自己的肩头哭，他也很伤心。

"听我说，小宝贝，他可是个白痴啊！他有幻想症，什么事都办不好。"

"我知道，"麦迪娜·萨若特哭着说，"但他比以前好多了，他变得越来越好。而且他很强壮，亲爱的父亲，他还很善良，他比世界上其他男人更强壮、更善良。而且，他爱我。再说了，父亲，我也爱他。"

老雅各布见怎么都说服不了她，感到十分苦恼。除此之外，更让他心烦意乱的是，他也喜欢努涅兹的很多方面。所以他去找其他长老，坐在无窗的会议室，试探他们的口风，并在合适的时机开口说："他比以前好多了。很有可能，未来的某天，我们会发现他和我们一样健全。"

之后，有一位长老深思熟虑后，想出了一个主意。他是位医术高明的医师，也是他们的药师，他天性豁达，具有创造性思维，治愈努涅兹怪癖的想法对他而言很有吸引力。有一天，雅各布在场的时候，他提起了治愈努涅兹的话题。

"我检查过努涅兹，"他说，"对病情有了进一步了解。我认为他很可能被治愈。"

"这正是我一直以来所希望的。"老雅各布说。

"他的大脑被感染了。"盲人医师说。

长老们都咕哝着表示赞同。

"既然这样，那是什么感染了大脑。"

"啊！"老雅各布说。

"这个嘛，"医师自问自答，"那个叫眼睛的怪东西是病态的，它们容易使面部出现沮丧的表情。就拿波哥大的病例来说，眼睛感染了他的大脑。他的眼睛肿得很大，他有睫毛，眼睑会动，所以大脑不断受刺激，精神涣散。"

"真的吗？"老雅各布问，"这是真的吗？"

"我想我可以很有把握地说，要彻底治好他，我们所需要的只是一个简单的外科手术，也就是，切除那些刺激他的器官即可。"

"那样他就健全了吗？"

"到时他就会十分健全，还会成为一名令人称赞的公民。"

"感谢老天爷！感谢苍天之下的智慧！"老雅各布说完，立刻去跟努涅兹说这个让人有希望的好消息。

但是努涅兹听到这个好消息之后反应冷淡，这让老雅各布感到很失望。

"别人要是听到你这样的语调，可能会认为你不爱我的女儿。"老雅各布说。

最后还是麦迪娜·萨若特来说服努涅兹接受变盲手术。

"你不希望我，"他说，"失去视力这一天赋吧？"

她摇摇头。

"我的世界是所见之物组成的。"

她的头垂得更低了。

"我的世界里有美好的事物，有美丽的小东西，花朵啊，岩石间的地衣啊，皮毛上轻盈的细毛啊，黎明时分远处空中飘浮的云朵啊，落日余晖和星辰啊。还有你。仅仅为了看你，拥有视力就是一件美好的事情。看你甜美宁静的脸庞，看你温柔的双唇，看你可爱的、娇贵的纤纤玉手合在一起……正是这双眼睛让我爱上了你，把我带到你身边，那些白痴只能靠摸索。没有了眼睛，我只能触摸你，聆听你，却再也看不见你。我只能待在那岩石的苍穹之下，待在黑暗中，在那可怕的苍穹下想象力会退化……不，你不会让我变那样吧？"

听他用这样不敬的言辞谈论顶上的智慧，她不寒而颤，便用双手捂住了耳朵。

他心中产生了一丝不愉快的怀疑，不说话了，只留下那个问题给她。

"我希望，"她说，"有时——"她顿住了。

"什么？"他问道，有一些担忧。

"有时我希望——你不要那样说话。"

"哪样？"

"那是你的想象。我喜欢你讲的大部分事情，但是我不喜欢你讲顶上的智慧。当你谈那些花朵啊，星辰啊，是不一样的感觉。但是现在——"

他心凉了，"现在？"他有气无力地问。

她挺直坐着。

"你的意思是——你认为——我应该变得更好，再好一些，也许——"

他很快就明白了。他很气愤，实际上他是为沉闷的命运感到愤怒；他也很同情她，同情她的不理解，这是一种近乎怜悯的同情。"亲爱的。"他说。从她苍白的脸色他可以看出，无法说出那些话。她非常压抑。他抱住她，亲吻她的耳朵，两人无言地坐了一会儿。

"如果我同意做手术呢？"最终他轻声说，声音非常温柔。

她伸出双臂抱住他，放声大哭："噢，如果你愿意，"她呜咽着，"如果你愿意，那该有多好！"

"你对此没有任何疑问吗？"

"亲爱的！"她回道，用尽全身力气紧握住他的手。

"他们会弄疼你的，但就疼一下，"她说，"你能承受这样的疼痛，你承受得住的，亲爱的，为了我……亲爱的，我会用女人的全副身心和生命来报答你。我最亲爱的人啊，我拥有温柔沙哑嗓音的最亲爱的人啊，我会报答你的。"

"那就这样吧。"他说。

然后他默默地转身离开了她，因为他再也无法在她身旁坐着了。

听着他缓慢离开的脚步声，那节奏里隐藏的某种东西让她忍不住失声大哭……

他本来是要到一个人迹罕至的地方，那里有美丽的草地，草地上长着白色的水仙花。但是走着走着，他抬眼看到了晨光，那道晨光像是披着黄金盔甲的天使，顺着峭壁缓缓升起……

面对如此壮阔的景观，他自己、山谷里的盲人世界、他的爱人以及所有的一切，似乎都只是黑压压的蚁冢。

他没有按照先前的计划转向水仙花田野，而是继续往前走，穿过半圆形的山墙，走到外面的岩石堆，一直注视着阳光照耀下的冰块以及冰块上的雪。

他看到了无穷无尽的冰雪之美，他的想象飞跃它们，落到即将看不到的一切事物上。

他想到了如今与之隔绝的那个广阔自由的看得见的世界，那才是属于他的世界。除此之外，他还想着四周的山峦，想着更远处的斜坡，越想越远，想到了波哥大。那是一座汇聚了许多令人振奋的美景的城市，白昼辉煌灿烂，夜晚神秘发亮，那里有宫殿、喷泉、雕像和白色房子，它们优美地排列在市中心。他想象着一个人如何利用一两天的时间通过层层关口，越来越接近那繁忙的大街小巷。然后他想到了走水路，日复一日，从宏大的波哥大到外面更广阔的世界，穿过城镇、村庄、森林和荒漠，顺着湍急的河流往下走，直到河岸消失，大蒸汽船飞溅而过。人们来到了大海，无边无际的大海，海上有成千上万座的岛屿。他们在广阔的世界里继续前行，成千上万座的岛屿和海上的船只越来越远，隐约可见。在那广阔的世界里，没有群山阻隔，人们可以看到天空，那里的天空不像山谷里看到的只是个小圆盘，而是广袤无垠的湛蓝天空，环绕的星辰悬浮其中。

他怀着一种热忱的探究精神，仔细观察环绕的群山。

他想起自己已经好多天没有看看悬崖、雪坡和峡谷，当初他就是从那里滑落，然后爬到峡谷里。现在他看了一眼，他看了，但却找不到它们了。有事情发生了。发生了一些事情，改变而且磨灭了他熟悉的山坡地标。他无法相信，于是揉揉双眼，又看了一次。也许是他忘记了。一些刚降落的雪可能改变了山体裸露面的线条和形状。

在另一个地方，也有他非常认真研究过的斜坡。因为有时他会有一种非常强烈的逃跑念头。它们也有变化吗？他的记忆开始和他开玩笑吗？在一处大约五百英尺高的地方，他以一道巨大的绿色透明晶体为标记，那标记好像一道向上的斜坡。但是，哎！那标记也不见了。有人可能会往上爬，但在那之上看似没有希望。那还是跟以前一样的地方，但其他地方呢？

突然，他站起身，喉咙发出恐怖的嘶嘶声。

"不！"他低吼，稍稍蹲下，"不，以前它就在那里！"

这是一道狭长的痕迹，刚裸露的岩石斜穿过悬崖峭壁最陡处，那里上上下下都是风化的岩石。他仍不相信。但它就在那里，清晰，不可否认，而且是新的。无疑，那道新痕迹至关重要。那座巨大山墙的庞大山体已经滑落，已经向前移了几英尺，被凹凸不平的岩石堆支撑着，就那样被拦住了一段时间。也许那些岩石现在能拦住它，但无论如何是拦不住前移的。它能在新位置保持不动吗？他无法判断。他扫视了远方的山体表面。看上面，他看到雪地里渗出的白色细流涌入这个新的裂缝。看下面，水从松散山体较低边缘处的数十个点刚喷出来。紧接着，他看到山墙上还出现了一些比较小的裂缝。

他越是研究那旷阔的岩石表面，越是意识到它很可能带来迫切威胁。如果山体继续运动，那么这座山谷一定会毁灭。为了这个他已成为其中一员的小国家，他忘记了身处无限焦虑的个人不幸。这些盲人应该做什么？他们能做什么？放弃他们已经受到威胁的房屋吗？在他身后的斜坡上再建造新的房屋吗？他要怎么才能诱使他们这么做呢？

假设现在山体所靠着的岩石层撑不住了！

这座山会发生山崩的。他伸出双手追踪可能崩落的痕迹，紧接着会发生一系列的事情。这座山会崩落在这片湖上，会埋住较低的房屋，可能埋了整个村庄，还可能毁灭山谷里的每个生灵。他们应该采取行动。准备避难所吗？组织一次合理的疏散？让他每天都观察这些山峦？但是要怎么让他们明白呢？

如果他现在平静下来，非常简洁，十分温顺，毫不激动，在他们面前以一种低沉的语调说话，卑躬屈膝。如果他说："我是一个愚蠢的生物，我是一个讨人厌的生物，我甚至不配摸你们这些智者的衣服下摆边缘。但是，就这一次，我恳求你们，求你们相信我的视觉！相信我所看到的东西！有时候，要相信像我这样可以看见东西的白痴。让我测试几次，证明视觉的重要性。因为，我真的知道有一个很大的危险，我可以帮助你们躲开它。"

鉴于之前的失败经历，就算他现在心情平静，脑海中浮现清晰的警告；就算他很坚持，但怎么能说服他们呢？他能给他们什么证据呢？

"视觉，视力。"单单这两个词就会惹怒他们。他们可能压根儿就不让他开口。就算他们允许他开口说话，那也可能为时已晚。最好的情况也只是让他们重新讨论他的病情。几乎可以肯定的是，他会惹怒他们，因为他怎么可能只讲述自己的故事而又不质疑顶上的智慧呢？他们可能会抓住他，然后立刻挖出他的双眼，以此结束他不断招来的麻烦。而他干预的唯一结果就是，灾难降临时，他正在护理血淋淋的眼窝。这座山可能还可以撑上数周数月，但是再次运动的话，它压根儿就撑不住。甚至此时，它也可能正一点点坍塌；甚至此时，一天的热量肯定正在使那些下沉的巨大岩块膨胀，融化夜晚将它们聚在一起的冰块；甚至此时，涓涓雪水也在湿润正在扩大的裂缝。

突然间，他看到，他清楚地看到，一道新的裂缝跨越一团闪闪发光的绿色岩块，然后穿过山谷，接着传来一阵像是开始比赛的鸣枪声。岩块正在移动！再也没有时间可以浪费了，再也没有时间去恳求他们，再也没有时间制订计划了。"停下来！"他大喊，"停下来！"他伸出双手，好像要推回那缓缓移动的蓄意灾难。这很荒谬，但他深信不疑，他说："等一下！"

他匆匆朝那座小桥跑去，来到山墙门前，紧接着冲向房屋，挥舞双臂，大声叫喊。"山在崩塌，"他尖叫道，"整座山正在朝你们所有人滚来。麦迪娜·萨若特，麦迪娜·萨若特！"

他跌跌撞撞地跑到老雅各布家，冲进睡房。他摇醒他们，朝着他们大喊，叫醒一个再叫一个。

"他又发疯了。"他们吓坏了，冲着他大喊，就连麦迪娜·萨若特也被他的激动吓到了。

"走啊，"他说，"快走啊。甚至现在，它也在崩塌。这座山正在崩塌！"他紧紧握住她的手腕。"快走！"他大喊，声音极具威慑力，吓得她只好跟着他走。

但是屋子外面有一群人，都是被他的呼喊声和嘈杂声吵醒的，一大群男人已经跑到屋外聚在一起，堵住他的路。

"让我过去，"他大叫，"让我过去，跟我一起走，在局势无法收拾之前，和我一起爬到更远处的山坡。"

"太过分了。这是你最后一次亵渎神明，"长老们尖声喝道，"抓住他。紧紧抓住他！"

"我跟你们说，这座山正在崩塌。哪怕你们紧紧抓住我，山也会崩塌埋了你们。"

"深爱我们、保护我们的顶上智慧是不可能坍塌的。"

"仔细听，听到轰隆隆声了吗？"

"之前也有过这样的轰隆声。这是顶上智慧在警告我们你亵渎了它。"

"那地面晃动呢？"

"弟兄们，把他赶出去！把他赶出这座山谷。一直以来我们太傻了，听他说了这么久的蠢话。他的罪恶非我们的上帝所能忍受。"

"但我还是要告诉你们，岩石在滑落，整座山都在崩塌。仔细听，你们可以听见它们的崩塌声和分裂声。"

他意识到一声嘶吼穿透这片喧闹，淹没了他的声音。"顶上智慧深爱我们，它保护我们不受伤害。顶上智慧在我们头顶的时候，任何邪恶都动不了我们。把他扔出去，扔出去！让他带走我们的罪恶，让他滚！""波哥大，你走吧，"一群人大喊，"你走吧。"

"麦迪娜·萨若特，跟我走，离开这里！"

佩德罗伸出双手护住表妹。

"麦迪娜·萨若特！"努涅兹喊道，"麦迪娜·萨若特！"

他们把他推到路边，往边界推，他奋力挣扎。现在，由于受到惊吓，他们展露出残忍的一面。因为滚落岩石的杂音让他们都很惊慌。他们不甘示弱，极力反对他。他们用拳头揍他的脸，踢他的小腿，踢他的脚踝和脚，还有一两个人用刀捅他。他再也看不到麦迪娜·萨若特了，再也看不到移动的悬崖，因为他们拳打脚踢，因为额头上的伤口流出了血。但是他身边的声音似乎消失了，因为坠落岩石发出的轰隆隆哗啦声汇聚成雷鸣般的咆哮。他们驱赶他的时候，他大喊，哭着叫麦迪娜·萨若特逃离那里。

他们把他塞进一道小门，故意用力将他扔到石头坡上，那力气足以让一群美洲驼惊慌失措。他像块破布一样瘫在那里。"你就在那待着吧，活活饿死，"有个人说，"和你的视力一起。"

他抬起头，最后一次回话。

"我告诉你们，你们会比我先死。"

"你个白痴！"一个和他打过架的人说，然后走回来又踢了他好几脚，"你永远学不会理智吗？"但在努涅兹笨拙地挣扎起身时，那个人已匆忙加入同伴的队伍。

努涅兹像个醉汉似的摇摇晃晃地站着。

他四肢无力。他尽力擦掉眼里的血，看着即将坍塌的山体，寻找那天早上注意到的一处很高的岩架，然后一脸绝望，因为那座山谷注定被环绕的群山埋葬。但是他没有尝试逃得远远的。

"自己一个人走有什么意义呢？"他说，"即使我能逃走，也只会饿死在那里。"

突然他看到麦迪娜·萨若特正在找他。她从那道小门走出来，呼喊着他的名字。她设法逃跑，前来找他。"波哥大，我的爱人啊！"她大哭，"他们对你做了什么？噢，他们到底对你做了什么？"

他踉踉跄跄地走上前，一遍又一遍地唤她的名字。

转瞬间，她双手捧住他的脸，擦拭血迹，轻柔娴熟地寻找刀伤和瘀伤。

"你现在必须待在这里，"她喘着气说，"你必须在这里待一段时间。直到你悔改，直到你学会悔改。为什么你的举止如此疯狂呢？为什么你要说那些可怕的亵渎神明的话呢？你不知道自己是否说了那些话，但是他们怎么能判断你到底知不知道呢？如果你现在回来，他们肯定会杀了你。我会带食物给你。你待在这里。"

"咱俩都不能留在这里。看！"

听到"看"这个字眼，她吸了一口寒气。因为这证明他身上还留有疯狂因子。

"那里！那道雷声！"

"那是什么？"

"一堆岩石正往下滚，滚到草地上，这还只是开始。看看它们。无论如何，听听它们发出的砰砰声和碰撞声！你觉得这些声音意味着什么？那儿，还有那儿！都是石头！它们或滚或跳，穿越湖边低处的草地，然后掉进湖里，湖水泛滥，淹没更远处的房屋。来吧，我亲爱的人啊！来吧！不要质疑，来吧！"

她站着犹豫了片刻。空气中充满了暴风声，那声音带有一种可怕的威胁。紧接着，她爬到他的怀里。"我很害怕。"她说。

他紧紧地抱住她，恢复了力量，开始往上爬，引导她爬。他的血弄脏了她的脸，但是他根本没时间帮她擦掉。一开始，她被拖着爬，后来意识到自己给他带来了负担，便帮助他，支持他。她抽泣着，但也跟着他做。

现在他集中精力要达到那个遥远的岩架，但没过一会儿，便不得不停下来喘口气，也只有这样，才能回过头看那座山谷。

他看到悬崖脚下的山体正滑入湖里，在它滑向更遥远的房屋之前先排出湖里的水，岩石层越滚越快，越滚越大。它们以可怕的方式在地面上向前滚动，仿佛是在追逐受害者。它们正在碾压树木和灌木丛，正在摧毁山墙和建筑。它们仍是这座山的主体，但是现在没了支撑，只好积攒动力往下冲。那座山滑落的时候崩塌了，现在许多小小的人儿从房子里出来，跑来跑去……

努涅兹头一回很庆幸麦迪娜·萨若特是个盲人。

"爬呀！亲爱的，"他说，"快爬！"

"我不明白。"

"快爬！"

一群受惊吓的美洲驼从他们身边挤过去。

"太陡了，这里太陡了。为什么这些动物要跟我们一起走？"

"因为它们理解。它们知道我们和它们在一起，挤着穿过它们。爬呀！"

仿佛是经过深思熟虑，山体最终侧着笼罩了劫数难逃的山谷。因为情况危急，所以努涅兹没听到丝毫声响。他在集中全部精力看东西。山体滑落了，紧接着是一场令人震惊的动荡，像巨人吹了一口气击打他的胸膛。麦迪娜·萨若特猛地被甩到岩石堆旁，她用双手紧紧握住岩石。刹那间，努涅兹看到了岩石和泥土、道路、山墙和房屋的碎片汇成一片海洋，泻入湍急的洪水，朝他涌来，他被吹来的水珠打湿了。泥巴、四分五裂的岩石水片拍打着他们，碎片波浪涌过来，再稍稍退去，骤然静止下来；随后雾气和尘埃混合而成的巨大柱子隆隆升起，缓缓地高耸在空中，然后展开；之后在他们身边卷起来，直到他们被包围在无法穿透的浓雾中。沉寂再次降临，盲人乡永远与他隔绝了。

尽管身心俱疲，但这两名幸存者还是缓缓地爬上水晶般的山脊并蹲伏其上。

过了几个小时，旋转的尘雾面纱变得越来越薄，他们可以冒险移动并制订计划。透过薄雾的缝隙，努涅兹看到远处翻滚的碎石旷野。在破碎山体的V形裂缝里，他看到延绵不断的绿色山峦小丘，瞥到了更远处一片耀眼的海洋。

两天后，两位前来探索这场灾难的猎人发现了他和麦迪娜·萨若特。他俩试图往下爬到外面的世界，正处于崩溃的边缘。他们靠水、蕨根和几颗浆果存活。当猎人跟他们打招呼的时候，他们彻底崩溃了。

他们活下来了，讲述自己的故事，和努涅兹的同胞一起定居在基多城。努涅兹是一名富裕的商人，显然，他也是个非常诚实的人。麦迪娜·萨若特是位甜美温柔的女士，虽然她的作品没有色彩，但她的编织品和刺绣品都特别漂亮。她讲着老腔调的西班牙语，听起来很悦耳。

我认为，他们非常勇敢。他们养育了四个孩子，孩子都和父亲一样健壮，而且看得见东西。

心情好的时候努涅兹会说起自己的经历，但麦迪娜说得非常少。有一天，她和我妻子不知怎么坐到了一起，努涅兹和我都不在场。她谈到了一点自己在山谷里的童年时光，谈到了自己成长过程中所受到的关于简朴信仰和幸福的教育。说到这，她感到非常遗憾。那是一段温柔的日常生活时光，远离一切混乱。

显然，她很爱她的孩子。很明显，她发现他们身上以及周围发生的很多事是自己难以理解的。她从来没能够像爱护和保护努涅兹那样去爱护和保护自己的孩子。

我妻子斗胆问了一个一直想问的问题："你从来没咨询过眼科医生吗？"

"从来没有，"麦迪娜·萨若特回道，"我从未想要看见。"

"但是，你不想看看颜色、形状，还有远方吗？"

"我不需要你们的颜色和星辰，"麦迪娜·萨若特说，"我不想失去对顶上智慧的信念。"

"但是经历了所有这一切，难道你就不想看看努涅兹，看看他长什么样子吗？"

"可是我知道他是什么样的人啊，而且看见他可能还会使我俩分离，他就不会和我这么亲密无间了。你们世界的美好复杂又可怕，而我的世界的美好简单又容易获得。我宁愿让努涅兹为我而看，因为他对恐惧一无所知。"

"但是你可以看美好的事物啊！"我妻子大声说。

"也许很美好，"麦迪娜·萨若特说，"但是能看见肯定是一件非常可怕的事情。"

蚂蚁王国

一

杰里奥船长接到命令，正率领"不朽的班杰明号"炮船，前往位于厄拉德马的巴特莫海湾，那儿的巴达马小镇正遭受着蚁灾。当他接受命令时，曾怀疑那些达官显贵们给这项任务是对他的一种嘲讽。不过，近来他在事业上的平步青云着实令人感到不可思议。至于原因，他那双总是含情脉脉的蓝眼睛和那位独具魅力的巴西女人起了很大的作用。而且他的两个竞争对手——迪阿里奥和奥福杜勒，最近也总是在上司面前出言不逊。而现在他似乎也意识到了，总有一天他也会被逼到这条路上去。

他虽然是巴西土生土长的欧洲人后裔，但在社交方面的礼仪举止却保留着纯正的葡萄牙色彩，唯一美中不足的就是说话时舌头好像总是短了那么一截。而在整艘船上，他唯一可以推心置腹地谈话的人，只有霍尔罗德——一位随行的工程师，能说一口流利的英语。

"这次任务简直是太荒唐了，"他说，"人怎么能对付一群蚂蚁呢？它们窜来窜去，根本不知踪影。"

霍尔罗德说："他们说这次的蚂蚁跟以往的不大一样。那个回来报信的小伙子是个混血儿……"

"混血儿！"

"是的，他说那里的人们正面临着死亡！"

船长心神不宁地抽了阵烟，最后说："蚁灾，这种事是无法避免的，这也许只是上帝在惩罚他们。在特利尼达曾发生过一次蚁灾，那是一种很小的切叶蚁。所有橘树、所有居民都被吃掉了，那又怎么样呢？有时蚂蚁大军会冲进你家里，当你离开时，它们便开始扫荡；而当你回来时，会发现房子干净得像新的一样，没有蟑螂，没有跳蚤，也没有虱子。"

"那个混血小伙子说这次的蚂蚁非常特别。"霍尔罗德说。

船长耸了耸肩膀，又抽了口烟，开始沉思起来。

过了一会儿，他重新打开了话题："亲爱的霍尔罗德，我该怎么对付这些可怕的蚂蚁呢？"然后沉思了片刻，说道："简直太荒唐了！"

到了下午，他穿着整齐的制服上了岸，回来时带了一些水罐和食品箱。

入夜，霍尔罗德坐在凉风扑面的甲板上，一边抽着烟，一边欣赏着巴西的夜色。他们已经沿着亚马孙河逆流而上走了六天了，大海的踪迹早已消失在他们身后。但漫长的亚马孙河却像大海一样向着东西两面漫无止境地延伸着。南面只有一片生长着几丛灌木的沙滩。河水夹卷着厚厚的泥沙静静地流淌着。偶尔也会看见几条鱼和水鸟。他的灵魂几乎要被这无尽的荒芜吞没了。不远处的埃兰克尔小镇上简陋的教堂和覆盖着茅草的小棚，在这荒凉的大自然中就像沙漠中的一株野草，完全失去了往日繁华的景象。他二十出头，这是他第一次来到热带地区。而在他的故乡——英格兰，大自然早已失去了原本拥有的野性。而今，在这里，他突然发现人类是那么的渺小。六天来，在从入海口沿着曲折的河道航行的过程中，他们所经之处大都杳无人烟。起初他们还能碰到几只小船或一个简陋的码头，后来就再也见不到人了。他开始发觉，人类只不过是一种稀有的动物，在这个世界上的统治地位甚至也是岌岌可危。在后来向着巴特莫行进的途中，霍尔罗德更加清晰地觉察到了这个问题。

霍尔罗德曾经努力地学习过西班牙语，不过只会用一般现在时进行交谈。船上另外一个懂点英语的，是一个黑人炉机师，而且他说的英语完全是错误的。大副是一个名叫达古那的葡萄牙人，说法语。但他说的法语和霍尔罗德在法国南部所学的截然不同。因此他们之间的交流仅限于打打招呼或是简单地谈论一下天气。在这个充满奇幻色彩的世界里，天气和其他事物一样，没有一点人情味儿。白天黑夜，除了热，还是热。空气中热浪滚滚，连风都是热的，而且还夹杂着植物腐败的气味。短吻鳄，奇怪的水鸟，形态大小各异的苍蝇、甲虫、蚂蚁、毒蛇，还有猴子，惊奇地看着这些闯入这片狂野世界的人们。在这里，穿着衣服的感觉简直让人无法忍受。但如果脱掉衣服，在白天，燎人的阳光会灼烧皮肤；而到了晚上，便成了蚊子的聚餐广场。白天，在甲板上，烈日刺得人睁不开眼，而躲在船舱里又闷得令人窒息。而且那些狡猾的毒蝇会整天围着你转。在这样的恶劣条件下，只有杰里奥船长可以使霍尔罗德减轻一些痛苦，但他的婆婆嘴又让霍尔罗德无法忍受。他不停地讲述着他与那些不起眼的女人的罗曼史，简直就像是在念经。偶尔，他也会想出些新花样，比如猎杀几只短吻鳄，或者到岸上的原始森林中待上一天，喝个一醉方休，再和姑娘们跳上一曲……但这些只是这次阴郁的航程中罕有的几个闪光点，大多数时候，伴随着他们的只有那隆隆的引擎声。

但杰里奥船长却一直留意着那些蚂蚁的迹象，渐渐地对这次任务产生了兴趣。

"它们是一个新的蚂蚁种类。"他说，"我们怎么叫它们呢？五厘米长的蚂蚁！太大了，有些还要更大！能把它们叫作昆虫吗？这太荒谬了。我们就像一群被派去抓虫子的猴子……不管怎么样，它们正在吞噬整个国家。"

说到这儿，他突然变得暴躁起来："设想一下，现在欧洲突然发生混乱，而我却飘荡在内格罗河上，手里握着枪，就像握着一堆废铁，毫无用武之地。"

然后，他抱着膝盖陷入了沉思。

"记得有一次，人们正在那儿跳舞狂欢，不知不觉中蚂蚁来了。它们像洪水一样涌入房屋，吞噬了一切。惊慌的人们夺门而出，否则也一样会被吃掉。后来，人们回来的时候以为它们已经走了，试图进屋去。一个男孩子走了进去，然后那可怕的'斗蚁'……"

"把他包围了？"

"狠狠地咬住了他。他惨叫着跑了出来，穿过人群，跳入河里，想淹死那些'斗蚁'。"杰里奥停了下来，看着霍尔罗德，用膝盖点了点霍尔罗德的膝盖，接着说，"就在那天夜里，他死了，就像被毒蛇咬死的一样。"

"是被那些蚂蚁毒死的？"

"天晓得！"杰里奥耸了耸肩膀，"也许是他伤得太重了……当初我参军是为了在战场上消灭敌人，可现在我对付的却是一群蚂蚁。"

在这以后的航程中，他经常向霍尔罗德讲述一些有关蚂蚁的故事。

他发觉，越靠近这些蚂蚁，它们就变得越有趣。杰里奥也放弃了以前的观点。那个葡萄牙大副也变得话多了起来，他知道一些有关切叶蚁的事，这次任务又丰富了他这方面的知识。杰里奥还经常向霍尔罗德讲述一些必要的知识，比如小工蚁是怎么移动和战斗的，大工蚁是怎么下达命令和统治蚂蚁王国的，还有它们怎样爬上脖子，咬得你浑身是血。他还向霍尔罗德讲述它们是怎样采集树叶、构筑蚁城的，还有它们在加拉加斯的巢穴是怎样连绵数十里的。有一次，他们三个人花了两天的时间来争论蚂蚁有没有眼睛。到了第二天下午，三个人争得面红耳赤，仍然没有达成一致。最后，为了缓和这种争执，还是霍尔罗德上岸捕捉了一些蚂蚁。回来后，他们看着这些标本，发现它们有些有眼睛而有些却没有。但是，他们并没有停止争论，而是把话题转到了它们咬不咬人或蜇不蜇人。

"这些蚂蚁，"杰里奥观察了一阵瓶子里的标本后说，"有一双巨大的眼睛。它们不会像其他种类的蚂蚁那样，像无头苍蝇似的乱撞。它们会躲在角落里，窥视你的行动。"

"他们会蜇人吗？"霍尔罗德问。

"当然会，而且还有毒刺。"他沉思了一会儿，然后说，"我不明白，人怎么能对付这些到处乱窜的蚂蚁。"

"但它们并没有躲避我们。"

"它们会的。"杰里奥说。

过了塔曼杜，是一片长约八英里、杳无人烟的堤岸，接下来便是主河道的出口了，巴特莫湾就像一个巨大的湖泊展现在他们面前，远处的森林也越来越清晰。河道也不像以前那样平如镜面了，水面上布满了低矮的树桩。最后，在那天夜里，"不朽的班杰明号"在一片树荫下抛了锚。多日来，他们第一次感受到了一丝凉意。霍尔罗德和杰里奥坐在甲板上，抽着雪茄，享受着这宜人的夜晚。船长满脑子都是那些蚂蚁，还有他们下一步该怎么办。

最后，他还是决定睡一觉。迷茫的他躺在甲板上的一块垫子上，半梦半醒中带着绝望的语气问道："怎么……对付这些蚂蚁？……这太难了……"

霍尔罗德露着黝黑发亮的皮肤，陷入了沉思。

他坐在船舷上，聆听着杰里奥抑扬顿挫的鼾声，直到他熟睡。河面上细浪起浮，泛起阵阵涟漪，他第一次从巴拉上船时那种强烈的思乡感又涌上了心头。只燃着几星灯火的炮船漂浮在水面上，开始还能听到有人说话，可不久便陷入了死一样的寂静。他顺着炮船模糊的船体向岸边望去，漆黑神秘的森林中，偶尔会有几只闪烁的萤火虫。而在密林的深处，不断地传出阵阵奇怪的叫声和诡异的动静。

这片充满野性的陆地令他既震惊又压抑。他相信天空中并无神灵，星辰只是茫茫宇宙中的一些亮点。他也知道大海的广袤和不可抗拒。但在英国，他曾认为所有陆地都是属于人类的。在英国，人类确实拥有一切，野性的东西只能勉强存活下来，但极为有限。那里到处是公路、篱笆，没有任何危险。而且在人们绘制的地图上，除了一大片蓝色代表海洋以外，其余颜色都显示着陆地是属于人类的。他曾经设想，终有一天，人类文明的足迹会遍布世界上的每一个角落。但是现在，他开始怀疑了。

在这连绵不绝的森林中，隐藏着一股不可抗拒的力量，人类在这里充其量只是软弱无力的入侵者。在这寂静的密林中，有一种令人恐惧的沉默游荡在参天大树中，伴随在蜷伏着的爬行动物旁，隐藏在散发着浓郁气息的花朵中。到处是短吻鳄、海龟、各种各样的鸟和昆虫，没有任何东西能替代它们。而当人类迈入这片愤怒的土地时，就开始和荒草、野兽、昆虫进行着斗争，仅仅是为了找一块可怜的栖息地。然而，他们却发觉自己成了毒蛇和野兽，昆虫与疾病的猎物，很快就被吞噬了。

霍尔罗德发现下游的岸上有一些明显的残垣断壁，不时有一处毁坏的白墙和坍塌的塔楼。美洲狮和美洲豹才是这里的主人……

然而，谁才是这里真正的主人呢？

森林的深处一定生活着比人还要多得多的蚂蚁，霍尔罗德似乎是第一次想到这点。几千年前，人类社会从野蛮进化到文明，这使人类感觉自己就是地球的主人和未来的主宰！但是，怎样才能阻止蚂蚁的进化呢？人们所了解的那些几千只就构成一个小团体的蚂蚁根本无力与强大的世界抗争，但是它们有自己的语言和智慧！如果它们停止了进化，那么人类在野蛮时期就应该灭亡了。也许，这些蚂蚁已经开始积累知识，就像人类把知识记载在书上那样。也许，它们正在学习如何运用武器，构建强大的王国，筹划着一场有组织的战争。

他又回想起在这次航程中杰里奥讲述的有关这种蚂蚁的事。它们会像蛇一样放毒，它们像切叶蚁一样有自己的领袖，它们是食肉动物，它们所到之处会成为它们的领地。

森林里一片死寂，河水不断地拍打着河岸。一群飞蛾在头顶上的灯笼周围无声地盘旋。

杰里奥在黑暗中扭动了一下，叹了口气。"我们该做什么？"他嘴里咕哝着，翻了个身，又不动了。

一只嗡嗡直叫的蚊子不断地滋扰着霍尔罗德，使他从沉思中惊醒。

二

翌日，霍尔罗德发现他们距离巴达马只有四十公里了，两岸的景色也越发令他感兴趣。只要一有机会，他就会跑到甲板上观察周围的情况。他发觉两岸丝毫没有人活动的迹象，只有一些长满野草的民房废墟和一所绿草丛生、早已被遗弃的修道院。门口布满了蜘蛛网，从空荡的窗子里探出几根绿枝，有些罕见地挥舞着半透明翅膀的黄蝴蝶在晨光中飞舞。

将近下午时，一条被废弃的木船向他们漂来。

乍一看，它好像并没有被废弃。两张船帆在微风中松散地挂在那里。一个男人坐在船桨旁的一块木板上；另一个男人趴在船中央一条长长的栈桥上，头朝下，像睡着了一样。但当它漂向炮船时，随着荡漾，里面发出了一阵骚动。杰里奥拿起望远镜，发现那个坐着的人非常怪异。这个人血红的脸上什么也没有，鼻子、眼睛、嘴巴都不知道哪去了。与其说他坐着，倒不如说他蜷伏在那里。杰里奥越看越作呕，但出于好奇，他又不愿把望远镜放下。

最后他还是放下了望远镜，跑去喊霍尔罗德。然后他们又回到了甲板上，朝着那条船呼喊。他们喊了一阵，却一直没有回应。当木船从炮船边漂过时，他们清楚地看到，船舷上写着"圣塔罗萨号"。

当木船漂到炮船的尾流中时，巨大的波浪使它剧烈地晃动了一下。突然，那个蜷伏的人像被一下子抽掉了所有骨头似的，立刻坍塌在了甲板上。他的帽子也飘落到了水中，他的脑袋让人惨不忍睹。他的身体，也许只能算是一具躯壳，松散地铺在了甲板上，然后又随风卷了起来，消失在船舷后。

"噢，天哪！"杰里奥吓得后退了几步。霍尔罗德赶忙走上前去。

"他已经死了！"霍尔罗德说，"毫无疑问。你最好派几个人上去看看，一定出了什么事。"

"你……看到……他的脸了吗？"杰里奥的声音中仍然带着恐惧。

"是什么样的？"

"就像……噢！我无法描述。"船长突然转过身去，开始暴躁起来。

炮船调转船头，和那条漂泊不定的木船并排行驶着。然后，达古那大副和三个水手上了一条小艇，向那条木船划去。船长的好奇心驱使他把船停靠得很近，这样，霍尔罗德可以观察到一切。

现在，他已经清楚地看到那条木船上只有那两个死掉的家伙。虽然看不见他们的脸，但通过他们伸开的双手上血肉模糊的情况来看，他们一定遭受了一场不寻常的灾难。过了一会儿，他的注意力集中在了这两个人身上令人迷惑的破布和荡来荡去的四肢上。在他们前面的甲板上摆放着一堆箱子。奇怪的是，从船尾的船舱里的几条裂缝可以看出，船舱的木板全都被挖空了。忽然，他发觉甲板中央的木板上散布着一些移动的黑点。

他的注意力立刻被这些黑点吸引住了。它们正从那两个死人的身体中向四周呈辐射状爬去，就像是在斗牛活动中四散奔逃的人群一样。

他对身边的杰里奥说："头儿，带望远镜了吗？能对准那些木板吗？越近越好。"

杰里奥试了试，没成功。然后一边咕哝着，一边把望远镜递给了他。

霍尔罗德仔细观察了一阵儿后说："是蚂蚁。"然后把调整好焦距的望远镜递给了杰里奥。

这是一群巨大的黑蚁，除了个头外，与普通的蚂蚁没有太大的区别。事实上，有些还要更大，它们的身体上覆盖着一层灰色的东西。当然，在这里不可能看太清楚。

达古那大副的头已经出现在木船的舷边，接着是一阵简略的对话。

"你必须上去。"杰里奥说。

大副则反对，说上面的蚂蚁太多了。

"你穿着靴子，还有什么可怕的。"杰里奥又说。

大副改变了话题："不知道这些人是怎么死的？"

杰里奥船长开始推测各种情况，而霍尔罗德根本不知道他在讲些什么。船长和大副之间的争执已经到了不可开交的地步。霍尔罗德则拿起了望远镜，又开始观察。首先从蚂蚁开始，然后是那两具死尸。

他后来向我描述了这些非常特别的蚂蚁。

他说从没见过这么大的蚂蚁，全身乌黑，移动时步履从容，绝不像普通蚂蚁那样，行动起来总是那么机械而慌乱。大约二十只当中就有一只大一些的蚂蚁，这使他联想起了切叶蚁中的首领，它们好像在指挥和协调着整个蚁群的活动。它们仰着身体，好像在用前脚下达指令。最使他惊奇的是，它们的身上好像还配备有装备，一条条宛如金属丝带的白带子缠绕着它们的身体……

他突然放下望远镜，意识到船长和他属下之间的争执已经进入了白热化阶段。

"上去！这是你的职责。"船长跺着脚说，"这是我的命令。"

大副似乎不知该不该拒绝顶头上司，正在这时，一个水手站到了他的一边。

"我相信他们会被蚂蚁杀死的。"霍尔罗德突然用英语说道。

船长变得暴怒起来。他没有回答霍尔罗德，却用葡萄牙语对属下厉声喝道："我命令你上去。如果你不上去，就是在叛乱。你这个犯上作乱的懦夫！你的勇气都跑到哪去了？我要把你关起来，像打死一条狗一样打死你。"他开始破口大骂，前后乱跳。他又握紧了拳头，好像要克制愤怒。大副脸色苍白，一动不动地站在那儿看着他。这时，船员们都聚了过来，一个个面露惊惧之色。

突然，正在大家沉默的时候，大副做出了英勇的决定。他先向大家敬了个礼，然后一躬身跳上了"圣塔罗萨号"的甲板。

"嘿！"杰里奥喊了一声，然后嘴巴便像夹子一样闭上了。霍尔罗德看见蚂蚁在达古那的靴子前退了下去。他慢慢地走向那具匍匐在甲板上的死尸，弯下腰，犹豫了一下，然后抓住那个人的上衣，把他翻了过来。一群黑色的蚂蚁从衣服里冲了出来。达古那迅速地跳了回来，用脚在甲板上使劲跺了几下。

霍尔罗德举起望远镜，看到大副的靴子上聚满了蚂蚁。和普通蚂蚁截然不同的是，他们的行动并不是盲目的。它们看着他，就像一群人聚集在一起看着一个巨大的怪物。

"他是怎么死的？"船长喊道。

霍尔罗德虽然不懂葡萄牙语，但知道那个人已经被咬得无法分辨了。

"那前面是什么？"杰里奥问道。

大副走了几步，开始用葡萄牙语回答。他突然停了下来，用力在腿上抽打着什么，然后又跺着脚，像是在踩什么看不见的东西。接着又迅速向船边走去。他让自己镇定了一下，转回身，从容地走向前舱，爬上了前甲板，弯下腰察看了第二具死尸。然后又原路返回，迅速向后舱走去。他开始和船长说话，虽然态度很冷淡，但仍然充满了敬畏。这与刚才船长那粗暴无礼且带侮辱性的举止形成了鲜明的对比。

霍尔罗德又用望远镜看了看，惊奇地发现甲板上裸露部分的蚂蚁都消失了。他又把镜筒转向甲板的阴暗处，发觉那儿好像正有无数只眼睛在盯着他。

已经证实这条船确实是被遗弃的，但由于上面的蚂蚁太多，所以不能上人，唯一的办法就是把它拖走。

大副走向船头去察看缆绳。小艇上的船员都站了起来准备帮他。

霍尔罗德用望远镜不停地观察着船身的每个角落。他越来越感觉到一种隐秘的行动正在无声中进行着。他察觉到，许多巨大的蚂蚁——大约有两寸长——正拿着怪模怪样的东西冲过一个又一个障碍。它们前进时没有排成一行，而是像步兵在炮火中穿梭一样，一个个之间拉开了很大的距离。一些已经钻到了死尸的衣服下，另外一些则聚集在达古那的必经之路上。

霍尔罗德没有看见它们是怎样冲向大副的，但他毫不怀疑它们进行了一次有效的攻击。大副突然痛苦地叫了起来，一边骂着，一边抽打着腿。"我被蜇了！"他喊着，仇恨而愤怒地看着杰里奥。

然后他就消失在了船的另一边，先是掉到了小艇上，紧跟着又跌进了水中。霍尔罗德听到了他落水时击起的水声。

三个水手把他拉起来，送回到了炮船上。就在当晚，他死了。

三

霍尔罗德和船长一起从那间摆放着大副肿胀而扭曲的尸体的船舱中走了出来，站在船舵旁边，看着后面被炮船拖着的那条充满不祥之兆的木船。这是一个寂静漆黑的夜晚，只有几道幽灵般的闪电时而照亮天空。那三角状的黑色木船，在炮船的尾流中不断地晃动。它鼓起的船帆在风中扑扑作响，烟囱里冒出的黑烟混杂着一些小火星飘向摇摆不定的船桅。

杰里奥脑海中不断浮现出大副死前说的那些令他不快的话。

"他说是我杀了他，"船长说，"这简直荒谬。必须有人上去。难道我们一碰到这些该死的蚂蚁就要逃跑吗？"

霍尔罗德什么也没说，他想着那些在木板上有组织地进行攻击的蚂蚁。

"这就是他的归宿，"杰里奥唠唠叨叨地说个没完，"他死得其所，还有什么可抱怨的？谋杀!……也许，那可怜的家伙已经神志不清了。他中毒太深了……"

接着他们沉默了很久。

"我们要把那条船弄沉，烧掉它。"

"然后呢？"

这个问题激怒了杰里奥。他耸起肩膀，张开手臂，"我们能怎么做？"他愤怒地说。

"不管怎么样，"他又咬牙切齿地说，"那条船上的每一只蚂蚁，我都要活活地烧死它们！"

但霍尔罗德并不想说话。远处传来的猴子的阵阵哀号声在酷热的夜空里回荡。当炮船驶近漆黑神秘的岸边时，一阵低沉喧闹的蛙声又向他们袭来。

在沉默了很长一段时间后，船长又重复道："我们该怎么办？"他突然变得粗暴和傲慢起来，决定马上烧掉"圣塔罗萨号"。这个命令得到了船上每个人的支持，大家都七手八脚地上来帮忙。他们拉起缆绳，割断了它，又把它扔到了木船上，然后点燃了汽油和麻布。很快，"圣塔罗萨号"便在茫茫的夜色中熊熊燃烧了起来。霍尔罗德看着黑夜中向上乱蹿的黄色火焰和远处森林的尽头闪过的几道淡青色闪电，这一切在他的脑海中形成了一个难忘的景象。

那个炉机师的语言神经受到了触动，发出阵阵大叫"哇呜"，并狂笑。

但霍尔罗德想到，甲板上的这些小生灵也有自己的眼睛和脑子。他认为这一切都是极其愚蠢和错误的，但是又能怎么办呢？这个问题在第二天他们到达巴达马时变得越发尖锐了。

岸上，树叶覆盖着的房屋和茅棚、布满蜘蛛网的糖厂，还有一个木质的小码头，寂静地伫立在早晨的热浪中，没有一点人的迹象。不管是什么样的蚂蚁，由于距离太远，都无法辨认。

"所有人都死了。"杰里奥说，"不管怎样，我们还有一件事可做——拉响汽笛。"

然后霍尔罗德拉响了汽笛。

接着，船长陷入了前所未有的困惑。

"我们只能做一件事。"他又说。

"什么？"霍尔罗德问道。

"再拉一次汽笛。"

然后他们又拉响了一次汽笛。

船长指手画脚地在甲板上踱来踱去，似乎在想着许多问题。嘴里不时吐出一句话，就像在法庭上做口供一样，用西班牙语或葡萄牙语不知说着些什么。霍尔罗德竖起耳朵才听到一些关于弹药的话。

他突然又用英语喊道："亲爱的霍尔罗德，我们该怎么办？"

他们放下了一只小艇，带着望远镜，靠近了岸边。许多巨大的蚂蚁分布在小码头上，正翘首望着他们。杰里奥用手枪毫无用处地向它们射击。霍尔罗德分辨出在最近的几间房子之间有一些奇怪的工事，也许是那些昆虫统治者们的杰作。几个探险者在经过小码头时，发现一具骷髅躺在上面，骨架上套着一张油光发亮的狮子皮。他们不由得停了下来，看着它……

杰里奥突然说："我有的是时间考虑。"霍尔罗德转身望着船长，渐渐意识到他指的是那帮种族混杂的、令人讨厌的水手。

"派一支登陆队，这不可能，不可能。他们会被毒死的，他们会肿得像个气球，然后一边骂我，一边痛苦地死去。这绝不可能。假如我们要登陆，也只能我一个人去。我会穿上厚厚的靴子，一手拿着枪，一手提着脑袋。或许我们不应该登陆……我不知道。"

霍尔罗德没说话，他认为杰里奥确实已经手足无措了。

"所有这一切都太可笑了！"船长突然说道。

他们在岸边划来划去，从不同的角度观察着那具白骨，然后又返回了炮船。上船后，杰里奥显得越发躁动不安。

到了中午，炮船继续向河的上游进发，糊里糊涂的不知去干什么。太阳落山时，他们已返回这里，抛了锚。

一阵雷暴过后，黑夜变得特别凉爽、宁静，所有人都睡到了甲板上。唯有杰里奥喃喃自语着在甲板上徘徊。

天边刚刚见白，他就把霍尔罗德叫醒了。

"船长！"霍尔罗德说，"什么事？"

"我已经决定了。"船长说。

"什么，要登陆吗？"霍尔罗德说着一下子坐了起来。

"不！"船长说着，好像第一次显得特别安心，"我已经决定了。"他又重复了一遍。霍尔罗德显得有点不耐烦了。

"是的，"船长说，"我决定炮轰这里！"

然后他确实这样做了！天晓得那些蚂蚁会怎么想，但他确实这样做了。所有船员都塞住了耳朵。他们先轰平了糖厂，然后又把小码头后面的一个小店炸得粉碎。杰里奥体验到了不可避免的反应。

"这并不好，"他对霍尔罗德说，"这样一点也不好。但我们必须回去复命。这炮火中一定藏着一群恶魔！噢！一群恶魔……你不会明白的，霍尔罗德……"

他站在那里，用一双无限迷惑的眼睛凝视着天空。

"但在这里，我又能怎么办呢？"他呼喊着。

下午，他们开始返航。当天夜里，一支登陆队带着大副的尸体上了岸，将他埋葬在了一块那些蚂蚁还未曾出现过的土地上……

四

我是三个星期前从霍尔罗德那里断断续续地听到这个故事的。

这些蚂蚁在他的脑海中留下了极深的印象。正如他所说，一定要在事态还没失控前引起欧洲人的注意。他说蚂蚁正威胁着英属几内亚。虽然那里与它们现在的领地相隔数千里，但它们是一群有智慧的蚂蚁。细想一下这意味着什么。殖民者必须立刻着手对付它们。

毫无疑问，它们是一种可怕的害虫。巴西政府建议悬赏五百英镑来找出灭蚁的有效方法。自从三年前第一次在巴达马的山中出现，它们已经攻城略地，取得了惊人的胜利。整个巴特莫河南岸，大约六十英里长的土地已经完全在它们的有效控制之下。然后它们又惊人地横渡了卡布拉那湾，向南亚马孙河推进了数十里。比起以前知道的蚂蚁种类，它们无疑更理智得多，而且还有效地组织起了一个有秩序的王国。最令人惊讶的是，它们会用毒来攻击强大的敌人。在这点上，它们所使用的毒很像蛇毒。很有可能是它们自己制造出了毒药，然后由那些大个的蚂蚁带上有毒的针状晶体来攻击人类。

当然，在这场争夺世界主权的斗争中，要想得到这些新的对手的详细情况太难了。除了像霍尔罗德这样的——在与它们遭遇中的幸存者——带回一点资料外，没有人亲眼见过它们的行动。随着人们渐渐对这些入侵者产生恐慌，有关它们英勇善战的传说也开始在亚马孙河上游地区流传。这些奇怪的小生灵还懂得使用工具，而且知道有关火和金属的知识。我们对它们所做出的壮举不习惯。1841 年，它们在帕拉伊巴下面钻了一条隧道，这条隧道和伦敦桥下面的泰晤士河一样宽阔。它们记录和传播的方式和书籍一样严谨而详细。迄今为止，它们正稳固地推进，所到之处除了激烈的战斗，就是对人类的屠杀。它们的队伍正一天天地壮大，霍尔罗德坚信它们最终会在南美洲的赤道地区完全代替人类。

然而，为什么它们只停留在南美洲的赤道地区呢？

到了 1911 年左右，假如继续推进下去，它们将破坏卡布拉那的铁路拓展计划。这样，它们不得不引起欧洲殖民者的注意。

到了 1920 年，它们将离亚马孙河还有一半路程。我把它们到达欧洲的时间最迟定为 20 世纪五六十年代。

墙上之门

一

　　不到三个月前的一个晚上，在相互理解与信任的气氛中，莱昂内尔·华莱士向我讲述了这个关于"墙上之门"的故事。当时，我觉得就他本人与这个故事的密切关系来看，故事是真实的。

　　他的叙述简洁明了，使我不得不信服。可第二天早上，当我在自己的房间里一觉醒来、躺在床上回味着华莱士所讲述的故事时，所感受到的氛围已与头天晚上与他谈话时全然不同了。那天晚上他说话的声音缓慢而激昂，桌上的灯光被拢成一束，造成了一种将我们完全包裹进去的幽暗氛围。桌上还摆着我们的晚餐、甜点、酒杯和餐巾掩映在灯光里，看上去十分诱人。就是在当时那种环境下，只有华莱士的话语才能勾勒出一个完全与现实生活相隔绝的充满光明的另一种世界。而现在，当他娓娓动听的声音

127

已经消失，斯情斯景也不复存在时，我意识到他的故事显然是难以置信的。"他讲的事可真够迷惑人的。"我不禁感叹道，"可他讲得又是那么出神入化！我真想象不到他或其他任何人能把这种事情讲得如此令人信服。"

接下来，我从床上坐起来，一边喝茶一边极力品味着他所讲述的那些根本不可能发生过的事情中似乎是以现实性为基础的因素。这些因素的存在令我疑惑，我猜想他是用杜撰一些自己根本不可能经历过的事情来暗示一些自己确实经历过的事情。

我不想再用上述方式解释华莱士的故事了，而且我已经打消了影响我理解故事的一些疑惑。就像我在听故事时曾认为的那样，我现在仍然认为华莱士讲述故事时是在尽最大努力把心中真正的隐私告诉我。至于他是确实经历过那些事还是仅仅凭主观臆想认为自己经历过，是凭一种神秘莫测的特异功能经历了这些事还是仅仅在一场荒诞无稽的梦中经历过这些事，我实在不敢妄加猜测。就连他神秘的死亡也无助于澄清我的疑惑，反而成为有关他的又一件令我疑惑的事。

对于所有这些我交代不清的问题只好由读者自己去猜想了。

我已经想不起来在那天晚上的交谈中我的哪些话使他这样一个感情不易外露的人能对我敞开心扉。在谈话过程中，我先对他在一场重大社会运动中的有失慎重和有负信任提出了非议，他在那场运动中的表现令我很失望。他在反驳我的过程中突然话题一转，说道："告诉你一件令我很着迷的事情。"

他停顿了一下，接着说："我知道我有时候爱捕风捉影，但这件令我着迷的事不是什么鬼呀、怪呀的，而是一种奇异得难以描述的东西。我被它缠了身，被这种赋予我无限憧憬的东西缠住了身……"

出于我们英国人在谈论一些特殊事情时经常表现出来的腼腆，他又一次沉默了下来，随后才说："你过去也一直在圣·埃塞尔斯坦学校，对我是了解的。"他突然冒出这句话使我一时间有点儿摸不着头脑。"事情是这样的……"他迟疑了一下，开始吞吞吐吐地讲起来，但过了一会儿讲话就顺畅多了。他讲述着一直埋藏在心底的一段美好而幸福的记忆，这段记忆给他以无限的渴望，与之相比，现实生活中一切诱人的、使人赏心悦目的东西都显得乏味、粗陋而毫无价值。

现在，我弄清楚了他的故事的线索，这些线索就像刻在他脸上的皱纹一样清晰。他讲故事时那种超然的表情已像照片一样印在我的脑子里，而且越印越深。这使我想起一个曾经深爱他的女人说的一席话："有时华莱士会突然对什么东西失去兴趣。如果是对人，他会一下子忘掉你是谁。即使你就在他眼皮底下，他也会视而不见。"

事实上华莱士并不是经常对某样东西失去兴趣的人。他是一个一旦把注意力投向某件事情就会想方设法把事情干得非常漂亮的人。在事业上他已取得过无数的成功，在很久以前就超出我许多，并已在世界舞台上崭露头角，这种显赫是我无论如何也达不

129

到的。他去世时只有三十九岁，人们都说如果他还活着肯定会取得更显要的职位，甚至还会挤入新内阁。上学时，他在学业上总能毫不费力地超过我，他天生就有那种才能。我们的整个学生时代都是在西坎星顿的圣·埃塞尔斯坦学校一起度过的。刚入学时他与我水平相当，但毕业时表现突出，并且在学业上取得了非凡的成就，这些都远远在我之上，而我觉得自己只是一个表现相当一般的学生。早在上学的时候，我就第一次听他提到过关于"墙上之门"的故事，而我第二次听他讲时距他去世仅有短短一个月的时间。

至少对华莱士来说这个"墙上之门"是墙上一面真实存在的门，它通往一个不朽而真实的世界。

早在华莱士还是一个五六岁的小孩子时，这扇门就曾在他的生活中出现。我现在仍记得他坐在椅子上以缓慢低沉的声音向我吐露这段经历时的情景，他一边推算着事情发生的时间，一边说道："那门上攀着一棵深红色的五叶地棉，这棵树从上到下都是一片艳丽的深红色。门修在一堵雪白的墙上，明媚的、金黄色的阳光照耀在它上面。不知为什么，那场面给我留下的印象很深，尽管我已记不清它确切的样子了。门是绿色的，门前有一条很规整的路，路上落了些七叶树的叶子。那些叶子绿中泛黄，但还未变成暗黄色，也没落上尘土，所以一定是刚从树上落下来的。由此我可以判断当时一定是十月份。因为我每年都留心观察七叶树的叶子，所以我敢肯定是十月份。如果我没弄错的话，那应该发生在我五岁零四个月的时候。"

华莱士称自己那时是个非常早熟的孩子。他在很小的时候就学会说话了。正如人们所说的那样，他当时心智发育得很健全，是个"小大人"。以至他五六岁时做事的大胆程度是绝大多数孩子到七八岁时都很少能达到的。他母亲在他两岁时就去世了。带他的是一个照料他不很精心，管教他也不很严格的保姆。他的父亲是一个十分严格、一心忙于公务的律师，对他关心很少，但却对他寄予厚望。我想，正因为他是个如此聪明的孩子，才感到自己的生活有点儿灰暗。终于有一天他离家出走了。

他已记不清自己是怎样钻了个大人不留神的空子溜出去的，也记不起自己出去后上了哪一条路，所有这些都在他的记忆中逐渐淡忘了。但那堵白色的墙和那扇绿色的门在他脑海中的印象异常深刻。

按照他对自己童年时那段经历的记忆，在第一眼看到那扇门时，他就产生了一种奇特的感觉，他觉得受到了那扇门的强烈吸引，并且产生了一种走上去打开它然后走进去的强烈欲望。同时，他又清醒地意识到，如果经受不住这一诱惑，他就会做出蠢事或错事。如果他的记忆没有出任何错的话，他从一见到那扇门起就认定门没锁，如果他想进就一定能进去。这种念头真有点儿奇怪。

听到这里，我的眼前似乎浮现出那个为是否做一件事而迟疑不决的小男孩的形象。他的脑子里一定清楚地意识到，如果他胆敢走进那扇门，他的父亲一定会非常生气。

华莱士用最详尽的语言描述了这一令他犹豫不决的时刻。他告诉我，经过一阵犹豫后他径直从那扇门前走了过去，两手插着口袋，装作大人的样子想吹阵口哨。他在墙根外踱着步，为了转移注意力，他把目光投向路边一些破败、肮脏的旧店铺，特别是一个修水管的和一个裱糊匠所开的那两家店。店中满是灰尘，一片狼藉，堆放着搪瓷管、破铁板、水龙头，一沓沓各种式样的墙纸和一个个搪瓷罐子。他站在墙根处，企图把注意力放在审视那些破烂上边，却无法不觊觎那扇绿门，也止不住走进它的强烈欲望。

他说紧接着他就产生了一股冲动，使他彻底摆脱了犹豫，他跑向那扇绿门，猛然伸手推门冲了进去，随手"嘭"的一声将门关上。就这样，他在瞬息之间走进了一座花园，一座他在以后的生命中始终魂牵梦绕的花园。

对华莱士来说，把自己在那座花园中的所有感受都清清楚楚地讲给我听是十分困难的。这座花园中有一种气氛，能够使人兴奋并给人以轻松、怡然、安乐的感觉。花园中的景致有一股说不出的韵味，使得全园的色调显得清新而完美，鲜明而柔和。走进花园的一刹那，会感到异常兴奋，这种兴奋就如同一个生活在这个世界中的人在年轻而无忧无虑的时候、在十分偶然的机会中才能体味到的那种欢乐。

园中的一切都是那么美好。

讲着讲着，华莱士放低了声音，语调中出现了令人不解的抑扬顿挫，就像一个放慢声音准备讲述一件神秘事情的人那样："你肯定想不到，花园中有两只硕大的猎豹，就是那种身上长着斑点的猎豹，可我并没有感到恐惧。花园两侧各有一条镶着大理石边儿的路，路两侧全是花，那两只猎豹正在路上玩弄一个圆球。其中一只抬起头看见了我便踱了过来，它看上去似乎对我有点儿好奇。它径直走到我的面前，我伸出一只小手，他就用柔软圆滑的耳朵轻轻地摩弄我的手，口中发出'呼噜呼噜'的声音。那真是一个充满魔力的花园，对此我深有感受。你知道它有多大？它的四面一直扩展到远方，我相信它一直伸展到远处的群山。上帝才能知道西坎星顿其他的空间都被挤到哪儿去了。不知为什么，到了这里我有一种回家的感觉。

　　"告诉你，当那墙上之门在我身后'嘭'的关闭时，我忘记了那条落着七叶树树叶的路，忘记了路上的马车和商贩们的手推货车，忘记了家中的规矩和管束带来的驱使我回去的力量，忘掉了所有疑虑和畏惧，忘记了东南西北，甚至忘记了早已谙熟的现实生活。我一下子变成了另一个世界中一个无忧无虑的享受无上幸福的小男孩儿。这是一个全然不同的世界，这里阳光更加温暖，更富有穿透力，也更加柔和。这里的空气凝结着一种恬淡明晰的欢乐，这里的蓝天上飘浮着的是辉映着一束束阳光的云彩。我前面这条又长又宽的路似乎在请我走上去。路两边的花床一颗杂草都没有，里面满是恣意生长的花。路上跑着那两只猎豹。我大胆地将小手放在它们柔软的皮毛上，又去抚摸它们圆圆的耳郭及耳郭下面十分敏感的耳孔。我和它们一路玩耍着，它们好像是在欢迎我回家。我的心中不禁荡漾起一股幸福的感觉。忽然间，一位身材修长的仙女出现在路上，她微笑着迎着我走来，开口说：'你好吗？'又把我抱起来亲吻，然后把我放下来，牵着我的手继续往前走。我一点儿都不感到惊异，我觉得一切都是那么的真实而欢快，心中那股以前因某种奇怪的原因而被掩藏了的欢乐心情一下子被唤醒了。走着走着眼前出现了一段宽阔的两边长满一穗穗飞燕草的台阶。走上这段台阶，我们上了另一条宽阔的路，路边长的都是茂密的、暗绿色的老树。在沿路所有经过修剪的暗棕色树枝上，蹲着白色大理石般高贵的白鸽，它们温顺而友好。

"仙女拉着我沿着这条阴凉的路朝前走。她低头看着我，我现在仍能回忆起她轮廓优美的脸颊、漂亮的下颌和甜美和善的面容。她用悦耳的语调和声细语地给我讲这讲那，讲的都是一些令人高兴的事儿，不过我再也记不起都是些什么事儿了。忽然一只小小的卷尾猴从树上跳过来跟着我往前跑，它机灵可爱，长着深红色的细毛和浅褐色的眼睛。它仰视着我，张着小嘴像是在笑，又一下子跳到我的肩上。就这样，我和仙女在无比欢快的气氛中向前走着。"

讲到这里，他又停了下来。

"讲下去。"我催促道。

"我记得的只是很少的一些事情。我记得我们从一个老人身旁走过，当时他正坐在一丛月桂树中，像是在沉思。我还记得见过一个落满灰色小鹦鹉的地方。我们穿过这条宽广的林荫路来到一个既开阔又阴凉的地方，这里到处是漂亮的喷泉，到处是美丽的景物，到处是人心所渴望和向往的东西。这里还有许多人，他们给我留下的印象有些到现在还很清晰，而有些已有点儿模糊了。所有人都长得很好看，神态和蔼可亲。他们因我的到来而十分高兴，我不知道是什么原因使他们对我如此友好。他们用手抚摸我，用充满爱意的目光欢迎我，这使我的全身都被欢乐所笼罩。真的是这样……"

华莱士沉默了一会儿，接着说："我在那儿还找到了许多小伙伴，这真是棒极了，要知道我一直是个孤独的孩子。我们在一个铺着草皮的空地上开心地做起游戏来。这片地上还有一架周围种着花的日晷仪。人们在一起玩乐时总是相互友爱的。

"但很奇怪，到这里我的记忆发生了断层。我现在想不起来我们玩的是什么游戏了，再也想不起来了。在以后的孩提时代中，我经常长时间地试图回想起那种欢乐的游戏是怎么玩儿的，有时甚至流着泪去想。我很想在自己的房间中独自把这游戏重新玩上一遍，我唯一能记得的就是这个游戏当时给我带来的欢乐及两个一直陪着我玩儿的可爱的小伙伴。我正玩儿得开心时，突然来了一个神态冷峻的白衣女人，她的脸色冷漠而苍白，目光锐利，身上穿着宽松的暗紫色长袍，手里还拿着一本书。她示意我过去，然后带着我走开了。我的伙伴们很舍不得我走，在我被带走时他们停止了游戏，站在那儿观望着，口里大声喊着：'回来，快回到我们这儿来！'我抬着头，盯着那女人的脸，可她对我的伙伴们的反应无动于衷。她把我带进一座大楼顶层的一个房间，自己坐在一把椅子上。我站在她身旁，当她把那本书在膝盖上打开时我便伸过头去看。书一页一页地被翻过，她指点到哪儿我就看到哪儿。我的天！书页中所惟妙惟肖地描述着的竟是我本人，里面讲的都是我的事，而且从我出生之日起所经历的每一件事都说得一点儿不差。这真是太奇妙了，要知道，书中讲的全是真人真事而绝非杜撰。"

华莱士又停止了叙述，想看看我是否能接受他的故事。

"说下去，我能听懂。"我说道。

"书中讲的都是真事，里面的人物活灵活现，发生在他们身上的事一件接着一件。其中有我亲爱的母亲，我当时几乎已经忘记她了。还有我那严厉而正统的父亲，那些用人和保姆，以及家中为我所熟悉的一切。还提到了我家的前门及门前马路上来往穿梭的车流和人流。我一边看一边发出惊叹，又看了看那女人的脸色并试探着自己动手去翻看，我的眼睛在书上四下浏览，想尽可能多地看些内容，一直看到我刚才在那扇绿门外犹豫徘徊这件事。看到这里，我又一次体验到当时那种复杂的心情。

"我的好奇心更强烈了，急切地想知道下面几页会讲些什么。但那冷峻的女人用冰冷的手阻止了我。我坚持要看，使出吃奶的劲儿想去搬开她的手指，直到她让步并且让书翻到下一页。可她俯下身来，身体像一棵大树似的盖住了我，然后在我的眉毛上吻了一下。

"猛然间，一切都消失了。我再也看不到那个充满魔力的花园，看不到那两只猎豹和那个拉着我的手赶路的仙女，也看不到那些舍得我离开的小伙伴了。展现在我眼前的，是西坎星顿一条长长的灰色马路。此时已快到晚上掌灯时最寒冷的时刻了。我拖着几乎被扭曲了的弱小身影，站在那里大声哭泣着。我在哭，是因为我无法回到小伙伴们那里去了，我刚才还听见他们在喊：'回来，快回到我们这儿来！'我站在马路上，唯一能做的就是尽量抑制住悲伤。眼前再也不是一页书了，而是冷酷的现实世界。那迷人的仙女和那个冷峻的白衣女人全都不见了。她们到哪儿去了呢？"

华莱士又停了下来，盯着炉火看了好长时间。

"唉，回归到现实世界真是一种巨大的痛苦！"他自言自语道。

"你没事吧？"过了约一分钟后我关切地问道。

"我当时真是一个小可怜虫！我被推回了眼前这个灰暗的世界。当我意识到我在门内所拥有过的那个世界的全部意义时，就再也抑制不住悲伤了。这种因在大街上放声痛哭以及随后被毫无体面地送回家而给我带来的羞辱感至今仍很强烈。那天最先向我走来的是个和蔼可亲、戴着一副金边眼镜的老人。他先用手中的伞碰了我一下，然后问道：'小可怜，你是不是找不到家了？'这使我一下子又变成了原来那个五岁多的伦敦男孩儿。后来他找来一个和气的年轻警官，并且组织了一个护送我的队伍，浩浩荡荡地把我送回家。在疑虑和恐惧之中，我啜泣着从那个充满魔力的花园回到了自家门前的台阶上。

　　"这就是那个至今仍令我魂牵梦绕的花园给我留下的所有印象。当然，我无法解释我的经历中那些显然不合常规因而难以描述清楚的成分，也无法把在园内时的怪异经历混同于在园外时的完全符合常规的经历，但墙内的事确实是我亲身经历的。如果那是一场梦，我又不可能在大白天睁着眼睛做这样一个极不寻常的梦，何况事后父亲、姑妈、保姆和家庭教师也确实严厉责问过我到底去了哪儿。

　　"我试图向他们澄清事实，致使父亲第一次因认定我撒谎而狠狠揍了我一顿。随后，当我想让姑妈相信我时，她却认为我是死不改悔，而又一次惩罚了我恶劣的谎言。就这样，所有人都拒绝听我辩解，连一个字都不想听。在一段时间里，他们甚至把我的童话故事书都拿走了，因为我太好'胡思乱想'。你不信？一点也不夸张，他们确实是这么做的。我父亲是属于思想守旧的那一类人。于是，我的故事只好留给自己去听了。我轻声对着自己的枕头倾吐，我不停咕哝着的嘴唇经常能从枕头上感觉到湿润和苦涩——那是我孩提时的泪水呀！在做祷告时，我总是加进心底的愿望：'啊，上帝！请让我回到梦幻中的花园吧！哪怕仅仅让它在我的梦中出现！我一定要回到心爱的花园！'

　　"也许我对故事的内容有所增添，也许我改变了某些内容，要知道，我每次讲述这个故事都是在努力拼凑一些自己幼年时代的零散记忆。这些记忆是与我后来那些连贯的记忆相割裂的。也许有一天我再也无法想起那段奇异模糊的记忆。"

听到这里，我自然而然地产生了一个疑问："你去找过那条把你引向花园的路吗？"

"我当时不可能没想过回头去找。但我想，使我没能去成的最可能的原因就是在我出去乱跑过一次后，为了防止我走丢，大人们对我的行踪盯得更紧了。至少在开始上学以前，我一直没机会再去寻找那座花园。你还记得我在圣·埃塞尔斯坦学校读书时是怎样一个孩子吗？"

"当然记得！"我回答说。

"那个时候尽管我的心中隐藏着一个非同寻常的秘密，但并没有表露出任何迹象，对不对？"华莱士又问道。

二

华莱士突然笑了起来，他抬头看着我，问道："上学时我喜欢玩那种探索'西北航线'的把戏，你也玩过吧？噢，当然没玩儿过，你当时的兴趣跟我不同。

"它属于喜欢想入非非的孩子们都喜欢玩的那类游戏。其目的是找出一条通往学校的'西北航线'。通往学校的本是一条很好走的路，可这个游戏硬要你向几乎不可能引向学校的方向出发，在一条条根本不熟悉的道路上摸索前进，直到最终找到学校。有一次，在瞎撞的过程中我被坎普登山背后那些自己从来没走过又很难走的路弄晕了头。我开始意识到我可能会第一次被自己的游戏难住而无法按时到校。我在一条很像是死胡同的路上近乎绝望地摸索着，却在路的尽头找到了一条出去的通道，在重新燃起希望之后，我快步走出这条通道，心里想着'这次还有戏'。在我经过一排破败、肮脏的小店铺时，我突然感到对这些小店似曾相识。你瞧，在这排小店附近正是我的那堵长长的白墙，修在墙上的正是那扇通往神秘花园的门！

　　"猛然间，往事又一次历历在目。过了这么久，我真的又一次来到了那花园的门外，那神奇花园的门外，这次绝不是在梦中。"

　　他的声音又一次中断了。

　　"我想当我第二次来到这扇绿门之外时，此时的我作为一个生活忙忙碌碌的学生，与完全无忧无虑的幼儿时代已大不相同了。不管怎么说，当我第二次来到这扇门前时，我一时间还是想径直走进去。可是……不知为什么，我满脑子想的却是应该按时到校，我不想改写自己上学一向准时的记录。我当时肯定还有一丝至少推推那扇门的愿望，是的，我肯定有过这种愿望。不过，按时上学的决心还是压倒了一切，那扇门的诱惑只不过是另一个并不能阻止我实现决心的障碍。重新发现这扇门又一次引发了我的兴趣，可我还是继续赶路了。尽管在下面的路途上我的脑子里想的全是关于那扇门的事，但它并没有耽误我赶路。我看了看表，发现自己只有十分钟的时间了，便飞快地跑起来。我跑下山，到了我所熟悉的环境中。我气喘吁吁地跑到学校时，身上已被汗水湿透了，但我没迟到。我仍能记得当时跑进屋后匆匆挂起外衣和帽子时的情景。

"我刚好经过了那扇门却把它抛在了身后，这是不是有点儿让人难以置信？"

他若有所思地看着我，说道："当然，我当时没想到，以为时过境迁后那扇门就不会再立在那儿了。当了学生后，想象力就被限定住了。因受到学校的约束，我没能进那扇门，我当时大概认为事后能重新找到它，并记住了路，我想事后再去找也不失为一件美妙绝伦的事。那天早上我太烦躁、太忙乱了，所以担心自己如果立即见到花园中的那些人会不知所措。不过很奇怪，我丝毫不怀疑如果他们真的见到我会很高兴。那次我一定仅仅把那座花园看成是在紧张的学习生活的间隙才可以去的一个消遣场所。

"那天我没有再去找那扇门。第二天有半天的休息日，我才把门的事放在了心上。也许头一天早上是因为时间太紧张我才碰都没碰一下那扇门，但事后我的脑子里却一直想着它和它所通往的花园，这促使我不能不把心中的秘密讲给别人听。

"还记得同学中有个专爱窥探别人秘密的家伙吗？咱们当时都称他'斯奎夫'。我把自己的事告诉了他。他叫什么名字来着？"

"叫霍普金斯。"我答道。

"对，就是霍普金斯。我本来是不愿意告诉他任何事的。我总觉得把这个秘密讲给他听在某种程度上违背了我自己的原则，但我还是告诉他了。当时我们两个正一块儿回家。他是个能说会道的人，即使我们不谈论关于花园的事也会谈些别的。因为我实在忍不住想讲出关于花园的秘密，所以不慎说走了嘴。

"不出所料，他泄漏了我的秘密。第二天，在课间休息的时候我发现自己已被六七个大些的孩子包围了。为了取乐，但更主要的是为了满足自己的好奇，这些小子让我多讲一些关于神奇花园的事。他们中有大块头佛赛特，你还记得他吗？还有卡纳比和莫利，当时你在不在场？对，你不在，如果在的话我会有印象的。

"男孩儿是十分奇怪的动物。我深信这一点，我本人就如此。尽管当时我为自己的秘密被曝光而十分愤慨，但还是为能吸引住这些大孩子的注意而感到得意。我尤其不能忘记当克劳肖夸奖我时，我还沾沾自喜了一阵子。还记得克劳肖家的老大吗？他父亲是个作曲家。克劳肖夸我的故事是他所听过的谎话中最动人的。这还不算，当我讲述我的神秘经历中堪称最神圣的部分时，我受到了一阵恶毒的侮辱，我讲到那里时，佛赛特那个畜生竟然拿我在花园中遇到的仙女开玩笑。"

在讲到这段引发自己深深屈辱感的记忆时，华莱士的声音低沉了下去："我假装没听到他的话，可卡纳比随后又骂我是个小骗子。当我坚持说所讲的都是真事时，他还跟我吵。我发誓所讲的都是真事，但无济于事。我只好说知道在哪儿能找到那扇绿色的门，还说可以在十分钟内领他们赶到那儿。这下子卡纳比倒变得讲理了，但他说如果我带不到就必须吃点苦头。卡纳比曾经扭过你的胳膊吗？如果扭过你就知道我那天受的是什么罪了。全校没有一个人能把一个受难的小孩儿从卡纳比的魔掌中解救出来。尽管克劳肖出来打了圆场，我还得照卡纳比说的去做。我的心开始剧烈地跳起来，脸涨得通红，并开始感到了一丝恐惧。我自始至终表现得都像一个小傻瓜。最终我不是独自去寻找自己的神奇花园，而是在六个如狼似虎、凶神恶煞般的大孩子的挟持下，为了满足他们庸俗的好奇心而带路去看我的花园。当时，我的脸涨红到耳根，眼睛像要喷火，感到自己的灵魂都在遭受折磨和屈辱。

"结果，我没能带他们找到那堵白墙和那扇绿门……"

"你是说……"我不禁哑然。

"是的，我再也不能找到那扇门了，再也不能了！即使过后我得以抽身独自去找时也找不到了。在整个少年时代，我似乎一直在不停地追寻着通往那座花园的门，但再也没有找到。"

"那次你是不是让那几个家伙恼羞成怒了？"我问道。

"他们像群畜生似的暴跳如雷。卡纳比甚至组织了一个审判团来讨论如何惩罚我的欺诈行为。我记得事后我溜回家，极力忍着泪水爬上楼梯。当我独自一人在房间里哭得死去活来时，我不是为受了卡纳比的折磨而哭，而是为了我的花园而哭，为了那个可爱的仙女和那些等着我去玩耍的伙伴们而哭，为了那个美妙的却被我忘记怎么玩儿的游戏而哭。我本来指望能一个人回到那个花园，找到那些人，重新学会那个游戏，度过一个迷人的下午。

"我深信，如果我不把自己的秘密泄露给别人，肯定能再次找到那扇门。从那以后，我的精神一度十分消沉，白天魂不守舍，夜里就独自哭泣。有两个学期我功课下降，成绩一团糟。对此你还有印象吧？你一定有！那时正是你在数学成绩上超过了我，才刺激我重新去专心学习。"

三

华莱士凝视着壁炉中的红色火苗，沉默了好长时间，然后开口说道："直到十七岁那年，我才又一次见到了那扇墙上之门。当时我正乘车由帕丁顿到牛津去开创学业。在路上，那扇门第三次出现在我的面前，但仅仅在眼前出现了短短的一瞬间。当时我正坐在车上，头靠着车厢吸烟，脑子里自然想着到牛津后如何能出人头地。突然间，路边出现了那扇门和那堵墙，门后的一切所给我的难忘而亲切的感觉又一次涌了上来。

"我们的马车'哐啷、哐啷'地从门边经过，眼看就要转弯，我突然招呼车夫立即停车，这个举动使我自己都有些惊讶。车停了下来，在矛盾和十分复杂的心情下，我的脑子里经历了一阵激烈的思想斗争。我一边敲了敲车厢的天窗，一边若无其事地掏出手表看了看。'什么事，先生？'车夫欠了欠身，很有礼貌地问道。'噢，没什么，我只想看看表。时候不早了，我们得抓紧赶路。'我答道。于是车夫重新驾起了车……

"我在牛津的学业非常成功。得知自己取得了优异成绩的那天晚上，在我家二楼上自己那间小小的卧室兼书房里，我坐在壁炉边，一面吸着心爱的烟斗，一面接受着父亲的夸奖。要知道，他是很少夸奖我的。我的耳边回响着他振振有词的教诲，可脑子里却想着那堵长长的白墙上的绿门。我想如果我当时选择了走进去，就会与牛津失之交臂，就不会有今天的辉煌成绩，更不可能具有现在正展现在我眼前的远大前程。我真有点儿自鸣得意。但同时不得不承认，为了自己的前程，我也付出了很大的牺牲。

"花园中的那些好朋友和那里清新的气氛对我来说是那么的亲切、美好，但又显得那么的遥远。现在，我已投身于另一个世界，因为我发现了另一扇在我眼前敞开的门，那就是我的事业之门。"

他又一次把目光投向炉火。在通红的火光下，他的脸上浮现出一股坚定的神情，但这种神情马上就消失了。

"唉……"华莱士叹了口气，接着说道，"我投身于自己的事业，为它付出了许多艰辛的努力。但我也曾千百次地在梦中看到那座充满魔力的花园，而且在以后的日子里，至少有四次撞见那扇通往花园的门，至少四次。我曾一度认为眼前这个现实中的世界无比光明和可爱，它似乎很有意义而且充满了机遇。相比之下，花园中那个世界的吸引力显得微弱而虚幻，使我逐渐淡漠了。谁愿意在陪漂亮的女士和显贵的绅士们去赴宴的路上身边跟着两只猎豹呢！离开牛津后我满怀雄心壮志来到伦敦，并且发奋图强去实现自己的远大抱负。然而，我的生命中仍留下了许多缺憾。

"我曾有过两次不成功的恋爱，这种事不必去提它了。记得有一次，我去拜望一个我认识但一直不敢奢望会见的人。为了抄近路，我上了一条很少有人走的路，就在那条路边，我又一次发现了那堵白墙和那扇熟悉的绿门。我不禁自言自语道：'真奇怪，在以往的印象中它们应该在坎普登山的某个地方，那是一个我在梦中经常见到却从未指望重新找到的地方。'但为了去赴约，我毫不犹豫地驶过了那扇门，当时它对我并没有产生多大的吸引力。

"尽管我敢肯定那扇门会重新向我敞开，而且它当时距我顶多三步之遥，但去碰碰它的念头在我脑子里一闪就过去了。我当时考虑到一旦停下来就有可能耽误这个事关我身价的约会。可事后我又觉得自己当时没必要把恪守时间看得那么重要。我想当时至少可以开门向里面扫一眼，向那两只猎豹招招手。不过这次我已经意识到过后想再去找那扇门已是不可能的了。所以，我又一次为错过一次机会而深感遗憾。

"从那以后，我又经历了数年的艰苦工作，但一直未再见到过那扇门。直到最近一年，它才重新在我的面前出现。在此以前，我已经逐渐感到我的世界正在被一片不断扩展的乌云所笼罩，并开始为不能再次找到那扇门而焦虑和痛苦。这或许是因为多年的繁重工作让我感到有些吃不消了，或许是因为人们常说的那种到了四十岁就会感到的凄凉感在起作用。但毫无疑问，那种使我能够游刃有余地处理问题的机智最近正在逐渐减弱，而这正发生在眼前这个新的政治形势不断发展、需要我加倍工作的关键时期。你说急人不急人？我开始深深感到生活是如此折磨人，而它的回报在你即将得到时又显得如此微不足道。不久以前，我开始渴望回到那个花园，而且我又得到了三次可以走进它的机会。"

"你进去了吗？"我问道。

"没有，我只是来到了那扇门前，但没有进去。"

说到这里他全身无力地俯在桌子上，直视着我，说话的声音中已经带有难以掩饰的痛苦："我又得到过三次机会，三次啊！每一次机会到来之前我都曾发誓要是我能再次来到那扇门前，我一定要走进去，我要远离眼前这个喧嚣的世界，抛弃这个世界上华而不实的名与利，从毫无意义的奔波中解脱出来。我确实是这样发誓的，可每次当机会真的到来时，我却退缩了。

"这三次机会都是在去年一年里出现的，一年中我曾三次走过那扇门，但三次都错过了。

"第一次是在下院对政府提出的《土地承租人法》进行紧急表决的当晚。那天晚上这项法案仅以三票的微弱优势被通过。你还记得这件事吗？本来我们这方对当晚的表决结果并没有把握，反对派一方大概也如此。表决前的辩论异常激烈。当时我并不在场，而是在布兰德夫特与霍奇基斯及他堂弟共进晚餐。忽然，有人打来电话通知我们必须立刻赶到下院参加表决，于是我们立刻坐上霍奇基斯堂弟的汽车赶往下院，结果刚好在表决结束之前赶到。就在路途中，我们经过了那堵墙和那扇门。那门在月光下微微显出轮廓，我们的车灯照到它上面，映出一个个淡黄色的光点。我没搞错，这肯定就是通往神奇花园的那扇门。'上帝啊！'我失声叫了出来。霍奇基斯听了一愣，问道："怎么了？"我连忙答道："没什么。"就这样，我错过了这次机会。一到下院，我就对我方的意见收集人说："我可是费了好大劲儿才赶来的。"他说了声："大家都一样"便匆匆赶去收集意见了。

"这次我只能如此，我不知道是否还有别的选择。而第二次机会则是在我匆匆赶去探望父亲的路上出现的。当时这位严厉的老人正躺在病床上，等着与我做最后的诀别。对这次机会，除了放弃外我仍是别无选择。第三次机会出现在一周以前，这一次的情况与前两次截然不同。现在一想起来就让我懊悔不已。当时，我正在与哥尔克和拉尔夫斯一起散步。现在你知道了，我是与哥尔克通过气的，这已经不是什么秘密了。在那以前，我和他一起参加过弗劳贝舍尔家的晚宴，并在席间密谈过。所以，哥尔克上台组阁时将我吸收进去的问题已被提上议事日程，而且已经有眉目了，但时机还不成熟。这件事我没必要跟你保密，你知道就知道了，拜托别说出去！

"还是让我说说后来发生的事儿吧！那天晚上，当我同哥尔克一起散步时，我很想从他嘴边得到些担保。因为当时我对能否最终入阁还没有太大的把握。但因为有拉尔夫斯在场，我又不好问哥尔克。所以，在我们三个人漫无目的的闲谈中，我竭力避免使话题牵扯到我入阁这件事上。我必须防拉尔夫斯一手。事后证明我对他的担心并不是多余的。我知道过了坎兴顿大街后拉尔夫斯就会与我们分开，到那时我就可以直截了当地向哥尔克提出我入阁的问题，让他做出正面回答。有时候一个人不得不打这种小算盘。就在我们一块儿朝前走时，那堵墙突然间又一次出现在我的视野中，那扇绿门刚好正对着我走来的方向。

"我一边与他们两个人闲谈，一边走过了那扇门，我又一次与它失之交臂。当我们从那扇门外悠然而过时，我正注视着哥尔克，听他讲话。他当时的侧影至今仍印在我的脑子里：一顶高高的礼帽压在他那轮廓清晰的高鼻子上，向前微倾着，连他脖子上的一道道皱纹在阴影中都隐约可见。

"我在距那扇门仅仅不到二十英寸远的地方走了过去。我当时问自己：'如果我对哥尔克道声晚安然后立即走进那扇门，情况会怎么样呢？'我当时感到'晚安'两个字已到了嗓子眼，刺得我的喉咙痒痒的。

"可是在当时，我的脑子里还同时盘算着一大堆别的问题，不可能考虑去光顾那扇门。我对自己说：'如果那样做他们一定会认为我疯了。'想想看，假如像我这样一个声名显赫的政治家在马路上走着走着就突然失踪了，那岂不是一件天大的奇闻？最后，留下来的念头对我起了支配作用。在那个关键时刻，我终于在现实世界中一些繁杂事务的支配下放弃了进门的念头。"

他转过头来看着我，脸上露出了一丝苦笑，慢慢说道："所以，直到今天我还生活在这个世界上，并永远留在了这个世界上。因为我已错过了所有机会。在短短一年之中，那扇门曾一连三次在我眼前出现，那扇门所引向的是一个安定、快乐，比梦境还美好的世界，它的美好程度是现实世界中的任何一个人都无法想象的，而我却放弃了走向那个世界的机会，这种机会再也不会来了。"

"你怎么知道这种机会不会再来了？"我问道。

"我知道，我当然知道。我已经被羁绊在现实世界中，并且被这个世界折磨得几乎崩溃。而每一次当可以使我解脱的机会到来时，我都被一些俗事俗物缠得无法离开。如果你认为我在这个世界上已取得了巨大成功，这种成功貌似华丽其实却俗不可耐，招人妒忌却使自己生厌。我得到的仅此而已。"他用一只大手拿起桌上的一个核桃，给我看了看，又猛地把它击碎，指着碎末对我说，"如果我的生命就是刚才那个核桃，这便是它的结局。"

"说心里话，雷德蒙，我因失去了那几次机会而被折磨得几乎崩溃。近两个多月以来，在近十个星期的时间里，除了几件十分紧急、不得不做的工作外，我没做过任何事，我的整个心灵都被难以弥补的遗憾占据着。一到晚上，在不容易被别人认出来的时候，我就一个人到外面去。我在夜色中漫无目的地游荡，这是真的。我真不知道别人听说了这种事后会怎么看我。我，一个堂堂政府要员，竟伤心到一个人在夜里出来游荡的程度，有时甚至伤心得哭出声来，而这一切都是为了一扇墙上的门和门后一个什么花园！"

四

时至今日，我的眼前仍能浮现出华莱士那异常苍白的面孔和他那双凝视着炉火的忧郁的眼睛。今天晚上，他的形象在我的脑海里显得异常深刻。此时，我坐在房间里，脑子里想着他对我讲述自己经历时所说的话，耳边回荡着他说话时的声调。昨天的《西敏报》还摆在沙发上，报上登着他去世的消息。在今天的午餐上，我们谈的都是他的死讯，别的事情什么都没提。

他的尸体是今天凌晨在东坎星顿车站附近的一座桥洞下面被发现的。从这个火车站向南延伸的铁路线要通过两座立交桥，从两条马路下穿过，华莱士的遗体就躺在其中一座桥的下面。桥上的马路两侧本来设有防止行人下桥的挡板，但为了方便一些住在附近的铁路工人通行，挡板上留有一个小门。出事的头一天晚上，两个带班的铁路工人都以为对方会锁门而都没有锁门，华莱士正是瞅准了这个空子下了桥。

整个事件使我的脑海中布满了疑团。

看样子那天晚上他是从议会方向一路走过来的，上一个会期中，他一直在晚上闭会后沿这条路回家。在那段时间里我经常可以看到他漆黑的身影在夜幕下走在空荡荡的马路上，他的身体总是紧紧地裹在外衣里，走路时的样子像是在思考着什么。那么，出事当天晚上，在他上桥以前，是不是附近车站映过来的惨白的灯光欺骗了他的眼睛，使他错把反射着白光的路边挡板当成了那堵白墙呢？而那扇被忘记锁上的小门是不是起了决定性的作用从

151

而勾起了他的某种回忆呢？世界上真的如华莱士所描述的那样有一扇墙上之门吗？

　　所有这些问题都是我无法回答的。我只不过原原本本地转述了一下华莱士的故事。有时，我怀疑华莱士只是在经过一堵普通的墙上一扇普通的门时突发某种罕有的幻觉，才认定自己发现了什么墙上之门和门后的花园。不过，我并不认为这是最大的可能性，实际上，我更倾向于相信华莱士具有某种特异功能，某种奇特的令旁人难以捉摸的知觉，利用这种知觉他可以透过一堵墙和这墙上的门，找到一个神秘通道，把他带向一个更为美好的世界。对这种看法我越来越深信不疑。读者们也许会认为我这样看问题是出于迷信而且十分愚蠢。你们也许会反驳说不管怎样他最后把自己引向了绝路。但他最后走上的真是一条绝路吗？通过这个故事，我们可以窥探到那些充满离奇想象的幻想家的最大秘密。按照我们常人的观点，现实世界虽然有许多艰难险阻和明沟暗壑，但它是公正的、合理的，而华莱士是自绝于这个光明而安全的世界而把自己引向黑暗、危险和死亡。

　　但事实真的如此吗？

菲默尔

掌握飞行技术，实际上是成千上万人共同努力的结果——这人一个建议，那人一个实验，最后就只需要一个大智大勇者一蹴而就。但是在大众心目中有一种根深蒂固的偏见，认为在这成千上万人当中，天必降大任于一人，一个从未飞行过的人，他就是飞行的发明人，就像瓦特发明蒸汽机，史蒂芬逊发明蒸汽机车一样。在成名的人物中，没有一个人像可怜的菲默尔这样荒唐、可悲。然而正是这位胆怯、睿智的人物解决了困扰世界许多年的难题，也正是他按下了改变和平与战争以及几乎影响人类生活和幸福的按钮。科研人员是如此渺小，而他所研究的科学又是如此伟大，这样的奇迹在科学史上是前所未有的。有关菲默尔的情况，大多是、也必将是不为人知的——传记作家们对像菲默尔这样的无名小卒不感兴趣——但基本情况和最后结局却是够清楚的了。有关的信件、笔记以及别处偶尔提及的一鳞半爪已足以让我们窥其全豹了。本故事就是东拼西凑起来的有关菲默尔的生平。

史页上出现的有关菲默尔的第一个可靠线索，就是他提出作为有奖学金的理科生在南肯辛顿的政府实验室工作的申请。在申请中，他称自己是多佛的一位"军队制鞋匠"（俗称"修鞋匠"）的儿子，并列举他所做过的各种实验以证明自己精通化学和数学。出于自尊心，他试图寻求一个清贫的职业来增加自己在这些方面的造诣。他将实验室描述为他理想的"gaol"（监狱）[1]。这一笔误正好进一步证实了他一心投身科学的主张。从这份申请的批示来看，菲默尔获得了这个他梦寐以求的机会。但到目前为止，仍未发现什么能证明他在政府机构取得成功的线索。

事实证明，尽管菲默尔自称对研究充满热情，但他为了能在现时收入上有所增加，在取得这份奖学金还不足一年就受到诱惑放弃了它，受雇于一位著名教授，在他领导进行的有关太阳物理学领域的研究中充当一名九便士一小时的计算员。后来，整整七年时间里，除了在保存下来的伦敦大学的升学名单上可看到他获得了数学和化学双料一级理科学士学位外，关于他的生活情况也就一无所知了。没人知道他是怎样以及在哪儿生活的。他很有可能在从事有关这一学科分支的必要研究的同时，继续以教书糊口。很奇怪的是，再后来有人发现诗人亚瑟·希克斯在信中曾提及他。

"你记得菲默尔吧，"希克斯给他的朋友万斯写道，"唉，他一点都没变，还是那样说话含混不清，嘴巴上胡子拉碴——一个男人怎么竟然弄到经常三五天不刮胡子的地步呢？而且溜到别

1 应为"goal"，即"目标"。

154

人面前时总给人一种鬼鬼祟祟的感觉。即便他的外套和那破损的衣领也看不出一丝岁月流逝的痕迹，与以前毫无二致。一次，他正在图书馆里写东西，我同情地在他旁边坐下来，他用手捂住了他的笔记便条，这不是在有意侮辱我嘛。看上去他手头好像有个重要的研究。他怀疑包括我在内的所有到牛津大学图书馆看书的人会窃取他的成果。他在大学里取得了令人羡慕的成就——他匆匆忙忙、语无伦次地重复着这些成就，唯恐我会在他说完之前打断他——他说起取得理科博士学位时就像有人说起打出租车一样轻描淡写。他以一种饶有兴趣的样子问我正在干些什么。他的胳膊紧张不安地张开，护在纸上，那上面隐藏着他宝贵的见解——一个充满希望的见解。

"'诗歌，'他说，'那你准备在其中教授些什么呢，希克斯？'

"这东西属于刚刚萌芽的专业研究范畴。我衷心地感谢上帝，要不是他赋予我懒惰这一宝贵的天性，我也可能早就奔着博士学位和毁灭而去了……"

我倾向于认为这一段奇特的小插曲正好发生在菲默尔完成或即将完成他的发明之际。

希克斯预测菲默尔会取得专业教授职位，但是他错了。另一个有关菲默尔的线索就是他向文学院做关于"橡胶及橡胶替代品"的报告——他已成为一家生产塑料材料的大厂的经理——而且据我所知，那时他是航空学会的成员，尽管他从未参加过该组织的讨论，这更证明了他的伟大想法是在没有任何外界帮助的情况下日臻完善的。在文学院做那篇报告后的两年里，他轻率地抛出一些专利，并通过各种有损尊严的方式对外宣称他已完成了使得他的飞行器成为可能的各种探索。第一则确切的消息出现在一家半便士一份的晚报上，而该报出自那位与菲默尔同租一幢房子的男子之手。在经过长时间秘密而又辛苦的忍耐之后，菲默尔终于草率行动了，而这似乎要归咎于一个滑稽可笑的无用之辈——布特沃，因为这位美国科学界臭名昭著的假内行宣布菲默尔的构想是错误的。

菲默尔的构想到底是什么样的呢？实际上非常简单。在他之前，对飞行学的研究一直存在着两个不同的思路。一个就是气球——比空气轻的装置，可以轻易上升，也可以相当安全地降落，但是一阵轻风就会让它在空中无助地飘动——而这方面一直在不断取得进展。另一个就是还只停留在理论上飞行的飞行器——比空气重的大而平的装置，由沉重的引擎来推进和升高，但大多数会在第一次降落时就摔得粉身碎骨。但是除了最后不可避免要摔坏这一事实外，飞行器的重力却使它们在理论上占有优势，即它们在空中可以逆风而行，空中航行要想有什么实用价值的话，这可是一个必要的条件。菲默尔的长处在于，他认识到可以将气球和沉重的飞行器这两者所具有的截然不同、故而也互不相容的长处结合在一起，放到同一个机器里。这个机器比空气轻还是比空气重，可以任意选择。他从鱼类可收缩的鳍和鸟类的气窝腔得到启发，设计出采用许多全封闭、可收缩的气球的方案。这些气球在膨胀时可以轻易地将飞行器升高，气球的收缩则由他设计的复杂的"肌肉系统"来进行，这样气球就可以完全收进机身里。他用坚固的空心管建造了一个由这些气球来支撑的大框架，在飞行器下降时，气球中的空气就会在一个制作精巧的机械装置的作用下自动排出，而且可以一直保持无气的状态，其时间长短由驾驶员来决定。跟以前所有的飞机一样，他的飞行器没有机翼或螺旋桨，唯一需要的发动机就是用来收缩气球的一个坚固有力的小装置。他认为他设计的这样一个机械可以在框架中的空气排空、气球膨胀时上升至一定的高度，然后收缩气球让空气进入框架，通过调整机械的重力使其在空气中可以随心所欲向任何方向滑行。当它下降时，它可以积累速度并同时减小重力，利用其俯冲过程中所积累的冲力，在气球膨胀时使它在空中再次升起。这种思路现在仍然是所有成功的飞行器设计中的主体思路，但是在真正实现之前，还需要付出辛勤劳动，对具体细节进行仔细斟酌推敲。而这样的辛苦，菲默尔——正如在他名声如日中天的时候习惯于对围在身边的记者们所说的那样——"任劳任怨、毫不吝啬地付出了"。最令他头疼的是可收缩气球的弹性衬套。他发现需要一种新的材料，而在发明以及制造这种新材料的过程中，他从未忘记给记者们留下深刻的印象，"付出了比我在实现更伟大的发明的过程中还要艰苦的努力"。

但是千万不要因此就想当然，认为记者们对于菲默尔宣布他的发明也会追踪得很艰苦。将近五年的时间里，他一直战战兢兢地待在他的橡胶厂里——他似乎一直完全依靠他的这点收入——做着错误的努力，想让漠不关心的公众相信他已经发明出了东西。他将绝大部分闲暇时间都用在给科技杂志和日报写信，详细地描述他的发明物的效果，并要求经济上的帮助。单是这一点就足以让他的信被压在编辑部里睡大觉了。节假日他基本上都用来安排与伦敦主要报社的看门人见面——他在鼓动门厅搬运工时竟然也显得信心不足——他积极努力，试图劝说战争办公室接受他的发明。在保留下来的沃利菲尔少将写给福罗格斯伯爵的密函中，少将用他直率、敏感的军人方式写道："这是个怪人，而且是个无赖。"从而将这片空白留给了日本人来填补，而结果也确实如此，使他们在战争的这个方面取得了优势——他们现在仍然保持着这种优势，令我们如鲠在喉。

后来，菲默尔偶然发现他为可收缩气球所发明的薄膜还可以用在一种新型燃油发动机的阀门上。他采取各种方法，为他的发明制造一个试验模型。他抛开橡胶厂的任务，也不再写信，神秘兮兮地一头扎进飞行器的研制当中。在他所有的行动中，神秘兮兮似乎一直是一个不可或缺的特点。他似乎一直在指导着零部件的制造并将其中的大部分集中在绍雷迪奇的一间房子里面，但是最后组装则是在肯特郡的迪姆奇尔奇完成的。飞行器不大，不能载人，但他极其巧妙地运用了后来被称为马可尼线的玩意儿来控制它的飞行。这架实用飞行器在肯特郡靠近希斯的博福德桥附近进行了第一次飞行，菲默尔在一辆特制的三轮车上跟踪并控制它的飞行。

从各个方面来看，这次飞行取得了令人惊叹的成功。飞行器由一辆马车从迪姆奇尔奇运到博福德桥。攀升到将近三百英尺的高度，然后突然下降，差点儿又回到迪姆奇尔奇附近，在下降时转向，又升起，盘旋，最后毫发无损地落在博福德桥旅馆附近的一块地里。在降落时发生了一件奇怪的事情。菲默尔从他的三轮车上跳下来，爬过隔在中间的土堤，向着他的胜利成果冲了大约二十码，以一种奇怪的姿势挥舞着手臂，然后一跤摔倒在地，昏死过去。当时他可怕的样子以及整个试验过程中所表现出来的极度激动的举止，令在场的每个人至今仍记忆犹新。后来，他在旅馆里莫名其妙地大哭一场。

这次试验的目击者总共还不到二十个，而且大多数是没受过教育的人。那位新罗姆利的医生目睹了飞行器升空，却没看到它降落，他的马被菲默尔三轮车上的电子机械吓了一大跳，猛地将他摔了下来。肯特郡的两名警察在非公务外出时从马车上看到了这次试验，加上一名在马什附近叫卖的食品杂货商，以及两位骑自行车的女士，这就差不多是受过教育的目击者的名单了。现场有两名记者，一名代表了一家叫《福克斯通》的报纸，另一名是四级采访记者和专题论丛的撰稿人。他们的钱菲默尔已经付过了，菲默尔和以往一样急需足够的宣传——而现在他有点认识到怎样才能得到足够的宣传。有些记者能够巧言利舌、左右视听，而后一个记者就属于其中之一。在一家流行期刊的星期专栏里，他以诙谐的笔调描述了这次试验。令菲默尔高兴的是，此人口语体的表述方式显得更为真实可信。此人又跑去找班格斯特，喋喋不休地向他描述更多的有关情况。班格斯特是《新报》的老板，是伦敦新闻界最能干也最不严格认真的人。记者讲述完，告别了班格斯特。毋庸置疑，他可能得到了一笔酬劳。班格斯特立即抓住这个机会。他双下巴，穿着灰哗叽外衣，大腹便便，大嗓门，指手画脚。班格斯特挺着他无与伦比的大新闻鼻，亲自跑到了迪姆奇尔奇。他对整个飞行器扫了一眼，只看了看它是什么和可能是什么。

由于他插手，事实也确实如此，菲默尔的长期不为人知的研究一下子声名大噪，菲默尔本人也立即身价倍增。翻阅一下存档的 1907 年的报纸杂志，你会难以置信地发现那时候的进展是多么迅速和火爆。七月份的报纸还不知道什么是飞行，也没有见过飞行，对此保持沉默似乎意味着人类不会、不能，也不应该飞行。八月时，"飞行和菲默尔""飞行和降落伞""空中战术和日本政府""菲默尔和飞行"，将"云南战争""上格陵兰岛发现金矿"等消息挤出了头版。班格斯特给了一万英镑，随后，又给了五千英镑，还贡献出他那著名的（但也是没有出过成果的）私人实验室和苏利山中靠近他私人住所的几英亩土地，以进行艰苦繁重的最后努力——班格斯特的方式——完成与真人一般大小的实用飞行器。同时，在班格斯特城里的带围墙的花园中，在每周的花园晚会上，菲默尔像参加展览一样，当着一群有特权的人的面测试他的实用模型。《新报》在投入了大量的费用后，也终有所获，将一幅有关第一次这样的活动的精美照片奉献给它的读者作为纪念。

下面是亚瑟·希克斯写给朋友万斯的信，要他赶来帮忙。

"我看到菲默尔正如日中天，"他写道，带着一点对他这样已过盛年的诗人来说很自然的嫉妒心理，"这个人现在收拾得清爽整齐，像皇家科学研究所的讲师一样，穿着最新式的双排扣礼服和长形的漆皮皮鞋，在他身上混杂着一种大人物的睿智和被无情曝光的暴发户的忸怩不安。他脸上毫无血色，脑袋向前探着，两只深琥珀色的小眼睛鬼鬼祟祟地四处乱瞅。他的衣服非常合身，但穿在身上就好像是买的现成的。他说话仍然含混不清，但是，尽管你听不清楚，他仍会自言自语地说上一大堆。如果班格斯特出去一小会儿，他马上会很本能地钻到人群的后面。当他穿过班格斯特家的草坪时，人们会发现他走走停停，有点喘不过气来，紧握着他那苍白瘦弱的双拳。他紧张不安——非常的紧张不安。他是这个时代和所有时代最伟大的发明家——这个时代和所有时代最伟大的发明家！最令人惊奇的是他无论如何从未奢望过这一点，从未奢望过会像现在这样。精力充沛的'卫戍司令'班格斯特几乎无处不在，我敢发誓他会在飞行器完成之前将所有人都请到他的草坪上来；昨天他将首相请来了，而他，愿上帝保佑他，在这种场合看上去没什么特别的架子。想想看！菲默尔！我们的普通老百姓菲默尔，英国科学界的光荣！公爵夫人们围着他，大胆漂亮的女贵族们用她们清脆甜美的声音大声地对他说——你有没有注意到伟大的女士们现在在变得多么有洞察力？——'哦，菲默尔先生，你是怎么做的？'

"离得远的人们听不清回答，于是就有人想象出这样的答案：'全心全意、毫不吝惜地付出辛勤的劳动，夫人，而且，可能——我不知道——但可能也要有一点特别的天赋吧。'"

至此，希克斯的描述与《新报》刊登的照片完全一致。在一张照片里，飞行器摇摆着冲向河面，在它下面，透过榆树间的空隙可以看到福尔汉姆教堂的钟楼；在另一张照片里，菲默尔坐在中间醒目的位置，伟大的和漂亮的人们众星捧月般站在他的周围，班格斯特谦虚地但也神气十足地站在他的后面。这样的排列倒也切合实情。将班格斯特挡住不少的是玛丽·埃尔金霍女勋爵，她正心事重重地带着好奇的表情看着菲默尔。尽管有风言风语缠身，而且已经三十八岁，但她依然漂亮，她是唯一在拍照的瞬间面部表情没有配合照相机的人。

本故事的表面情况就讲到这儿，但是，这些毕竟都是非常表面的情况。真正令人感兴趣的仍然隐藏在黑暗中，当时菲默尔心里是怎么想的？在那崭新时髦的双排扣礼服下到底隐藏着多少不祥的预感？他出现在那些半便士、一便士、六便士一份或更贵的报纸上，全世界都将他奉为"这个时代和所有时代最伟大的发明家。"他发明了实用的飞行器。每天，真人大小的模型都在苏利山做着准备。当准备好以后，他发明和制造这个飞行器的最终结果必将是——事实上，全世界的人似乎都这么认为，而且对这种期望笃信不疑——他将自豪愉快地登上飞行器，与它一起升空，飞行。

但我们现在非常明白，面临这样的壮举，菲默尔的心里绝不仅仅是骄傲和兴奋。那会儿还没有人能意识到，但事实确实如此。现在我们可以比较有把握地猜测，那天他心里一定是七上八下的。另外，他给私人医生写了一张便条，说自己总是失眠。从这一点上我们还可以找到充分的理由，说明他晚上也总觉得不安。尽管他认为这种飞行的想法在理论上是安全的，但对他来说，不带任何东西在一千英尺左右的空中振翅飞行毕竟是一件可恶的、难受的，甚至危险的事情。在成为这个时代最伟大的发明家的时候，他一定就已经意识到，白手起家来干这一行会面临怎样的境况。也许在年轻的时候，他曾经从很高的地方向下看过或者很不舒服地摔下来过；也许他曾经因为睡过了头而导致了那场每个人都经历过的从高处摔下来的噩梦，并使他产生了恐惧，而这恐惧至今还令他心有余悸。

显而易见的是，他在研究探索的初期并没有掂量过试验飞行这份责任的分量。他曾经以为只要研制出一种机器就行了，而现在事情的进程远远超出了他的想象，特别是有了这只急速旋转的飞轮。他是位发明家，而且已经发明出了飞行器。但他并不是飞行家。直到现在他才明白，人们期待着他飞上蓝天。但不管他心里是怎么想的，不到最后时刻他从不透露半点消息。他奔走于班格斯特的大型实验室之间，被记者们追踪采访，被人们捧为名流，穿着考究的衣服，吃着精美的食物，住着布置雅致的豪华公寓。以前他一直是一无所有，但现在他沉浸在也许是他一直期望得到的名望和成功之中。

过了一阵子，福尔汉姆的每周聚会画上了休止符。因为有一天，模型有一小会儿没听菲默尔的控制，或许有可能是他被大主教的赞许之词分散了注意力。正当那位大主教像所有书中所描述的大主教那样信口说出一则拉丁引语的时候，这座模型突然扬起机头指向天空，飞速上升，随后便落在福尔汉姆大道上，距离一辆马车三码左右。令人吃惊的是，它居然还在空中停留了一秒钟左右，而且停留的姿态也比较怪异。然后它便撞到地上，摔成了碎片，那匹马也因此不幸死于非命。

大主教对菲默尔的赞扬最终未能说完。菲默尔站在那里，眼睁睁地看着自己的发明化为泡影。他细长、苍白的双手还一直握着那个没用的装置。大主教仰望着天空，脸上露出了有失主教风度的不安与恐惧。

随着"哗啦"一声，大街上传来了叫喊声与喧闹声，菲默尔的紧张情绪也得到了缓解，"上帝啊！"他自言自语地说着，然后一屁股坐了下来。

其他人还在向刚才机器散架的地方张望，有些人则跑进屋里去了。

相比较而言，这台大型机器的研制过程更是几经周折。在主持这台机器的研制工作过程中，菲默尔做事总是小心谨慎，并且全神贯注。他对机械的效能和安全的关注达到了令人吃惊的地步。只要一有疑问，他都要延缓整个进程，直到更换了不放心的零部件为止。他的高级助手威尔金森有时对此很恼火，因为他坚信在多数情况下这种延缓是不必要的。班格斯特则在《新报》上对菲默尔的严谨作风大加赞扬，并且就此大骂妻子和另一个助手迈克安德鲁。他对菲默尔的做法表示支持。"我们也不想以失败告终，"迈克安德鲁说，"他一直能得到很好的建议。"

一有机会，菲默尔就要向威尔金森和迈克安德鲁详细说明如何控制和操作飞行器的各个零部件。他这样做是为了在驾驶飞行器遨游天空的时候，他们两位将和他一样内行，或者比他更内行。

现在我可以想象得出，如果菲默尔那时能够弄清楚自己的感受，并在自己驾机升空的问题上果断采取措施，那么他也许能轻而易举地避免这场灾难。他若是早就想清楚的话，是可以有很多办法的。比如找个专家来证明自己有心脏病或者消化系统和呼吸系统的毛病，这对于他来说并不难。但他居然没有采取这样的行动，这使我很吃惊。也许他已经知道了，只是最终没有打算采取措施。但事实是，尽管他心里很恐惧，却没弄清楚究竟该怎么办。我猜想他说不定一直在安慰自己，到时候一切都会好的。他就像刚刚得了一场大病的人一样，以为只是觉得有点不太舒服，过一阵子就会好的。同时，他推迟完成机器的研制，并让人们将关于他驾驶它飞行的猜测越传越远。他甚至欣然接受人们夸奖他勇气可嘉。毫无疑问，除了心里隐藏着的那点担惊受怕外，他一直陶醉在人们对他的夸奖、赞誉和吹捧之中。

那位玛丽·埃尔金霍小姐则使他的事情变得更加复杂。

希克斯想来想去也想不通这一切是怎么开的头。刚开始，她对他可能只是在泛泛之交中多了一份好感。在她的眼里，他的与众不同之处可能只是能使那个怪物飞上天而已。希克斯怎么也看不出他有什么优点。反正他们肯定没有什么接触。但后来，那位伟大的发明家可能鼓起勇气就一点个人的事嘟囔着开了口。不管是怎样开始的，反正毋庸置疑的是这事儿确实开始了。随后，在玛丽·埃尔金霍小姐的举手投足之中很容易感觉到那份欣喜。说他把事情给搞复杂了，那是因为菲默尔以前从未与女人打过交道，如今谈起了恋爱，这即使不能让他下决心，至少也在很大程度上促使他鼓起勇气去冒险。他自己本没有这个胆量，但这事儿却使他不能像别的时候那样很自然、很惬意地躲开。

玛丽小姐对菲默尔究竟有什么样的感觉和印象？这个问题至今仍然令人遐想。年近四十的他也许积累了不少学问，却算不上聪明。但他有着丰富的想象力，不断创造奇迹，也透射出吸引力。在她的眼里，他总是那么有魅力。他的身上充满着力量，一种独特的、不可捉摸的力量。那场模型表演更是增添了一股强劲的魔力。女人总是天真地想，有本事的男人一定是个强者。因为这些，菲默尔在为人处世和外貌方面的缺点也成了优点。他很谦虚，不愿四处招摇。但如果需要展现真才实学，人们也能看到他的表现。

班普敦太太觉得最好能把自己对菲默尔的看法告诉玛丽小姐。她认为，菲默尔总的来说只是个邋遢文人。但玛丽小姐却心平气和地说："他和我以前遇到的男人不一样。"班普敦太太偷偷瞟了她一眼，知道怎么说都没有用了。何况她觉得自己已经做了所能做到的一切，也算尽了心了。但她把自己内心里的许多看法告诉了其他人。

终于等来了黎明，等来了伟大的一天。它的来临既不显得仓促，也不让人觉得不是时候。那天班格斯特向他的来宾们——实际上是向整个世界——保证飞行试验最终会按计划进行并取得成功。菲默尔看着天逐渐变亮，甚至在天亮以前就在黑暗中目送着天上的星星离他远去。这些珍珠般的银白色的石竹花终于被湛蓝的天空所覆盖。那将是晴朗无云的一天。他的卧室就在班格斯特新盖的都铎式房子的侧翼。他从卧室的窗口看着天空。当星星被覆盖时，它们的躯体也渐渐消失在茫茫的黑夜里。这时他越来越清楚地看见外面的庭院里，绿色帐篷附近的山毛榉林那边已经营造好了欢乐的节日气氛，能看见已搭好的为贵宾们准备的三个看台，还有四周新竖的栅栏、小木棚和工作室。可以看到威尼斯人的船桅上黑乎乎的旗子在无风的清晨无精打采地垂着。在班格斯特看来，这些旗子是不可缺少的。在所有这些东西中间，有一个巨大的物体被一块防风布遮盖着。对人类来说，这是一个奇怪而可怕的不祥之兆，它一定会扩散、蔓延，并将改变和主宰人类的一切。但对于菲默尔来说，很难肯定它的出现是不是带有某种狭隘的私人想法。有好几个人听见他在这短短的几个小时时间里不停地来回踱步。偌大的地方聚集着一位业主兼编辑请来的众多客人。五点钟左右，菲默尔离开了他的房间，漫步走出卧室，来到院子里。这时候阳光、小鸟、松鼠和梅花鹿都开始活跃起来。迈克安德鲁也是位喜欢早起的人，他在靠近机器的地方碰到了菲默尔，两人一起走过去，看了看飞行器。

也不知道菲默尔到底吃没吃早饭，尽管班格斯特一个劲儿地催他。可能是因为看到来了不少客人，菲默尔便回到房间里。十点钟左右，他走进灌木丛，很可能是因为他看见玛丽·埃尔金霍小姐在那里。她正与老校友布鲁温丝·克莱文夫人一边交谈，一边散步。菲默尔以前从未见过那位夫人，但他还是陪她们一起走了一会儿。尽管玛丽小姐聪颖机敏，可还是出现了几次冷场。那场面确实有点儿尴尬，而布鲁温丝·克莱文夫人却并没有意识到。"他给我的感觉很特别，"后来她很自相矛盾地说，"他很不开心，想向别人倾诉，却又想在什么也没说出口之前就能得到帮助。但是他不说出来别人又怎么帮他呢？"

十一点半的时候，外面的院子里已经挤满了来宾。院子四周装了一圈间歇性喷泉。来宾们穿着考究，三五成群地聚集在草坪上、灌木丛中和院子的角落里。他们都是来看飞行器试验的。菲默尔、班格斯特和航空学会主席西奥多·希克尔三个人走在一起，班格斯特显得特别高兴。班格斯特夫人紧紧跟在玛丽·埃尔金霍、乔治娜·希克尔和斯戴思教长的后面。班格斯特一直在滔滔不绝地说着，他刚一离开，希克尔就立即补上空缺，开始对菲默尔大加夸奖。而菲默尔除了有时候不得不做一些回答外，基本上一言不发。在他们的后面，班格斯特夫人正在留意倾听教长的谈话，他条理清楚、用词得体地说着他担任神职人员十年来社会地位升迁的丰富阅历。玛丽小姐注视着这个她以前从未见过的人的低垂的肩膀，毫无疑问，她充满信心，仿佛世界正在觉醒。

周围的人看见他们时发出了一阵欢呼，但这欢呼声并非异口同声，而且也不那么激动人心。当他们走到离装置器五十码的地方时，菲默尔扭过头瞟了一眼，看看身后的女士们离他们有多远。他决定讲几句，要讲的话他在走出屋子的时候就已经想好了。他嘶哑的声音打断了班格斯特关于试验进程的谈话。

"我说，班格斯特……"他说了一半，却又打住了。

"什么？"班格斯特问道。

"我想……"他润了润嘴唇，"我觉得不大舒服。"

班格斯特一下子愣住了，"啊？"他叫道。

"一种奇怪的感觉。"菲默尔接着往前走，但班格斯特却迈不动步了，"我不知道是怎么了，也许过一会儿就会好的。如果好不了……或许……迈克安德鲁……"

"你觉得不大舒服？"班格斯特盯着他苍白的脸问道。

"我的天哪！"刚好在班格斯特夫人走过来的时候他叫了起来，"菲默尔说他不舒服。"

"只是有点儿怪怪的，"菲默尔避开玛丽小姐的眼睛说道，"也许过一会儿就会好的。"

一阵沉默。

这使得菲默尔觉得自己是世界上最孤独的人。

"不管怎样，"班格斯特说，"必须要飞上去。你要不再找个地方坐一会儿……"

"人太多了，我想。"菲默尔说。

又是一阵沉默。班格斯特的眼睛在菲默尔身上仔细审视着，然后扫视了一下院子里的宾客。

"真是不幸。"西奥多·希克尔爵士说道，"但是，我仍然认为，你的助手们——当然，假如你觉得身体不行而且你也不喜欢的话……"

"我想菲默尔先生是绝对不会那么做的。"玛丽小姐说。

"但是如果菲默尔的神经绷得太紧，那么试验对他来说是很危险的。"希克尔咳嗽着。

"正是因为那很危险。"玛丽小姐觉得她已经很清楚地表明了她和菲默尔的态度。

菲默尔的内心进行着激烈的思想斗争。

"我觉得我应该上去。"他说话的时候眼睛尽量不看她。他抬起眼睛，看见玛丽小姐正看着他。"我想上去。"他对她淡淡一笑。他又转过身对班格斯特说："我想离开人群找个阴凉的地方坐一会儿……"

班格斯特有点回过味儿来，他挎着菲默尔的胳膊说："到我的小房间去吧，就在那个绿色的亭子里。那儿很凉快。"

菲默尔转过脸来看着玛丽·埃尔金霍小姐。"我过五分钟就会好的，"他说，"真不好意思。"

玛丽·埃尔金霍小姐面带微笑地看着他。"我不能想象……"他还想和希克尔说些什么，却被班格斯特拉走了。

其他人看着他俩渐渐离去。

"他太脆弱了。"玛丽小姐说。

"他一定是神经绷得太紧了。"教长说。他有个缺点，就是会把世界上除去结了婚、有家有口的神职人员以外的人都看作"神经官能症患者"。

"当然，"希克尔说，"他不一定非上去不可，因为他已经发明了……"

"他怎么能当逃兵呢？"玛丽小姐问道，语气中带着一丝不易察觉的蔑视。

"要是他现在病了的话，那可真是太不幸了。"班格斯特太太的心情有些沉重。

"他不会病的。"玛丽小姐说道。她刚才还瞟了菲默尔一眼呢。

"你会好的。"班格斯特说，他和菲默尔正往绿色亭子那边走着，"你现在需要喝上一点儿白兰地。应该由你来飞上天，知道吗？你要——你应该坚强一点，知道吗？如果让另外一个人……"

"哦，我想去，"菲默尔说，"我会好的。实际上我现在已

171

经想去了……不！我想我还是喝了白兰地再说。"

班格斯特把他带进小房间，翻了半天只找出一个空酒瓶子，然后他又跑出去找酒。他去了大约有五分钟。

那五分钟可真漫长。站在最东面看台上的人们不时地可以看到菲默尔的脸贴在窗户玻璃上向外看，然后又慢慢缩回去，消失。班格斯特出去后，朝看台后面喊了一声，管家立刻端着托盘向亭子走来。

这是间宜人的小房间，里面只简单地摆放着一套绿色家具和一张旧办公桌——因为班格斯特的生活一贯很简朴。房间里挂着仿摩兰的雕刻，还有一书架的书。在这里，菲默尔找到了最后解脱的方法。和往常一样，班格斯特将他偶尔摆弄一下的猎鸦枪丢在桌子上，在壁炉台拐角的一只罐子里还剩三四发子弹。菲默尔在房间里来回走动着，在无法忍受的两难境地中苦苦挣扎。他开始朝那支小巧的来复枪走去，手越过吸墨垫，伸向那个精致的红色小标签，标签上印着"22口径"。

他一定是忽然间有了那个念头的。

尽管他开枪的时候房间的门窗紧闭着，但枪声肯定很响。可是似乎没有人会将枪声和他联系到一起，而且有几个人就在那间与他仅有一道石膏墙之隔的台球房里。紧接着，班格斯特的管家打开了门，闻到一股浓烈的火药味，他说他当时就明白发生什么事了。至少班格斯特家的用人们猜到了一点菲默尔心里的想法。

那是个难挨的下午。班格斯特就像在面对着一场令人绝望的灾难。大多数客人都没有点破这个事实——尽管要完全掩盖他们的想法是不可能的——班格斯特被死者彻头彻尾地骗了。据希克斯说，院子里的人们四散而去："仿佛那是一个放掉了赖账者的集会。"在开往伦敦的火车上，似乎每个人都早就知道飞行对人类来说是基本不可能的事。许多人说："他一直忙乎到现在，肯定早已试验过了。"

晚上，当班格斯特一个人安静下来的时候，他终于彻底崩溃了，走起路来像具僵尸。我听说他哭了，那场面肯定令人难忘。他说菲默尔毁了他的一生，他还开价半个克朗，将整套设备卖给了迈克安德鲁。迈克安德鲁在结算这笔交易时说："我一直在想……"他没再说下去。

第二天早上，菲默尔的名字在《新报》上的位置远没有在其他日报上显著，这还是头一次。其他报家根据自己的态度以及与《新报》竞争的激烈程度，对事件的报道各有侧重，例如，"新型飞行器彻底失败""骗子自杀"等。但在北苏利区，由于人们发现了不正常的大气现象，所以对这件事的反应也就没那么强烈。

威尔金森和迈克安德鲁一整夜都在激烈争论着他们轻率行动的动机。

"这家伙是个可怜的胆小鬼，但就他的科学研究来看，他绝不是个骗子。"迈克安德鲁说，"等这阵风一过去，威尔金森先生，我打算对这个问题进行一次实事求是的论证。因为我不相信公众对这次试验的看法。"

最后，当整个世界还在读着有关新型飞行器失败的报道的时候，迈克安德鲁正在埃普索姆和温布尔登之间的广阔空间里高傲地上下翱翔。班格斯特又重新焕发出希望和活力，他不再关注有关公共安全和劳资协会的事，而是热衷于穿着睡衣坐在汽车里转来转去——在他拉开卧室的百叶窗时，已看到了飞行器升空——除了所有的东西外，他还配置了一架摄影机，后来发现这架摄影机是坏的。

菲默尔躺在绿色亭子里的台球桌上，身上盖着床单。

魔术店

我曾经远远地看到过几次魔术店，而且还碰巧路过了一两次。魔术店的橱窗里摆满了诱人的小玩意儿，有魔术球、魔术鸡、奇妙的魔椎、会讲话的玩偶，还有一些看上去很平常的扑克牌。但是我从来没想过要进去看看，直到那天，吉普拽着我的手指径直朝橱窗走了去。聪明的吉普只让我带他进去看看就行，而他不会要任何东西的。我真没有想到会在这里看到魔术店，但事实上它确实在那儿——里金特大街上一家中等大小的店铺。左边是一家画店，右边是一家保育用品店，有一些孩子在门口跑来跑去。在我的幻想中，魔术店应该在大马戏团附近，或是在牛津大街的拐角处，甚至可以在霍伯恩大街上，像幻影一样坐落在街道的上方，却怎么也无法靠近它。然而此时此地，我们已经来到了它的橱窗前，橱窗的玻璃被吉普胖乎乎的手指擦得吱吱作响。

"我要是有钱，"吉普用手指在橱窗上指着"隐形蛋"说，"我就给自己买这个，还有那个'娇宝宝'，还有那个'神奇超人'，还有那个'魔盒'。"

"有一本书上说，任何东西都会在那种魔椎下消失的。"吉普说，"还有那边，那个叫'会隐形的半便士'，爸爸，他们把它这样挂起来，我们就搞不清楚它是怎么回事了。"

吉普——我亲爱的儿子——像他的母亲一样，在任何情况下，他都不会着急地让我带他进去，只是拉着我的手指往店门口走，然后把他所有感兴趣的东西都告诉我。

"那个。"他指着一个"魔术瓶"说。

"如果你有一个'魔术瓶'，你会用来做什么呢？"我说。

听到我话中有话地问他，吉普的脸上立刻表现出喜悦的神色。

"我可以给杰希看。"他的回答和以往一样有他自己的道理。

"吉普，现在离你的生日不到一百天了。"我说着，手已经放在了门把上。

吉普没有回答，但他的手却更紧地抓着我的手指，然后跟我一起走进了魔术店。

这里和普通的商店大相径庭。这是一家魔术店，吉普对这里的东西比一般的玩具显得更有兴趣，一进来，就把说话的责任甩给了我一个人。

这是一间狭小的店铺，屋内的光线有些暗，门铃在我们身后低沉地响了一声。过了一会儿，仍然没有人来招呼我们，但我们可以趁这个机会随便看一看。在一个底矮柜台的玻璃罩下，一只威风凛凛但看上去非常和蔼的纸做的老虎正有规律地摇摆着脑袋。还有一些水晶球，一副放在瓷托盘上的魔术牌，一排大小各异的"魔术鱼缸"。还有一顶不像样的魔术帽，里面的弹簧都露了出来。地板上立了几面哈哈镜，有的会把你变得又瘦又长；有的会让你找不到自己的双腿，而你的头却变得扁得像片面包，还有的会把你变得又矮又胖，就像个啤酒桶。正当我们对着这些哈哈镜笑得前仰后合的时候，一个男人走了进来。我推测他就是这里的魔术师。

果然，他走到了柜台的后面。这个人长着一张黑黄色的脸，一只耳朵比另一只耳朵大，下巴尖得像皮靴头，让人一看就觉得怪里怪气的。

"我能为你们效劳吗？"他说着，把他长长的有魔力的手指摊开在柜台的玻璃上。这次，他让我们更感到惊奇了。

"我想，"我说道，"给我的儿子买几样小玩意儿。"

"什么玩意儿呢？是机械玩具还是小动物呢？"

"随便什么奇妙的东西。"我说。

"嗯……"那个魔术师用手挠着头，想了想。突然，我们清清楚楚地看到，他从头上拽出了一个玻璃球。"是像这样的东西吗？"他说着，把玻璃球拿到了我们面前。

他这一动作真让人出乎意料。我曾经多次在表演中见过这种把戏。这虽然是魔术师们最普通的把戏，但我没想到能在这里见到。

"太好了！"我笑着说。

"不是吗？"魔术师说。

吉普伸出他那只空着的手想去拿那个物体，却发现魔术师的手中空空如也。

"它在你的衣兜里。"魔术师说着指了指吉普的衣兜。

果然，吉普的衣兜不知什么时候已经变得鼓鼓的了。

"这个要多少钱？"我问他。

"这个我们从不标价。"他彬彬有礼地说。

"这样的东西，"说话间他又从胳膊肘里变出了一个玻璃球，"我们免费赠送。"他又从脖子后变了一个出来，然后把两个一起摆在了柜台上。吉普用他那双聪颖的大眼睛看了看自己的那个玻璃球，然后又向柜台上的两个投去了一种渴望的目光，最后又疑惑地打量着那个魔术师。

魔术师笑着说："这两个也都是你的。而且，如果你不介意，我从嘴里变一个出来。瞧！"

吉普默默地看了看我，像是在征求我的同意。然后把四个玻璃球都装在了兜里。接着又攥住了我的手指，焦急地等待着接下来要发生的事情。

"这些只是我们的小把戏。"魔术师说。

我开玩笑似的笑着说："如果去大商店，我们可遇不上这样的好事。"

"虽然我们这里也要付钱，但我们的东西不像人们想象的那么昂贵。所有大把戏和所有日常生活用品，还有所有其他东西，我们都会从那顶帽子里变出来。先生，请允许我说，没有一个商店会让你买到您想要的一切，更不用说名副其实的魔术品了。不知道您注意到我们的店名了没有——'独具魔力的魔术店'，说着他从脸颊上拽出了一张名片递给了我。'独具魔力的'。"他用手指着卡片上的字，接着说，"在我们这儿绝没有骗术。"

从他的言语中，我发现他似乎很善于开玩笑。

他转向吉普，脸上带着一丝微笑，和蔼可亲地对吉普说："你真是个好孩子。"

听他说到这儿，我感到非常惊讶。因为鉴于规定，我们对家里的其他人一直保守着这个秘密。但吉普却一直盯着他，一点儿没有感到畏缩。

"只有好孩子才能进这扇门。"

他的话音未落，门外便传来了一阵吵闹声，隐隐约约可以听到一个孩子尖细的撒娇声。"不！我要进去，爸爸，我要进去嘛！我不走!"然后又听到那个无可奈何的父亲想方设法哄着孩子，"门是锁上的，爱德华。"

"但门没有锁呀！"我说。

"门是锁上的，先生。" 魔术师说，"这扇门对这类孩子是永远关闭的。"听他说着，我们瞥了一眼门外的那个孩子。由于过分的溺爱，孩子苍白的脸被他骄蛮的冲动歪曲了，两只手抓挠着那扇魔法门。当我走向门口，想像往常一样去帮助别人时，魔

179

法师说道："这没有必要，先生。"说完，那个孩子便停止了喊叫，消失了。

"你是怎么做到的？"我说着顿感兴趣大增。

"魔力！"魔术师的手随便一挥，只见一抹五彩的火焰从他的五指中蹿出，然后又消失在房间的阴暗处。"在你进来前，"他对吉普说，"你说想要一个我们的'魔盒'，是吗？"

吉普鼓足了勇气说："是的。"

"它就在你的衣兜里。"

魔术师斜倚在柜台后，显得身子特别长。这个神奇的人用普通的方式耍着小把戏。"纸，"他说着从那顶空荡荡的露着弹簧的帽子里拿出一张纸；"绳子，"他的嘴立刻好像变成了装线的盒子，从里面不断地拉出细绳。然后，用线绳和纸做成一个个小包裹。接着又把剩下的线绳一口吞进了嘴里。他在一个会说话的玩偶的鼻尖上点燃了一支蜡烛，又把他一支红得像封蜡一样的手指在烛火上灼烧，然后用手指上的封蜡把包裹封好。

"来个'隐形蛋'。"他说着从我上衣的坎肩里摸出了一个，把它包了起来。接着又是"娇宝宝"和"神奇超人"。我把一个个包裹递给了早已准备好了的吉普。吉普紧紧地把他们搂在胸前。

他虽然说话不多，但眼神中却表达了一切。还有他那有魔力的双臂，也会令人刮目相看。在这小小的三尺柜台后，他的表演充满了无法言喻的激情。所有这一切，都是真正的魔术。

突然，我感觉有一个轻柔的东西蹦蹦跳跳地在我的帽子上移动。我先是一惊，然后用手轻轻一扫，一只白鸽拍打着翅膀飞落在柜台上，一摇一摆地钻进了"纸老虎"身后的纸箱里。

"去，去！"魔术师说着，敏捷地接过我的帽子，"这只不懂事的鸽子，尽会到处筑巢。"

他晃动着我的帽子，每晃一下，就会变出几样东西，两三个"魔术蛋"，一个大鹅卵石，一块表，一大堆奇妙的玻璃球。接着是一堆堆五彩缤纷的纸屑。他一边表演着，一边彬彬有礼地晃动着帽子，当然也不失魔术师的风度。"万物苍生都汇聚在这小小的帽子里，先生，不仅仅是你，几乎所有顾客都会对这感到惊讶。"纸屑在柜台上越堆越高，直到他从我们的视线里消失了，但他的声音仍然在这狭小的空间里回荡。"先生，我们谁也不知道在人类华丽的外表后隐藏着什么。那么，让我们都撕下这虚假的面具吧……"

他的声音突然停止了，就像一块石头正好砸中了邻居家的留声机一样，整个房间变得鸦雀无声。纸屑发出的簌簌声也消失了，一切陷入了寂静。

"我的帽子你用完了吗？"我愣了一会儿，然后说道。

但没人回答。

我和吉普面面相觑地站着，哈哈镜里我们被扭曲的体形看起来非常怪异，而又显得有些不知所措。

"我想我们该走了，"我说，"你能告诉我这些要多少钱吗？"

仍然没人回答。

"请把账单给我？还有帽子。"

纸堆后传出一阵呼吸声。

"让我们到柜台后去看看，吉普，"我说，"他在逗我们玩。"

我拉着吉普绕过那只摇头摆尾的"纸老虎"，来到柜台后。你猜怎么着，柜台后连个人影都没有，只有我的帽子和一只魔术师都有的那种耷拉着耳朵的兔子，呆头呆脑地蜷伏在地上。我拿帽子的时候，那只兔子蹦蹦跳跳地被吓跑了。

"爸爸！"吉普小声说。

"怎么了，吉普？"

"我太喜欢这里了，爸爸。"

"我也是，"我自言自语道，发现身后的柜台已经没有出口了，"但我怕我们会被关在里面。"但吉普无心注意这些。

"兔乖乖！"他说着用一只手抚摸着那只兔子，"兔乖乖，给吉普变个魔术。"话音未落，那只兔子已经从一条门缝中挤了进去。我惊讶得半天没说出话来，因为这扇门好像是凭空变出来的一样，在这之前我们根本没有发现它。然后，门慢慢地开大了，那个一只耳朵大一只耳朵小的魔术师不知什么时候又出现在我们面前。他静静地微笑着，当我们的目光在空中相遇时，我发现在他的眼神中隐藏着一种介于取笑与蔑视之间的神情。"欢迎光临我们的表演厅！"他娴雅地说。吉普牵着我的手就要往里进。我瞥了一眼柜台，当目光再次和魔术师相遇时，我觉得他的魔术神奇得有点太离谱了，顿时让人起了戒心。

"我想，我们没时间再看表演了……"可没等我说完，吉普就已经把我拉了进去。

"俗话说真金不怕火炼，"魔术师搓揉着他灵巧的双手说道，"这里所有的东西都是最好的，没有一样不是第一流的魔术品，而且保证绝对是神奇诡谲。对不起，先生！"

我感觉他好像从我的上衣袖上揪下了什么爬在上面的东西，定睛一看，原来是一只摇头摆尾的红色小魔怪。这只红色的小东西被魔术师抓着尾巴，挣扎着试图咬住他的手。魔术师随手一抛，把它扔到了一个柜台的后面。毫无疑问，那个小东西准是用橡胶制成的，但刚才，他手上的动作确实是在摆弄着什么会咬人的小东西。我瞅了一眼吉普，发现他正目不转睛地看着一只魔术木马。我心里暗自庆幸没有让吉普看到那只小魔怪。

我凑到魔术师耳朵旁把声音压得极低，又用眼睛向他示意了一下吉普和那只红色的小魔怪，然后说："喂，像这样的东西，你不会有很多，是吧？"

"我们这儿没有这样的东西！或许是你带进来的吧，"他用同样低的声音对我说，而脸上的笑容更加令人迷惑，"人们连自己身上带着什么东西都不知道，真是令人诧异。"然后他转向吉普说："看到什么你喜爱的东西了吗？"

其实吉普早就看花眼了，他转过头，用一种自信与崇拜的眼神看着面前这个神秘的魔术师说道："那是一把魔法剑吗？"

"这是一把法力无边的儿童佩剑。它绝不会弯曲或折断，也不会割破手指。但在所有小朋友之间的战斗中，它会赋予拥有者不可战胜的神力。这副铠甲是专为少年游侠骑士设计的，穿上它，任何利器都不会伤害到你。这双战靴会让你奔跑如疾风，还有这顶头盔会让你变成隐身人。"

"噢，爸爸！"吉普用一种渴望的神情看着那副铠甲，激动地叫了出来。

我想搞清楚这些东西要多少钱，但他并没有让我如愿以偿。现在吉普已经完全被他迷住了，就这样他从我的手里得到了吉普。他开始向吉普展示他所有的物品，没有什么能令他停止。看到吉普拉着那个人的手就像平时拉着我一样，我心里不觉涌起一股不信任感和忌妒。不能否认这家伙确实很有趣，而且拥有许多奇趣的赝品，许多让人难辨真假的赝品，然而……

我默默地跟在他们后面，脑子里一片空白，只用一只眼睛注视着这个身手敏捷的家伙。毕竟吉普喜欢这里。而且等到他自己玩腻了，我就可以很容易地带他回家。

这是一个狭小而零乱的地方，表演厅被一些台柱和小房间分隔开了，只有一个拱门通向另外的房间。在那里，几个长得怪里怪气的店员悠闲地看着我们。在他们周围摆着和挂着一些令人迷惑的镜子和布帘。所有这些都令我头晕目眩，我甚至连来时的门都已分辨不清了。

魔术师拿给吉普一列"魔术火车"，这列玩具火车既没有蒸汽机，又不用上发条，只要下达口令，它就会任你摆布。然后，他又拿出几个装着"迷你士兵"的精致的小盒子。只要一打开盒子，他们就会像活生生的士兵一样听从你的命令。虽然我没有一双敏锐的耳朵，而且也确实听不清魔术师那绕口的口音。但吉普却像他妈妈一样，能够耳听八方。

"收队！"魔术师下达着命令，将士兵们放回到盒子里，然后把它们递给了吉普。"现在你来试试。"魔术师对吉普说。果然，奇妙的事情发生了，这些"迷你士兵"在吉普的命令下又都复活了。

"想留着他们吗？"魔术师问道。

"除非你低价卖给我们，否则只有富翁才能买得起。"我对他说。

"噢，尊敬的先生！这我可办不到！"魔术师又重新把士兵们放回到盒子里，盖好了盖子。然后把它拿到空中挥了一下，变出了一张棕色的纸，用它把盒子包好了递给我。令我感到惊讶的是，在那张纸上居然写着吉普的全名和我们的地址。

魔术师好像觉得我的惊讶有点可笑，然后说："这都是真正的魔术，绝对不掺半点虚假的东西。"

"对我来说，这有点太离谱了。"我又说。

然后他又开始给吉普变魔术，都是些稀奇古怪的魔术，甚至连他变魔术时的样子都让人觉得很离奇。他一边表演，一边向吉普讲解，将其中的奥妙也一并道出。在一边，亲爱的小吉普不住地点着头，好像一听就懂了似的。

"嘿，快变！"先是魔术师的声音，接着又传来吉普微弱但很清脆的声音，"嘿，快变！"而我却站在一旁，无心欣赏他的表演。

有些东西吸引了我的注意，让我感到这里的一切都无比的怪异。甚至连这里的地板、天花板、墙壁，还有那些随意摆放的椅子，都渗透着古怪的气息。我还有一种奇怪的感觉，就是当我的眼睛正视这屋里的一切时，它们好像突然扭曲了，然后跟我捉迷藏似的在我的周围移动。另外，我看到在布帘的遮挡下，隐约可见房檐上有一个蛇形标记。

突然，我发现那些怪里怪气的店员中的一个在拱门的另一边坐在一堆玩具里，大半个身子露在外面，靠在一根柱子上悠闲地做着极令人恶心的动作，完全无视我的存在。他先用手抓揉着他又塌又胖的鼻子，然后突然又把它拉得像只望远镜。就这样越拉越细，直到变成一根又长又红的鞭子。接着，他又像甩钓鱼线一样挥舞着鼻子。我看着，感觉就像在噩梦里一样。

接下来，我的第一个反应就是，绝不能让吉普看到这一切。我转过身，看到吉普完全沉浸在魔术师的表演中，而且毫无畏惧感。这时他们正窃窃私语地看着我。吉普站在一个小凳上，魔术师手里拿着一个圆筒站在旁边。

"我们来玩捉迷藏吧，爸爸！"吉普朝我喊道，"你来找我吧。"

当我想制止他时，魔术师已经把圆筒罩在了吉普身上。我立刻跳了起来，冲他喊道："马上把它拿走！你会吓坏孩子的，快把它拿走！"

一只耳大一只耳小的魔术师一声不吭地拿起了圆筒，然后又故意向我示意里面是空的。而且我发现小凳上也已空荡荡的了。就这么一眨眼的工夫，吉普就消失得无影无踪了。

当你被一双魔爪无形间挖去了心脏，你还能意识到自己的存在，但你已经不再是你自己了。这时，我的感觉就是这样，大脑中一片空白，惶然不知所措。

我朝狞笑着的魔术师冲了过去，一脚把那个小凳子踢翻。

"快停止你这种愚蠢的行为，"我愤怒地冲他喊道，"你把我的孩子弄到哪去了？"

"你看，"他说着，又把空荡荡的圆筒让我看了看，"我没有骗你……"

我伸出手想抓住他，可让他敏捷地躲开了。我又抓了一把，还是没抓住。他转过身推开了一扇门要逃跑。

"站住！"我喊道。

他狂笑着退了出去。我跟着他也跳了过去，顷刻间却发现自己陷入一片黑暗之中。

哐！

"噢，上帝保佑！先生，你是从哪儿冒出来的！"

我突然发现自己已经站在了里金特大街上。就在刚才那一刹那，不知道怎么回事我撞在了一个工人身上。几步远的地方，吉普在那茫然地打量着自己。当吉普发现我后，他转过身向我跑来，脸上露出了喜悦的笑容，就像和我分别了很久似的。在他的手中仍然抱着那四个小包裹。

我呆立了一阵，环顾了一下四周，想寻找那间魔术店，但它早已不翼而飞了。在画店和保育用品店之间，既没有什么门也没有什么商店，除了几根石柱以外，什么都没有。

在强烈的混乱中我努力想集中思想。然后我走向路边，用雨伞叫停了一辆马车。

"马车，这边来。"吉普说话时带着兴奋的喜悦。

我先把吉普抱上了马车，然后努力回忆了一下我的地址，也上了马车。我感到上衣兜里好像有什么异物，拿出一看，原来是一个玻璃球。我拿在手里看了一会儿，然后气急败坏地把它向街道上扔去。

吉普没吭声，我们就这样默默地坐着。

"爸爸，"最后吉普终于说道，"那是一个好地方！"

不知他是怎么看待这一切的，带着这个疑问我静静地坐着。我想，毕竟他毫发无损，既没受伤也没受到一点惊吓，反而对这个下午的一切感到非常的满意。而且他一直抱着那四个包裹。

真该死！还不知道那里面装着些什么呢？

"嗯！"我说，"小孩子以后可不能天天去那样的商店。"

他像往常一样听话地点了点头。有一会儿我都感到难过，因为我是他的父亲而不是他的母亲，因此我不好当着别人的面在马车里亲他一下。不过我想这件事总算是善始善终了。

当我打开那些包裹时，心中的石头终于落了地。它们中的三个是装着"迷你士兵"的盒子，那些做得逼真的天衣无缝的小人儿几乎能让吉普忘掉他们原本是被魔术变出来的。而第四个包裹中装着一只活泼可爱、顽皮温驯的小猫。

看着这些包裹，我心中涌起一阵短暂的宽慰感。然后，我无力地坐在有些颠簸的马车中，不知过了多久……

那件事已经过去六个月了，现在我开始相信那一切都是真实的。那只小猫和所有其他的小猫比起来，让你总觉得在它的身体中蕴藏着一种魔力。那些"迷你士兵"就像驻守在殖民地的远征军一样听从指挥。而吉普呢？

精明的父母都会认为我应该在这段时间里好好留意吉普。

而我却没有。就像有一天，我对他说："吉普，愿意让你的士兵们复活起来，自己前进吗？"

"当然可以，"吉普说，"我只要在说话前心中默念一个字就行了。"

"然后他们就会复活了吗？"

"那还用说，爸爸，如果他们不听话，我就不喜欢他们了。"

我没有表现出很惊讶的样子。后来，在吉普和他们玩的时候，我又偷偷在门外看过几次，可我却从没看出他们和普通的玩具有什么区别。

这简直令人费解！也许，这就是魔力之所在吧。

另外，我还有一个连我自己都难以忍受的习惯，就是绝不欠别人的钱。因此，我曾专门到里金特大街去过好几次，想找到那间魔术店。但每次却都令我失望。不过，既然他们知道吉普的姓名和地址，无论他们是谁，总有一天他们会自己找上门来。

月光之锥

　　仲夏的黄昏显得格外的酷热和沉闷。那迟迟不愿离去的夕阳好像在留恋人世间这美好的一切，给遥远的天际镶上了一缕金边。他们靠在敞开的窗旁，尽力幻想着窗外清新的空气。花园里的矮树和灌木默然而沮丧地伫立着。公路的深处，一盏煤气灯在淡蓝的暮色中散发出橘红色的光芒。远处低沉的天空下隐约可见三盏铁路信号灯。窗旁这对男女情侣般地低声耳语。

　　"他不会起疑心吧？"那个男的有些紧张地说。

　　"当然不会。"女人显得有些愠怒。"除了工作和燃煤的价格，他什么都不关心。他没有一点想象力，更不懂得什么叫浪漫。"

　　"这些人的心都是铁打的，他们不懂得你们的心。"

　　"他当然不懂。"女人生气地将脸转向窗口。一辆运煤车吼叫着由远处飞奔而来，伴随着一阵金属的撞击声，整幢房子都震颤了起来。当运煤车经过的时候，一道强烈的光束夹杂着车头喷出的青烟射在房脊上。一节、两节、三节、四节……一共八节车厢，驶过暗灰色的路基，突然又一节节地消失在隧道的入口处。好似隧道一口把他们吞掉了，使一切又恢复了平静。

"这里曾经是人间天堂，"男的说，"可是现在却变成了地狱。就在这条路的后面，到处是厂房和喷吐着火焰和灰尘的烟囱。但这一切都该结束了，所有这些残酷的现实都该结束了……就在明天。"

"明天？"女人仍然注视着窗外。

"亲爱的！"他说着握住了她的手。

她蓦地转过身来，两对渴望的眼神交织在了一起。

"亲爱的！"她温柔地看着他说，"你带进我生活的一切是那么强烈……让我深深地感受到……你展现给我的……"

"展现给你的？"他问。

"这个精彩的世界，"她犹豫了一下，终于温柔地说出，"这个充满爱的世界。"

突然，房门"砰"的一声关上了。他们转过头，被这突如其来的变化怔住了。整个房间立刻陷入了沉寂。他们看见，在房楣的阴影中，微弱的灯光映射出一张毫无表情的脸。罗特全身的肌肉立刻紧张了起来，一连串的问题在他的脑海中闪过：门什么时候开的？他听到了些什么？他全都听到了吗？他全看到了吗？

终于，刚进门的男人打破了这令人窒息的沉默："怎么……"

"我还以为会找不到你，霍雷克斯。"窗口的男人紧抓着窗框，声音有些颤抖。

　　霍雷克斯高大而笨拙的身躯从阴影中挪了出来，像是要把那一男一女吞没似的站在他们面前，没有对罗特的话做出反应。

　　女人的心充满了恐惧，带着从没有过的颤抖说道："我告诉罗特先生你可能会回来。"

　　霍雷克斯仍然一声不吭，突然在妻子的小桌旁坐了下来，一双巨大的手紧紧地握着，眉下的一对眼睛喷射出愤怒的火焰。他想尽力使自己恢复镇静，愤怒的目光从他曾经信任的女人身上移到他曾经信任的朋友身上，然后又移回妻子身上。

　　此时此刻，三个人似乎都明白了一切，但是没有一个人敢说出一个字来缓和这压抑得令他们窒息的沉默。

　　还是丈夫的声音打破了沉默。"你是来看我的？"他对罗特说。

　　罗特也开口了，但他决定撒谎撒到底："我是来找你的。"

　　"是吗？"霍雷克斯说。

　　"你答应过要给我看一些月光和浓烟创造的美丽的效果。"罗特说。

　　"我答应过给你看一些月光和浓烟创造的美丽的效果？"霍雷克斯冷冷地重复道。

　　"我想我今晚可以在你去工厂前找到你，"罗特接着说，"和你一起去看看。"

　　又是一阵沉默。罗特想：他是想缓和僵局吗？他到底知道了多少？他在房里待了多久？可是当门响的时候，我们正……

霍雷克斯瞥见妻子的脸颊在幽暗的灯光下苍白得像白纸。他转向罗特，突然好像一下恢复了正常。"当然，"他说，"我答应过要让你看看那些家伙在最美妙的时候的表现。奇怪，我怎么把这件事忘了。"

"如果我打搅你的话，我就……"罗特想推辞，可是被霍雷克斯打断了。

霍雷克斯那狂暴的眼神中突然一闪，说道："一点儿也不打搅。"

"你把你认为的那些精彩绝伦的乱七八糟的东西都告诉罗特先生了？"妻子终于开口了，第一次将脸转向丈夫，好像重新找回了自信似的，说话声也提高了半调，"只有你那些糟糕的理论才会认为那些机器是美丽的，而世界上的其他一切都是丑陋的。罗特先生，我觉得他不应该浪费你的时间。那是他的理论、他所谓的艺术发现。"

"我笨得连什么都没有发现，"霍雷克斯冷酷的话语扼制住了妻子，"但我却发现了……"

"什么？"她问。

"没什么。"他突然站了起来。

"我答应过要让你看看工厂，"他对罗特说，粗大的手落在了罗特的肩上，"你准备好了吗？"

"当然。"罗特说着也站了起来。

又是一阵沉默。每个人都带着疑惑看着对方。霍雷克斯的手仍然放在罗特的肩上。罗特仍然幻想这件事总算过去了。而霍雷克斯夫人非常了解丈夫，明白他话语中那冷酷的平静意味着什么，在她的脑海中出现了一个可怕的模糊的恶魔。

"太好了！"霍雷克斯说着放下手朝门口走去。

"我的帽子呢？"罗特在灯光下扫视了一圈。

"噢，在我的篮子里。"霍雷克斯夫人带着一阵歇斯底里的笑声说道。他们的手在椅子的背后握在了一起。

"在这儿。"他说。

她想低声警告罗特，可是却找不到一个字。"别去！""当心他。"她的思想激烈地斗争着，但这一切很快便过去了。

"找到了吗？"霍雷克斯站在半掩的门口问。

罗特拿着帽子向他走去。

"最好向霍雷克斯夫人说声再见。"霍雷克斯的声音显得更加冷酷而平静。

罗特怔了一下，转过身说道："晚安，夫人！"

霍雷克斯为他打开门，他以前可从来没对男人这么彬彬有礼过。罗特默默地望了一眼霍雷克斯夫人，走出了房门。她僵硬地站在那儿，听着罗特轻柔的脚步声和丈夫沉重的皮靴声交替着消失在走廊的尽头，然后前门重重地关上了。她慢慢地走到窗口，斜依在窗前向外望去。不一会儿，两个男人的身影出现在马路上，又经过一排街灯，最后消失在一片漆黑的灌木丛中。灯光在他们的脸上照了一会儿，让人只能模模糊糊地看到脸的某些部分，毫无血色，根本看不出来她怕他们些什么，对他们有什么怀疑，渴望对他们有什么样的了解却又无法了解到。然后，她无力地瘫在一张巨大的靠背椅上，眼睛大睁着，望着远处被钢厂的锅炉映红的天空。很长时间过去了，她依旧木然地坐在那里。

寂静的夜沉重地压在罗特身上。他们俩肩并肩默默地走在路上，然后转入了一条直通向矿谷的小路。

夹杂着灰尘和雾气的淡蓝色薄雾给幽深的矿谷抹上了一层神秘的色彩。远处灰黑色的一片是被稀疏的金色街灯勾勒出的汉利镇和埃特鲁瑞尔镇，偶尔可见几处闪着煤气灯的窗户，或是加夜班的工厂，或是灯火辉煌的公众场所。跃出那一片灰黑色的城镇，清晰可见高耸着一群烟囱，大多数都冒着烟，只有极少数由于公共假日而静静地伫立着。那一块块散布着的苍白的、幽灵般的、矮小的蜂巢状物体，正是冶炼高炉和冶炼轮机。近处，蔓延开的铁路上行驶着几辆机车，发出一阵阵有节奏的金属碰撞声。在左边，铁路和远山之间的开阔地带被庞大的、墨黑色的、冒着浓烟和火焰的杰达冶炼公司的建筑群所覆盖。霍雷克斯正是中间那座冶炼厂的经理。那些巨人般的黑家伙站在那里，张着血盆大口，不断喷吐着一股一股的火焰和沸腾的熔铁。在它们的脚下，轧钢机和蒸汽锤敲打着火花四溅的铸铁。当一车车的燃煤送进它们的嘴里时，红色的火焰立刻喷射了出来，一股浓烟夹带着灰尘翻滚着直冲向苍穹。

"你果然给你的锅炉增添了不少新的色彩。"罗特首先打破了那令他恐慌的沉默。

霍雷克斯咕哝了一声，两手插在兜里站着，紧锁的眉头凝望着萦绕着薄雾的铁路和钢厂，像是在思索着什么棘手的问题。

罗特看了他一眼，又挪开了。"目前，你的月光效应还不成熟，"他仰起头，继续说，"阳光的遗痕仍然使月光那么明亮。"

霍雷克斯带着一种如梦方醒的神态看着他："阳光的遗痕？……当然，当然。"他也抬起头，望着静静地悬挂在天空中那苍白的月亮。"跟我来。"他说着突然抓住罗特的胳膊奔向通往铁路的小路。

罗特迟疑了一下，当他反应过来时，他们已经手挽着手走在了那条小路上。

"看，波斯莱姆方向的那些信号灯多么美丽。"霍雷克斯的话突然多了起来，边说边紧紧抓住罗特的胳膊，大步向前走着，"看那些薄雾中、绿的、红的，还有黄色的小灯。你有一双懂得欣赏这一切的眼睛。真是太美了。看那些锅炉，右边那座足有七十尺高，它可是我的心肝宝贝。我亲手创造了它，已经五年了，它一直在这儿用它的肚子消化着沸腾的铁浆。我对它有一种特别的感情。看！那道红光，或许你可以说带点暖橙色。嘿，罗特，那就是搅炼炉。还有那儿，散发出炽热的红光的三个黑家伙……你看到蒸汽锤砸出的火花了吗？那是轧钢机。砸吧！狠狠地砸吧！让大地也一起震撼吧！多么神奇的东西啊！罗特，瞧，蒸汽锤又砸下来了。"

由于说得太多，他不得不停下来喘口气，但他的手仍然紧紧地抓着罗特，疯狂地大步走向铁路。罗特一声不吭，只是用尽全力阻止霍雷克斯把他向前拖。

"你为什么非要这样拉着我，我的胳膊都快被你拽掉了。"罗特神经质地笑着说，声音中带着些呻吟。

霍雷克斯放开了他，态度又变了。"你的胳膊掉了吗？"他说，"噢，对不起，但这是你教我的。和朋友一起，这样才够亲密。"

"那么你还没有领悟到其中的真正含义。"罗特又不自然地笑着说。"啊！我都被你拧紫了。"可是霍雷克斯没有道歉。这时，他们已经快到山脚下了，紧靠着一排铁路的护栏。钢厂变得越来越大，随着他们的靠近展现在他们面前。

巨大的锅炉昂然伫立在那儿，只有抬起头才能看清它的全貌。而远处的两个小镇已从视线中消失。在他们面前的护栏旁，立着一块沾满了尘土和煤灰的警告牌，隐隐约约可以看到上面写着"小心火车"四个大字。

"太美妙了！"霍雷克斯挥舞着双手呼喊着，"看那辆呼啸而来的火车，它那一股股的浓烟、橙红色的火光、它前面那圆圆的眼睛，还有它发出的美妙的旋律。真是太棒了！不过，我的那些锅炉，在我们把'月光之锥'放到它们的嘴里的时候，还会更美。"

"怎么？'月光之锥'？"罗特不解地问。

"'月光之锥'，是的，朋友。靠近了，我会指给你看的。以往，火焰都是从锅炉的顶部喷出。这样，白天到处都是黑烟，而到了晚上则到处喷射火柱。而现在，我们试着用管道输送燃料

197

来加热高炉，在高炉的顶部放上一个球果状的锥形阀，我们管它叫'月光之锥'。你会对他感兴趣的。"

"但是我看到那里仍然喷着火焰和浓烟。"罗特说。

"'月光之锥'当然不能是固定的，它是用铁链挂在一个杠杆上来保持平衡。等靠近了你就会看清楚。如果不这样，我们怎么把燃料送到高炉里呢。每次当'月光之锥'被拉起的时候，燃料被送入，而等到火焰喷出的时候，它就会落下，盖住炉顶。"

"我明白了，"罗特抬起头说道，"这样月光就会变得更明亮。"

"走吧。"霍雷克斯说着突然抓住罗特的肩膀，走向铁路。正当他们走到铁路中间的时候，突如其来的事情发生了。罗特还来不及反应，整个身子就被霍雷克斯像扔小鸡似的扭了半圈，面对着铁路延伸过来的方向。这时，一辆火车正冲着他呼啸而来。火车橙红色的焦光灯越来越亮，当意识到将要发生的一切时，他用劲全力将抓住他的那只大手向外推，但却毫无用处。他几乎要绝望了。可就在火车将要撞到他的时候，霍雷克斯的那只大手一把将他拉出了铁轨。

"离开那儿！"霍雷克斯喘着粗气说。

飞驶的火车从他们身边呼啸而过，两个人气喘吁吁地跑到钢厂的门口。

"我没看见火车过来。"罗特仍然想用平静的语气来掩盖内心恐惧。

霍雷克斯咕哝了一句，接着说："月光之锥'，我想你以前从没听说过吧。"

"没有。"罗特答道。

"那么，我不会再让你苦苦寻觅了。"

"但是刚才可把我给吓坏了。"

霍雷克斯没有回答，站了一会儿，然后突然朝钢厂走去。"看那些煤堆和矿渣堆在月光下多么美丽。那辆运渣车，就在那顶上！瞧它撒下的一块块火红的炉渣。看那上边颤抖的大家伙。不，不是那边！在这边，在那些煤堆之间。那就是熔炼高炉。不过，我还是先带你去看看输送管道。"他说着，走过来抓住罗特的手向钢厂走去。

罗特无心听他说话，脑子里带着一连串的问号：刚才在铁路上究竟是怎么回事？他是沉醉在他的那些幻想中吗？他是不是诚心要救我？他是不是要将我置于死地？这个笨蛋知道了什么？罗特真的开始有些担心了，但这种感觉很快便消失了。毕竟，霍雷克斯没听到过什么传闻，不管怎样，他刚才还是及时把我拉出了铁轨。他古怪的举止也许仅仅是出于忌妒。

"喂！"霍雷克斯喊道。

"什么？"罗特说，"噢！太棒了，月光下的那些薄雾真是太棒了！"

"我们的管道在月光和火光交织的夜晚才是最美妙的。"霍雷克斯突然停住脚步，"你从没见过这样的景象吗？好好享受吧！你把你的大部分时间都花在了追求女人上面，可惜你的身体不好……"

当他们转出迷宫般的矿石堆后，轧钢机发出的巨大的铿锵声立刻冲击着他们的耳膜。三个满身煤灰的工人走过来，将他们的安全帽递给了霍雷克斯。他们的面孔在黑暗中看不太清楚。罗特极想跟他们打个招呼，可是三个人影很快便消失了。霍雷克斯指着他们面前的管道，在锅炉血红色的火光映射下，它就像一只怪兽一样盘浮在那里。用来冷却鼓风口的热水在向下流淌，冲起足有五十码高的水蒸气柱。一缕缕滚烫的水蒸气在风的作用下形成了一个红色的幽灵般的巨大漩涡。闪闪发光的高炉塔顶露在蒸汽外面，并不时地传出躁动的声音。罗特站得离水边远远的，两眼盯着霍雷克斯。

"这会儿蒸汽是红色的，"霍雷克斯说，"像恶魔一样的血红。不过到了那边，当从煤堆上拂过时，月光照在上面，它就变得跟死神一样的苍白。"

罗特扭头看了一会儿，然后又迅速转回头看着霍雷克斯。

"走，让我们去看看轧钢机。"霍雷克斯说。

罗特松了口气，就目前的情况，他还没感到有任何危险的迹象。但同时，霍雷克斯说的"死神一样的苍白"和"恶魔一样的血红"又是什么意思呢？也许，仅仅是巧合？

两个人在高炉的背后停了一会儿，然后走过躁动的轧钢机。轧钢机的蒸汽锤抑扬顿挫地敲击着，像巨人一样任意揉捏着封蜡状的熔铁。透过鼓风口的玻璃窗，他们看见高炉里的熊熊火焰剧烈地翻滚着，扭曲着，炽热的火光灼烧着人的双眼，几乎会把眼睛刺瞎。然后，两个人头晕目眩地走上了运送石灰和矿石的电梯，直上到了炉顶。

当他们来到悬挂在高炉上方的栈桥时，恐惧又一次向罗特袭来，他不禁剧烈地浑身颤抖起来。脚下的高炉狂躁地跳动，令远处的山脉都感到了震颤，并不时散发出刺鼻的硫黄味。这时，月亮已经从浮云中爬了出来，悬挂在纽卡索连绵不绝的丛林上空。

"这就是我告诉过你的'月光之锥'。"霍雷克斯大声喊着，"下面，是六十尺高的火焰和熔化的铁浆。"

罗特死死地抓住栏杆，向那个球果状的"月光之锥"望去。炽人的热、嘈杂的沸腾声、火焰喷射时发出的吱吱声和霍雷克斯那魔鬼般的吼叫混杂在一起，使人不寒而栗。但一切也许并不像想象中的那么糟……

"那中间，"霍雷克斯狂躁地喊着，"温度高达一千度。如果你掉下去，就会像一粒火药掉进了蜡烛，马上化为灰烬。来吧！用你的双手去感受一下这地狱的气息。那就是'月光之锥'，有三百度。"

"三百度？"罗特说。

"三百摄氏度，怎么，害怕了！它会让你全身的血液马上沸腾起来。"霍雷克斯说着突然从后面抓住了罗特的双手。

"喂，你想干什么！"罗特用力扭过身。

"去让你的血液沸腾吧！"霍雷克斯恶狠狠地吼叫着。

"放开我！"罗特惊慌失措地尖叫着，"放开我的手。"

两个人立刻扭在了一起。突然，霍雷克斯使劲一甩，罗特被抛了出去。他想抓住霍雷克斯，但是失手了。他的身体在半空中扭曲着，然后狠狠地摔在了"月光之锥"上。

他双手抓住悬挂着"月光之锥"的铁链，立刻发出皮肤被火烧焦的吱吱声。由于他的拉动，锥体开始极缓慢地下滑。一圈火光出现在他的周围。巨大的火舌从躁动的炉底蹿上来，舐舔着他的皮肤。钻心的疼痛顺着膝盖往上蔓延，双手冒出焦煳的气味。他艰难地站起身，竭尽全力想顺着铁链往上爬。突然，锅炉的顶部打开了。

霍雷克斯在栈桥上的一车燃煤旁站着，苍白的躯体疯狂地喊着："去死吧，笨蛋！去死吧，你这个猎艳高手！去死吧，你这个血热的娘娘腔！烧吧！烧吧！哈哈哈……"他突然抓起一把燃煤，歇斯底里地一块块向罗特砸去。

"霍雷克斯！霍雷克斯！"罗特哭喊着，紧紧抓住铁链向上爬。霍雷克斯砸来的燃煤一块块地落在他身上，冒出一股股青烟。当他挣扎着快要抓住杠杆的时候，高炉的顶部打开了，一股使人窒息的热流咆哮着涌向他的身体。

一片火光闪过之后，霍雷克斯看到，刚才还是他朋友的那个人，此刻已经变成了一具焦黑的、流淌着鲜血的躯体，仍然抓着铁链，痛苦地挣扎着、扭曲着、呻吟着。

看着这一切，霍雷克斯的怒火突然消失了。罗特被烧焦的身体散发着一股恶臭，使他不禁感到一阵恶心。他的理智恢复了正常。

"上帝，宽恕我吧！"他哭喊着，"噢，上帝呀！我都做了些什么呀？"

他知道下面那个仍然扭动着的躯体已经没命了，那个可怜的家伙的血液一定早在血管中沸腾了。一阵极度的痛苦向他袭来，使他忘却了一切。他不知所措地站了一会儿，然后转向那车燃煤，迅速将里面的一切泻向了那个仍然挣扎的物体。随着"嘣"的一声，那一团焦黑的东西和着一车燃煤朝"月光之锥"上滑落，飘向了冶炼炉汹涌的火海。一切都结束了，"月光之锥"又恢复了往日的平静。

霍雷克斯摇摇晃晃地退了回来，靠在栏杆上，双手无力地支撑着颤抖的身体。他的嘴唇抽搐着，一句话也说不出来。

下面传来奔跑的脚步声和呼喊声。巨大的钢厂里机器的铿锵声骤然停止了。

海底探险记

上尉站在铁球前，嘴里嚼着一块松木片。"史蒂文斯，你觉得怎么样？"他问。

"这主意不错。"史蒂文斯说。听他说话的口气俨然是个乐于接受新思想的人。

"我想它会摔坏的。"上尉说。

"他似乎早就把这些算好了。"史蒂文斯说，仍然一副不偏不倚的样子。

"可想想压力吧。"上尉说，"从水面开始，每下降一英寸，压力增加十四磅：在离水面四十英尺处，压力是水面的两倍；六十英尺处，压力是水面的三倍；九十英尺处，压力是水面的四倍；九百英尺处，压力是水面的四十倍；五千英尺处，压力是水面的三百倍；五千三百英尺，也就是一英里处，压力值为三万三千六百磅，算算也就是一吨半啊！史蒂文斯，每平方英寸要承受一吨半的压力啊。他将要去的那片海域有五英里深，也就是七吨半的压力……"

"听起来是不小，"史蒂文斯说，"但这东西是用很厚的钢做的啊。"

上尉没有回答，只是继续嚼着松木片。他们谈论的是一个巨大的铁球，外直径大约九英尺。它看起来像个巨型大炮的炮弹，目前在船上一个很大的架子上放着，待会儿要用帆椵把它吊到岸上去。这些帆椵特别大，使得这艘船看起来与一般的船不一样，从伦敦到南回归线，一路上所有看到它的船员都充满了好奇。这个铁球上有一上一下两个地方开了两扇环形的窗子，装着厚厚的玻璃，其中一扇的窗框是用非常结实的钢做的，现在半开着。这两个人那天早上才第一次看到这个铁球里面是怎么回事儿。铁球的内壁精心垫着一些气垫，气垫是用大头针连在一起的。所有设备都用气垫垫得好好的，甚至连吸收碳酸和换气的装备也是如此。上尉就是从玻璃窗口爬进去的，结果被锁到了里面。里面的气垫保护措施非常有效，即使在铁球里把人从炮口里射出来也会毫发无损的。采取这种措施确实很有必要，因为再待会儿就要有人从那个玻璃窗口爬进去，然后窗口会被密封起来，之后铁球就会被从船上扔下去，一直沉到五英里深的水下，就跟上尉说的一样深。他满脑子想的都是这东西，做弥撒的时候一副心不在焉的样子让人讨厌。他发现新到船上来的史蒂文斯简直是上帝派来听他唠叨的。

"依我看，"上尉说，"在那么大的压力下，玻璃会被压碎的。都伯烈曾经给岩石施以巨大压力，结果岩石变得像水一样流了起来——你听好我的话——"

"如果玻璃确实碎了，"史蒂文斯说，"会发生什么事呢？"

"水就会硬得像铁一样喷进球内。你有没有感到过一股直直的高压水有多大力量？它喷到人身上就像子弹打到人身上。他就会被水冲得粉身碎骨了。水冲进喉咙，冲进肺部，冲进耳朵……"

"你的想象力太丰富了！"史蒂文斯说道。他可是个明白人。

"我只不过把必然要发生的事说说罢了。"上尉说。

"那铁球呢？"

"它只会冒几个水泡，然后便永远地沉睡在海底的淤泥里——可怜的埃尔斯蒂德就会像面包上的奶油一样溅得那些冲碎的气垫上到处都是。"

他又把这句话重复了一遍，似乎对这句话很感兴趣。"就像涂在面包上的奶油一样。"他说。

"正在看这个玩意儿呢？"有人说道。随着话音埃尔斯蒂德已经来到了他们身后。他穿着一身整齐干净的白衣，嘴里叼着一支雪茄，宽大帽檐的阴影下一双笑盈盈的眼睛。"魏布里奇，你说的面包和奶油是怎么回事儿？你该不会又像往常一样抱怨海军军官的工资太低了吧？离我出发不到一天了，我们今天就得把帆樯准备好。今天天气这么好，浪也不大，正好把十来吨的铅给卸下来，对吧？"

"这对你不会有太大影响的。"魏布里奇说。

"错了不是。我在十秒钟之内就会沉到海面七八十英尺以下，尽管海面狂风怒号，巨浪滔天，可那儿一点动静也没有。"他走到船边，另外两个人跟了过去。他们三人都用胳膊支着身子，俯身看着下面黄绿色的海水。

"和平号。"埃尔斯蒂德大声说。他结束了沉思。

"你真的确信那个时钟装置能管用？"魏布里奇马上问道。

"都用过三十五回了，回回管用，"埃尔斯蒂德说，"这回肯定会管用的。"

"但如果不管用怎么办？"

"怎么会不管用呢？"

"就算给我两万英镑我也不愿意闷在那个烂玩意儿里沉到海底去。"魏布里奇说。

"你这个人倒挺有意思。"埃尔斯蒂德说，然后朝下面的一个水泡啐了一口。

"我还是不明白你说的玩转这个玩意儿是什么意思。"史蒂文斯说。

"首先，我进到球里，把窗密封好。"埃尔斯蒂德说，"然后我把电灯三开三闭，表明我情绪很好。之后铁球连同铁球下面的那些大铅锤就一起被吊车吊到船尾。最重的那个铅锤上有一个转轴，转轴上绕有一百英尺长的结实绳子，就是靠这些绳子把所有铅锤和这个球连起来的，还有些绳子在这个玩意儿吊下去的时候是要被砍断的。我们用绳子而不用钢索是因为绳子比较容易砍断，也比较容易漂起来——这一点是很有必要的，你等会儿就明白了。

"你会注意到在每个铅锤上都有一个洞，一根铁棍从洞里穿过。如果从下方撞击铁棍，它就会带动一个杠杆，从而使时钟运转起来。

"很好。整个装置被轻轻地放入水中，悬绳被砍断了。这个球漂在水面上——它内部有空气，因此比水还轻——但铅锤直直地沉下水去，把绳子扯直了。当绳子全都放完之后，这个球也会被绳子扯着沉下去的。"

"可为什么还要用绳子呢？"史蒂文斯问道，"干吗不直接把铅锤拴到球上呢？"

"不是怕球沉到海底的时候会摔碎嘛。整个装置一点点地下沉，最后速度是很快的。如果没有绳子，落到海底时整个装置就全摔碎了。但是如果用绳子，铅锤就会先落到海底，之后球的浮力就会起作用了。这样球下沉的速度会越来越慢，最后停下来，然后又开始上浮了。

"这会儿时钟就有用了。铅锤一落到海底，铁棍就会被撞出来，从而启动时钟装置，绳子会重新绕到卷轴上。铁球就会被拖到海底。我将在海底待半个小时，开着电灯四下张望。接着时钟装置会弹出一把弹簧刀将绳子割断，这样铁球就会像一个苏打水泡一样迅速向上浮起，绳子本身还能帮着铁球浮起来。"

"但万一你撞到一艘船怎么办？"魏布里奇问。

"我浮起来的速度会很快的，就像出膛的炮弹。不会有什么事儿的，你尽管放心好了。"埃尔斯蒂德说。

"假如有什么贝类动物钻进你的时钟装置里……"

"如果出现这样的麻烦，我就不得不停下来了。"埃尔斯蒂德说。他转过身来，背对着海水，盯着铁球看。

他们是十一点的时候把埃尔斯蒂德抛进海里的。天气十分晴朗，周围静悄悄的，模模糊糊地看不清楚地平线，上层的小舱里电灯欢快地闪了三下。他们把铁球慢慢地放到海面上。船尾有个船员已经准备就绪，只管一声令下就砍断连接铅锤和铁球的绳子。这个铁球在船上看起来还很大，可一放到船尾的海面上就显得小得可怜了。它在水里滚了几下，那两扇黑乎乎的窗子浮在最上面，就像一双眼睛好奇地向上注视着栏杆边站着的这些人。有人问铁球这么翻滚不知埃尔斯蒂德感觉如何。"准备好了吗？"中校大声问道。"好了，长官！""砍绳！"

一砍下去，绳子断了，一股涡流无情地将铁球吞没了。有个人挥着手绢，还有个人欢呼着，可没人能听得见，一名海军候补少尉慢慢地数着："八、九、十！"铁球又滚了一下，颠了一下，溅起了一片水花，然后漂正了。

有一阵子它似乎静止不动，然后迅速地越变越小，沉到水里了，但还看得见。由于光线折射，它在水下看起来要比在水面上大，只是越来越模糊了。还没来得及数到三，它就消失了。海水深处有一束白光闪动着，慢慢就变成了一个亮点，最后消失了。然后什么也没有了，只有海水在翻腾，一条鲨鱼从浪花中游过。

突然，巡洋舰上所有船员都摇晃了起来，海水搅动起来，鲨鱼消失在翻起的浪花里，大量的泡沫通过刚刚吞没埃尔斯蒂德的那片风平浪静的海面。"这是怎么回事儿？"一个一等水兵问另一个一等水兵。

"如果铁球浮上来撞到我们的船，那我们就开不了多远了。"他的同伴说。

借助蒸汽机的力量，船又慢慢地恢复平稳了。船上几乎所有没事儿干的人都还在看铁球下沉处浪花不停地翻腾着。后来的半个小时内几乎没有一句话和埃尔斯蒂德有关。当时是十二月，太阳高高地挂在天上，热得不得了。

"他在下面会很冷的。"魏布里奇说，"他们说在一定深度下海水的温度常年都是接近零度的。"

"他会在哪儿浮上来呢？"史蒂文斯问道，"我都没有方向感了。"

"在那儿。"中校说。他指着东南方向的一个地方，对自己什么都知道深感自豪。"我估计现在是时候了。"他说，"他已经下去三十五分钟了。"

"沉到海底需要多长时间？"史蒂文斯问道。

"五英里的深度，考虑到每秒两英尺的加速度——下去和上来都是这个加速度——大概要四十五秒钟。"

"那他已经过了时间了。"魏布里奇说。

"没错,"中校说,"我估计把绳子收起来得花几分钟的时间。"

"我都忘了这码事儿了。"魏布里奇说,这才放心。

然后就是一番焦急的等待。漫长的一分钟过去了,铁球没有浮出水面。又过了一分钟,还是没有任何东西从船下面明晃晃的海面冒出来。大家相互解释说收起绳子得花几分钟的时间。放绳索的地方是一张张充满期待的脸。"上来吧,埃尔斯蒂德!"一名长满胸毛、经验丰富的船员不耐烦地喊道,其他船员也你一声、我一声地喊开了,仿佛是在等演出开幕。

中校恼火地扫了他们一眼。

"当然了,如果加速度低于两英尺每秒,"他说,"那他还得待会儿才能上来。这个数据是否正确我们没有绝对的把握。我可不是那种盲目相信数学计算的人。"

史蒂文斯随便应和了一句。有好几分钟甲板上没有一个人说话。这时史蒂文斯的表响了。

又过了二十二分钟,太阳已经升到最高点了,他们还在等待着铁球浮出海面,整个船上没有一个人敢说已经没有希望了。还是魏布里奇第一个把话挑明的。他说话的时候已经八点钟了。"我一直就对那个窗子没有什么好感。"他突然对史蒂文斯说。

"我的老天爷!"史蒂文斯说,"难道你?"

"唉!"魏布里奇叹道,然后离去了。他这半截子话是什么意思就让别人去琢磨吧。

"我并不是十分相信数学计算的，"中校疑惑不解地说，"因此我觉得他还有希望浮上来。"午夜时分这艘军舰还在绕着铁球下沉的地方转来转去，雪白的灯光不时划过夜空，在海面上照来照去，海水在星夜下闪着粼光。

"如果铁球上的窗子没有碎，也没有伤着他，"魏布里奇说，"那就更糟糕了。因为这说明是时钟装置出了问题，而他现在还活着，就在我们脚下五英里的地方。那儿又冷又黑，就他一个人在那个小水泡里待着，自从这片海形成以来就没有任何光线照射到那里过，也没有任何人在那里待过。他没有食物，又饥又渴，万分恐惧，不知道自己是要被饿死还是被闷死。他会怎么死呢？我估计吸收碳酸和换气的装置已经快不管用了。这东西能持续多长时间？"

"天啊！"他大声喊道，"我们是多么渺小啊！我们简直胆大得昏了头！我们周围到处是水。我们像是在海底深渊！"他展开双臂。就在这时，一道很短的白光无声无息地升上了天空，越来越慢，最后停了下来，变成了一个不动的斑点，仿佛是一颗新星升上了天空。接着它又向后划去，消失在星辰和海面上白色的雾霭里。

看到这种情景，他不喊了，双臂伸着，嘴也张着。他合上嘴，然后又张开了，不耐烦地挥动着胳膊。然后他转过身，对着值头班的船员大声喊道："喂，埃尔斯蒂德！"接着他一路向林德利和探照灯跑去。"我看见他了，"他说，"他在星星上面！他的灯还是开着的，他刚刚从海底里飞上天了。快把探照灯拿来。当他在浮云上飘着的时候，我们应该能看得见他。"

直到凌晨他们才发现这位探险者。船差点儿撞着他。吊车升起来了，船员们把铁球拴到吊车上，吊到船上，之后便把铁球上的窗子打开往里看，里面黑洞洞的（因为电灯舱原本就是用来照亮球上面的水域，与里舱是严格隔离开的）。

舱里非常热，窗口盖上的橡皮都被烫软了。他们非常焦急地问了几个问题，没有人回答，一点儿动静也没有。埃尔斯蒂德好像蜷着身子一动不动地在舱底躺着。船上的医生爬进去把他抬了出来，让外面的人接着。有好一会儿他们都不知道埃尔斯蒂德是死是活。在船上的黄色灯光下，他满脸是汗，亮晶晶的。他们把他抬到他自己的船舱里去了。

他们发现他没有死，但已经神经错乱了，而且浑身上下都是青一块、紫一块的。有好几天他不得不一动不动地静养着。一星期之后他才给他们讲述了自己的经历。

他一开口就说他又在下沉了。他说，铁球的设计必须得改进，以便让他在必要的时候能把绳子扔掉。他的经历真是令人不可思议。"你们以为除了淤泥我什么也没发现，"他说，"你们还嘲笑我探险呢，可我发现了一个新的世界！"他的讲述时断时续，前言不搭后语，而且总是从结果开始讲起，因此我无法用他的话来重述他的经历。

以下就是他的经历。

他说突然就出事了。在绳子还没有放完之前，铁球不停地打转。他感觉自己就像一只足球里的青蛙，除了吊车和头顶上的天空外什么也看不见，偶尔也能扫上一眼船尾的人。他根本无法判断铁球会滚到哪里去。突然间他发现自己的脚不知怎的翘了起来，要往气垫上踩，整个人都倒了过来。如果是其他任何形状的铁球他都会觉得舒服一点，但在海底深渊这么大的压力下他唯一能依靠的也只有这个铁球了。

突然铁球不摇晃了。当他站起来后，发现周围的海水蓝幽幽的，还发绿，有光线从头顶射下来，不过光线比以前暗了，一大群游动着的东西从他身边朝上快速游去，他觉得好像是在朝那些光线游去。他看着看着，光线就越来越暗了。最后他上方的海水变得像午夜的天空一样漆黑，不过显得稍绿一些。他下方的水就是漆黑一片了。一些透明的小东西发着微光，快速地从他身边游过，形成了一道微绿的线纹。

向下沉的感觉是多么奇特啊！他说就像电梯启动一样，只不过这种感觉一直伴随着他。大家必须发挥想象力才能体会到他说的一直伴随着他是怎么回事儿。那是埃尔斯蒂德平生第一次后悔搞这次冒险活动。他是完全从另外一个角度来看于他不利的因素的。他想到了人们所说的生活在中层水域的大乌贼，就是那些偶尔在鲸鱼肚子里发现的消化了一半的东西，还有腐烂的被鱼吃了一半的东西。假如有个乌贼抓住他不放怎么办？时钟装置真的试验好了吗？不过不管现在他想下去也好、上去也好都由不得他了。

五十秒钟之后他的四周已经黑得伸手不见五指了，只有铁球里的电灯还发出一束光线，不时还可以看见一些鱼和一团团往下沉的东西。这些东西一晃就过去了，他根本来不及看清楚到底是什么。现在想来，有一次他还碰到过一条鲨鱼。过了一会儿，由于球体和海水摩擦产生了热量，铁球的内舱温度越来越高。现在看来，他们设计时似乎没想到摩擦能产生那么大的热量。

他注意到的第一件事就是自己出汗了，然后就听到脚下"嘶嘶"的声音越来越大，低头一看，发现许多很小的气泡快速地冒了上来，好像是从外面用鼓风机吹进来的。是蒸汽！他摸了摸窗子，窗子很热。他把舱内的微型辉光灯打开，看了看用大头针固定的表，发现自己已经下沉两分钟了。他担心窗子上的玻璃会因为内外温差太大而破碎，因为他知道海底海水的温度都接近零度了。

突然，他感到铁球的底部挤压脚底，从外面进来的水泡冒上来的速度越来越慢了，"嘶嘶"声也减弱了。铁球晃了晃，玻璃窗没有碎，没有发生任何意外。他明白下沉过程中的所有危险都已经过去了。

再过一分钟左右他就会降到深渊的底部了。他说他想起了史蒂文斯、魏布里奇以及其他人，他们就在他头上五英里处，离他如此之远，好像比天上最高的云离我们的距离还远。他想我们的船正慢慢地行驶着，我们正盯着海面，想知道他怎么样了。

他朝窗外看去。现在已经没有水泡了，"嘶嘶"声也停了。窗上像黑天鹅绒一样一片漆黑，只有灯光扫过的地方才能看出海水是黄绿色的。过了一会儿他看到三个形状像火苗一样的东西一个接一个地游了过来。他也说不准它们是大是小，离他是近是远。

它们身体的轮廓都被微蓝色的光勾勒了出来，这种蓝光几乎跟小渔船上的灯差不多亮，似乎还冒出大量的烟，而且在它们旁边到处都是这种小光斑，就像船上的小舷窗。一闯入他的灯的光束里，它们的微光似乎就消失了。他这才看清，这是一种奇怪的小鱼，头很大，眼睛也很大，但身子和尾巴就逐渐变小了。它们盯着他，他估计它们是跟着他一起下沉的，是被他的灯光吸引过来的。

很快又游来了不少这样的小鱼。在继续下沉的过程中，他注意到海水变成了苍白色，有些小光斑就像太阳光中的尘埃一样在灯光中飞舞，这可能是连在铁球上的铅锤落到海底之后激起的淤泥所造成的。

他被铅锤扯着也落到了海底，周围一片白茫茫的。他的灯光只能照亮几码远的距离。过了几分钟，泛起的淤泥所造成的目障才慢慢退去。他这才借助灯光和远处一群鱼发出的微光看到，黑漆漆的海水下面是一大片连绵起伏的灰白色的淤泥地，到处长着一丛丛的海百合，枝枝蔓蔓在水中不停地舞动着。

再远处有一片巨大的海绵，透明的，非常漂亮。周围零零散散地有一些长得不高的东西，呈深紫色和黑色，他认为这肯定是一种海星。还有一些小动物，有长着大眼睛的，有没长眼睛的，有的和树上的寄生虫出奇的像，有的和龙虾特别像。它们慢腾腾地从光线中爬过，然后又消失在黑暗中，身后留下一道道痕迹。

突然，这群游荡着的小鱼转过身朝他游了过来，就像一群欧椋鸟，它们像一片发着微光的雪花游过他身边。接着他看到在这些鱼后面有一个比它们大的动物朝着铁球游了过来。

　　起初他还看不太清楚，只看到一个蝶动的东西，有点儿像是个人在走，接着它就闯到光束里来了。光线照在它身上时，它眼花缭乱，便把眼睛闭上了。他惊讶不已地盯着这东西。

　　这是一个奇怪的脊椎动物。它的头呈暗紫色，有点儿像变色龙，但没有哪个爬行动物的额头和颅骨跟它一样。它的脸部构造奇特，看起来特别像人。

　　两只大眼睛从眼窝凸出来，就跟变色龙一样。小鼻孔下面有一张类似爬行动物的大嘴，嘴唇是角质的。在耳朵那地方有两片很大的鳃盖，有一束粉红色的细须从鳃里伸出来，这玩意儿就像所有的小鳐鱼和鲨鱼都有的那种树状的鳃鱼。

　　但是关于这个动物最离奇的并不是它的脸长得像人脸。这是个双足动物，身体几乎是圆的，由两条像青蛙一样的腿和一条又粗又长的尾巴支撑着。它的上肢也很怪，就跟人手似的，有一根长长的骨头（青蛙的前肢也是这样的），指尖上包着黄铜。它浑身的颜色也不尽相同：头部、双手和双腿是紫色的，皮肤松垮垮的像衣服一样搭在身上，却是亮灰色的。它在那儿站着，被灯光照蒙了。

　　后来这个不知名的海底动物眨巴眨巴眼睛，然后用那只空闲的手遮住眼睛，张开嘴叫了一声，几乎同人说话一样清晰。这个声音甚至穿透了铁球的外壁及其气垫保护层。没有肺怎么会发出叫声来？埃尔斯蒂德也说不清楚。过了一会儿，它移到光线边上，躲到暗处去了，光线两边都是黑黑的，神秘莫测。埃尔斯蒂德感觉到那东西正朝他游过来，他还以为是光线把它吸引过来的呢，于是把电源的闸给关了。过了一会儿有什么东西轻轻地拍打着铁球的外壁，铁球接着就晃动了起来。

过了一会儿它又叫了一声，远处似乎有个回应的声音。它又轻轻拍打了几下，铁球又晃了起来，与绕着绳子的线轴摩擦起来。他站在黑洞洞的铁球里，看着外面海底深处无边的黑暗。很快他就看到其他半像人形的动物闪着微光，模模糊糊的，从远处朝他这个方向急驰而来。

他也不知道该干些什么好。在这个晃晃悠悠的"牢房"里摸索着找外面那个电灯的开关时，他碰巧摸着了放在气垫壁龛中的辉光灯。铁球摇晃起来，他摔倒了。他听到有喊叫声，这喊叫声像是惊叫声。当他站起来时，看到有两双眼睛正偷偷地从下面的那扇窗子朝里看，眼睛里反射着灯光。

没多大工夫就有手使劲在铁球的外壁上拍打着，时钟装置的金属护壳传来被拼命敲打的声音，听起来让他感到心惊胆战。他的心都提到嗓子眼儿了，因为如果这些奇怪的动物能让铁球停下来，他恐怕就再也出不去了。他还没来得及想这么多就感到铁球剧烈地摇晃了起来，铁球的底部紧紧地挤压着他的脚底。他把在铁球内部照明用的辉光灯给关了，把在隔离舱里的大灯打开，让光线照向海水。海底和那些人形动物已经消失了，只有几条鱼相互追逐着突然从窗前游过。

他马上就想到是那些海底的奇怪居民把绳子给割断了，他总算逃脱了它们的骚扰。铁球越升越快，然后猛地停了下来。由于惯性他飞起来撞到了舱顶，好在舱顶装有气垫。大约有半分钟的时间他都惊讶得回不过神来。

然后他感到铁球在一边慢慢地转动，一边摇晃，好像在被往上拽。他蹲下身，凑近窗子。由于铁球的重心降低，他在站的那个地方向下滚了滚，可除了看见黑暗中有一束苍白的灯光之外，什么也看不见。他突然想到，如果把灯关了，让眼睛在黑暗中适应一下，也许还能看得见什么东西呢。

他这样做不失为一个明智之举。几分钟之后，像黑天鹅绒布般的黑暗变得半透明了。就在跟英格兰夏夜的黄道光一样的微光下，他看见远处有东西在下面游动。他估计那些动物已经解开了他的绳子，正在沿着海底拖着铁球走呢。

然后他看到高低起伏的海底平原的远处模模糊糊的，到处都有一种东西。一道宽阔的微微发光的线延伸得很长，他在铁球里面根本看不到线的尽头。他被这道线拖去。铁球缓慢地移动着。渐渐地，昏暗的光线聚在了一起，他可以看清楚那是什么东西了。

快五点了他才来到这个发光区域，那时已经可以看清了。他发现这里的布局像街道和房屋，围绕在一个巨大的没有房顶的建筑物周围，这个建筑物特别像一个破落的修道院。整个区域就像一张地图摊在他下面。房屋都没有顶，只有墙。他后来发现墙的原料是发光的骨头，让这个地方看起来就像用射入水中的光建成的。

在这个地方的穴洞里一丛丛的海百合随着海水摇来摇去，伸出枝枝蔓蔓，海绵像清真寺闪闪发光的尖塔，和百合花一样又高又细，还透着光泽，宛如灯火辉煌的城市里透出的一丝微光。在这个地方有一块空地，他看见好像有一大群人在动来动去的，但看不清楚这些人是谁。

慢慢地，他被拉了下来，在这个过程中他才慢慢看清楚了这个区域到底是怎么回事儿。他发现那些建筑物都镶着由圆形物体做的串珠花边，接着又发现在自己身下不远处的那一大片空地上有些形状像船的东西。

他被向下慢慢地拉着，这回他确信无疑了，下面的这些东西越来越清楚了，渐渐能看清是什么了。他发现自己在被拉向这个城市中心的那幢大型建筑物，他又看了一眼那一大群正在拉他的东西。他惊奇地发现其中一艘船的索具显得格外突出，上面挤满了一群做着各种手势的动物，它们都在盯着他。接着，那幢大型建筑物的墙无声无息地在他周围升了起来，他看不见这座城市了。

这些墙是由浸透水而失去浮力的木材、扭曲的钢索、铁钉、黄铜，还有死人的骨头和头颅做成的。这些头骨横七竖八地挂在这些建筑物上。成群结队的银白色小鱼从这些头骨的眼窝里游进游出，在整个这一片地方都有这种鱼在游戏。

突然间，他的双耳充满了一个低沉的喊声和一种像是吹号角的噪声，接着又变成了一种奇怪的吟唱声。球在往下沉，当经过一个尖拱的窗子时，他依稀看见一大群怪兮兮的像鬼一样的人在盯着他，最后他终于停下来了，似乎停到了这个地方中间的一个祭坛之上。

他现在这个位置可以让他再一次看清这些海底怪人的真面目了。令他感到惊奇的是，他发现他们跪在自己面前。只有一个人没有跪。这个人身披一件像是用板状的鱼鳞做的长袍，头戴一顶熠熠生辉的王冠，像爬行动物一样的嘴一张一合的，似乎是在领着这些朝拜者吟唱。

在好奇心的驱使下，埃尔斯蒂德又打开了小辉光灯，这样这些海底人就可以看到他了。不过灯一开，他又看不见这些人了。在突然看到他之后，那些人的吟唱声变成了一片激动的叫喊声。埃尔斯蒂德急于观察他们，便又把灯给关了，这些人就看不见他了。但有一会儿他的眼睛还没适应过来，看不清他们在干什么。当他后来能够看清楚的时候，发现他们仍然跪在地上。他们就这样跪着朝拜他长达三个小时，中间根本没有休息过。

对这个奇怪的城市及其居民，埃尔斯蒂德的叙述极为详尽。这些人长期生活在黑暗之中，从来没有见过日月星辰，没见过绿色植物，也没有见过任何活着的呼吸空气的动物。他们不知道什么是火，而且除了海底生物的磷光之外不知道还有其他光线。

他的经历本身就已经够让人感到惊奇了，可更为惊奇的是有些著名的科学研究者（诸如亚当斯和詹金斯）也觉得他的故事完全可信。他们告诉我，这些有智力的、在水中呼吸的脊椎动物完全有可能生活在深海底部。它们已经适应了低温和高压，但由于它们太重了，因此在生前或死后都不会浮出海面。它们生活在大洋深处，不为我们所知，但其实它们和我们一样都是新红石岩时代那种庞然大物的后代。

恐怕它们还以为我们是奇怪的、突如其来的动物，不小心从黑漆漆的神秘的海面上掉下来的。不光是我们，而且我们的船、金属，还有各种用具都有可能从黑暗中落下来。沉下来的东西偶尔会砸到它们身上，把它们砸死、砸伤，仿佛这是从上面来的一种看不见的力量对它们的惩罚。有时也会落下一些稀奇古怪的东西，还有的东西给了它们很多启示。这样，当它们看到一个大活人从天而降时而做出的举动就不难理解了，这就好比一个没有开化的人群看到一个发光的动物从天而降，笼罩在光环之中，他们也会对它顶礼膜拜的。

埃尔斯蒂德可能已经给"普塔弥根号"上的军官详细地讲述过他在海底十二小时的历险记。他肯定也想过把历险记写下来，但始终没有付诸实施，因此我们只好辛辛苦苦地把西蒙斯中校、魏布里奇、史蒂文斯、林德利以及其他一些人的记忆中支离破碎的片段连接起来。

我们对这一切只能有个模糊的概念——那幢巨大的鬼里鬼气的建筑物，那些朝他下跪、唱歌的人，它们长着像变色龙一样的黑头，发着微光的衣服。埃尔斯蒂德又把灯打开了，他使出浑身解数也不能让它们明白他是想让它们把那些拴着铁球的绳子砍断。时间一分钟一分钟地过去了，埃尔斯蒂德看了看表，这把他吓了一大跳，因为他的氧气还只够他用四个小时了。可它们还在无休止地专门为他吟唱着，仿佛是在为他唱安魂曲。

他不明白它们是怎样把铁球放开的，但从拴在铁球上的绳子的末端来看，绳子是在祭坛边上磨断的。突然铁球转动了起来，向上浮去，离开了它们的世界，就好像一个处于真空装置里的外星人飞快地穿过地球大气层又回到自己的星球上去。他肯定像一个在空气中迅速向上飞起的氢气泡一样从它们眼前消失了。这是怎么回事呢？它们肯定百思不得其解。

铁球上浮的速度很快，比用铜锤拴着往下沉的速度还快。由于摩擦，铁球变得非常烫。浮出海面时，窗子露在最上面，他还记得有大片的水泡涌在窗前。他每时每刻都做好了飞起来的准备。突然他感到脑袋里有个像大轮子的东西转动了起来，气垫舱在他周围旋转了起来，然后他便昏了过去，什么也不知道了。后来他就只能记起他的船舱和医生的声音了。

埃尔斯蒂德的历险记大概就是这样了，他是断断续续地讲给"普塔弥根号"上的军官们的。他许诺说今后要把这次历险写下来。但他想的主要还是如何改进设备，后来这事在里约热内卢完成了。

还要再提一下的是，他于1896年2月2日又做了一次海底探险。他吸取了上次的经验，把潜水设备做了不少改进。后来发生了什么事我们恐怕永远也无法知道了。他再没有上来。"普塔弥根号"在他下沉的地方转悠了十三天，想把他找到，但徒劳无功。然后船才开回了里约热内卢，他们给他的朋友发了份电报，通知他们发生了什么事。目前事情就是这样了。但很有可能有人愿意再去冒险，看看他说的大洋深处不为我们所知的那些城市是否真的存在。

H.G. 威尔斯年表

1866 年　9 月 21 日，出生于伦敦肯特郡布罗姆利。

1874 年　进入布罗姆利学院读小学。

1880 年　在温莎一家布店做了一个月的学徒工。

　　　　在萨默塞特一所乡村学校担任很短一段时间的小学老师。

1881 年　在米德赫斯特给一名药剂师当学徒。

　　　　在米德赫斯特语法学校学习。

　　　　在南海镇一个布料市场当学徒。

1883 年　在米德赫斯特语法学校担任小学老师。

　　　　拓宽自学范围，开始广泛学习自然科学和政治经济学。

　　　　为参加全国理科考试做准备。

1884 年　进入伦敦肯辛顿科学师范学校（皇家科学院的前身）学习，主修由托马斯·赫胥黎授课的生物学和动物学。

1885 年　在夏季考试中获得一等荣誉，再次获得奖学金。

1886 年　很快对主课失去兴趣，而对文学和政治学兴趣倍增。

　　　　在威廉·莫里斯家里参加社会主义集会。

　　　　撰写有关社会主义的论文并向学校的辩论协会投稿。

　　　　创办《科学学派杂志》（*Science Schools Journal*）并担任主编（直至 1887 年 4 月）

1887 年　期末考试地质学不及格，失去奖学金，离开师范学校且未能获得学位。

在北威尔士的霍尔特学院任教。

在一场校内足球比赛中遭到撞击，造成肾破碎和肺出血，被迫从霍尔特学院辞职。

全身心投入写作。

1888 年　在伦敦的亨利豪斯学校任教。

《时空长河中的寻金羊毛者》（*The Chronic Argonauts*）在《科学学派杂志》上连载，这也是《时间机器》（*The Time Machine*）的部分初稿。

1890 年　通过伦敦大学的考试，被授予伦敦大学理学学士学位。

获得生物学一等荣誉和地质学二等荣誉。

被选为动物学协会会员。

被大学函授学院聘为生物学专业学生的助教。

1891 年　第一篇学术论文《独特之物的重新发现》（*The Redis-covery of the Unique*）刊登在《半月评》（*Fortnightly Review*）上。

1893 年　出版《生物学教程》（*Text-Book of Biology*），开始职业记者生涯。

肺出血复发，决定放弃教学工作，专攻写作。

开始在伦敦各类刊物上发表短篇故事、小说、剧评以及各类主题的文章。

1894 年　《国家观察家》（*National Observer*）刊登其七篇连载（3 月至 6 月），后整编为作品《时间机器》。

1895 年　《时间机器》在《新评论》（*New Review*）上连载（1 月至 5 月）。5 月，海尼曼公司（Heinemann）将该书出版发行。

出版短篇小说集《与一位大叔的对话选段》（*Select Conversation with an Uncle*）和《失窃的细菌与其他事件》

（*The Stolen Bacillus and Other Incidents*）以及小说《神奇之旅》（*The Wonderful Visit*）。

1896 年　出版第二部科幻小说《莫罗博士岛》（*The Island of Dr. Moreau*）以及家庭小说《机会之轮》（*The Wheels of Chance*）。

1897 年　与阿诺德·本涅特开始了长达一生的通信。

出版《隐身人》（*The Invisible Man*）、《普拉特纳的故事和其他》（*The Plattner and Others*）、《三十个奇怪的故事》（*Thirty Strange Stories*）、《水晶蛋》（*The Crystal Egg*）、《星》（*The Star*）和《某些个人私事》（*Certain Personal Matters*）。

1898 年　见到亨利·詹姆斯、约瑟夫·康拉德、福特·马多克斯·休弗（后称为福特）以及史蒂芬·克雷恩。

出版《世界大战》（*The War of the Worlds*）。

1899 年　出版《昏睡百年》（*When the Sleeper Wakes*）和《时空传说》（*Tales of Space and Time*）。

1900 年　出版《爱情和鲁雅轩》（*Love and Mr. Lewisham*）。

1901 年　出版《月球上的第一批来客》（*The First Men in the Moon*）和社会学著作《预期》（*Anticipations*）。

1902 年　应邀在皇家科学研究所演讲。

出版小说《海上女王》（*The Sea Lady*）和非小说类作品《发现未来》（*The Discovery of the Future*）。

1903 年　加入社会主义团体费边社。

参加了名为"系数"的讨论组。

与乔治·萧伯纳、西德尼·韦博和碧翠斯·韦博兄妹以及弗农·李成为好友。

出版《十二个故事和一场梦》（*Twelve Stories and a*

Dream）和非小说类作品《制造人类》（*Mankind in the Making*）。

1904 年　出版科幻小说《神食》（*The Food of the Gods and How It Came to Earth*）。

1905 年　出版小说《现代乌托邦》（*A Modern Utopia*）和《基普斯》（*Kipps*）。

1906 年　赴美国巡回演讲，见到西奥多·罗斯福、马克西姆·高尔基和布克·T. 华盛顿。
出版科幻小说《彗星来临》（*In the Days of the Comet*）以及非小说类作品《美国的未来》（*The Future in America*）、《社会主义与家庭》（*Socialism and theFamily*）。

1908 年　与萧伯纳和韦博兄妹产生分歧并因此离开费边社。
出版科幻小说《大空战》（*The War in the Air*）以及非小说类作品《新世界》（*New Worlds for Old*）、《一劳永逸的事物》（*First and Last Things*）。

1909 年　出版小说《托诺·邦盖》（*Tono-Bungay*）、《安·维罗妮卡》（*Ann Veronica*）。

1910 年　出版《波利先生的故事》（*The History of Mr. Polly*）。

1911 年　出版短篇小说集《盲人乡及其他故事》（*The Country of the Blind and Other Stories*）、《墙上之门及其他故事》（*The Door in the Wall and Other Stories*）、小说《新马基雅维利》（*The New Machiavelli*）和非小说类作品《地面游戏》（*Floor Games*）。

1912 年　出版小说《婚姻》（*Marriage*）和非小说类作品《伟大的国家》（*The Great State*）、《威尔斯的伟大思想》（*Great Thoughts From H. G. Wells*）、《威尔斯的思想》（*Thoughts From H. G. Wells*）。

1913 年　出版小说《感情热烈的朋友》（*The Passionate Friends*）和非小说类作品《小型战争》（*Little Wars*）。

1914 年　访问俄国。

出版小说《获得自由的世界》（*The World Set Free*）和《哈曼先生的妻子》（*The Wife of Sir Isaac Harman*）以及非小说类作品《一个英国人看世界》（*An Englishman Looks at the World*）、《结束战争的战争》（*The War That Will End War*）。

1915 年　出版小说《比尔比》（*Bealby*）、《辉煌的研究》（*The Research Magnificent*）以及非小说类作品《世界的和平》（*The Peace of the World*）、《战争与社会主义》（*The War and Socialism*）。

1916 年　出版以第一次世界大战为主题的小说《布特林先生看穿了它》（*Mr. Britling Sees It Through*）以及非小说类作品《世界将要发生什么？》（*What Is Coming？*）和《重建的要素》（*The Elements of Reconstruction*）。

1917 年　暂短的宗教信仰经历促成了小说《一位主教的心灵》（*The Soul of a Bishop*）和非小说类作品《上帝是看不见的王》（*God the Invisible King*）的出版。

1918 年　受聘于英国信息部，从事战争宣传工作。

加入国际联盟筹建委员会。

出版《第四年：展望世界和平》（*In the Fourth Year: Anticipations of World Peace*）和《英国民族主义与国际联盟》（*British Nationalism and the League of Nations*）。

1919 年　出版小说《不灭的火焰》（*The Undying Fire*）。

1920 年　出访俄国，见到列宁、托洛茨基、高尔基、莫拉·巴德勃格。

出版《阴影下的俄国》（*Russia in the Shadows*）以及广受好评的畅销书《世界史纲》（*Outline of History*）。

1921 年　访问美国，参加在华盛顿召开的世界裁军大会。

出版《新历史教学》（*The New Teaching of History*）。

1922 年　出版《世界简史》（*A Short History of the World*）和《世界史纲》（*Outline of History*）修订版。

出版《华盛顿与和平的希望》（*Washington and the Hope of Peace*）以及小说《心脏的密所》（*The Secret Places of the Heart*）。

加入劳工党，竞选国会议员失败。

1923 年　竞选国会议员再次失败。

出版小说《神秘世界的人》（*Men Like Gods*）和《梦想》（*The Dream*）、非小说类作品《社会主义与科学动机》（*Socialism and the Scientific Motive*）、《劳工的教育理想》（*The Labour Ideal of Education*）以及传记《一个伟大校长的故事》（*The Story of a Great Schoolmaster*）。

1924 年　《大西洋月刊》（*The Atlantic*）出版《威尔斯作品集》（*The Works of H. G. Wells*）。

1925 年　出版小说《克里斯蒂娜·阿尔贝塔的父亲》（*Christina Alberta's Father*）和非小说类作品《世界事务预测》（*Forecast of the World's Affairs*）。

1926 年　与天主教作家希莱尔·贝洛克就《世界史纲》（*Outline of History*）发生争论。

出版小说《威廉·克里索尔德的世界》（*The World of William Clissold*）。

1927 年　出版《威尔斯短篇小说集》（*The Short Stories of H. G. Wells*）以及小说《与此同时》（*Meanwhile*）和非小说类作品《遭到修正的民主》（*Democracy under Revision*）。

1928 年　出版《凯瑟琳·威尔斯之书》（*The Book of Catherine Wells*）。

出版小说《布莱沃锡先生在兰波岛》（*Mr. Blettworthy on Rampole Island*）以及非小说类作品《世界的走向》（*The Way the World is Going*）、《公开的密谋》（*The Open Conspiracy*）。

1929 年　在德国议会发表演讲，演讲内容被整理成《世界和平的共识》（*The Common-Sense of World Peace*）并出版。

出版了电影剧本《曾是国王的国王》（*The King Who Was a King*）和儿童读物《托米历险记》（*The Adventures of Tommy*）。

1930 年　与其儿子 G.P. 威尔斯以及朱利安·赫胥黎共同出版教科书《生命的科学》（*The Science of Life*）。

出版小说《帕尔厄姆先生的独裁》（*The Autocracy of Mr. Parham*）和非小说类作品《通往世界和平之路》（*The Way to World Peace*）。

1932 年　出版小说《伯尔平顿沦落记》（*The Bulpington of Blup*）、教科书《劳动、财富与人类的幸福》（*The Work, Wealth, and Happiness of Mankind*）和非小说类作品《民主之后》（*After Democracy*）。

1933 年　出版《科幻小说集》（*Scientific Romances*），收录了其七部最受欢迎的作品。

出版小说《未来世界》（*The Shape of Things to Come*）。

担任国际笔会主席。

1934 年　出访苏联和美国，见到约瑟夫·斯大林和富兰克林·罗斯福。

出版《威尔斯自传》（*Experiment in Autobiography*）。

1935 年　与导演亚历山大・柯达合作，制作电影版《未来世界》（*The Shape of Things to Come*），1936 年以《笃定发生》（*Things to Come*）之名发行上映。

1936 年　出版非小说类作品《剖析挫折》（*The Anatomy of Frustration*）和《世界百科全书的设想》（*The Idea of a World Encyclopedia*），小说《槌球手》（*The Croquet Player*）和剧本《创造奇迹的人》（*The Man Who Could Work Miracles*）。

1937 年　担任英国科学促进会 L 分会主席。

出版小说《新人来自火星》（*Star Begotten*）、《布林希尔德》（*Brynhild*）、《剑津之旅》（*The Camford Visitation*）。

1938 年　出版小说《兄弟》（*The Brothers*）、《关于多洛雷斯》（*Apropos of Dolores*）和非小说类作品《世界的大脑》（*World Brain*）。

开始澳大利亚巡回演讲之旅。

1939 年　出版小说《神圣的恐惧》（*The Holy Terror*）和非小说类作品《一位共和激进分子的寻找激流之旅》（*Travels of a Republican Radical in Search of Hot Water*）、《人类的命运》（*The Fate of Homo Sapiens*）、《新世界秩序》（*The New World Order*）。

1940 年　赴美进行巡回演讲。

出版非小说类作品《人的权利》（*The Rights of Man*）、《战争与和平的共识》（*The Common Sense of War and Peace*）、《两个半球还是一个世界？》（*Two Hemispheres or One World?*），以及小说《黑暗树林中的婴孩》（*Babes in the Darkling Wood*）、《驶向阿勒山》（*All Aboard for Ararat*）。

1941 年　出版最后一部小说《小心驶得万年船》（*You Can't Be Too Careful*）以及另一部作品《新世界指南》（*Guide to the New World*）。

1942 年　出版《科学与世界思想》（*Science and the World Mind*）、《征服时间》（*The Conquest of Time*）和《菲尼克斯》（*Phoenix*）。

发表题为《论幻觉在高等后生动物个体生命延续中的特质 —— 兼论智人类》（*On the Quality of Illusion in the Continuity of Individual Life in the Higher Metazoa, with Particular Reference to the Species Homo Sapiens*）的动物学博士论文。

1943 年　被授予博士学位。

出版《克鲁克斯·安萨塔》（*Crux Ansata*）。

1944 年　出版 1942—1944 年的论文集。

1945 年　出版最后两部书《穷途末路的心灵》（*Mind at the End of Its Tether*）和《快乐的转折》（*The Happy Turning*）。

1946 年　8 月 13 日，在伦敦的家中去世。